LE MOINS AIMÉ

DU MÊME AUTEUR AUX ÉDITIONS DE LA DIFFÉRENCE

Propos intempestifs, chroniques, 2001.
L'Heure de la fermeture dans les jardins d'Occident, roman, 2008 (Prix des Deux Magots, 2009).

BRUNO DE CESSOLE

LE MOINS AIMÉ

roman

LITTÉRATURE

ÉDITIONS DE LA DIFFÉRENCE

À mes parents,
à mon frère,
avec affection.

À la mémoire
de ma lointaine aïeule,
Marie de Rabutin-Chantal,
marquise de Sévigné.

Sur les pavés de la route de Vitré claquent gaiement les sabots ferrés d'un cheval de poste. Le postillon – un gamin de seize ans qui semble avoir chaussé les bottes fortes d'un géant – est si imbu de sa mission qu'à peine fait-il attention au paysage, à vrai dire assez morne, qui s'étend de part et d'autre de la chaussée. Quelques champs de seigle, des prairies closes de haies, puis des landes de genets et des bois dont le feuillage verdissant annonce le printemps. Quelquefois, la route traverse un hameau, quelques masures au toit de chaume dont fume la cheminée, et le claquement des sabots attire sur le seuil une figure à la physionomie farouche – homme ou femme, au teint jaune, aux longs cheveux noirs, revêtu d'une veste en peau de mouton – qui, sa curiosité satisfaite, ne tarde pas à refermer la porte basse.

Chassés par le vent, de gros nuages gris fer s'effilochent sous un ciel bas. Le chevaucheur lève le nez et grimace : la pluie sera bientôt sa compagne. Une lieue plus loin, une giboulée brutale s'abat sur le cavalier et sa monture, qui couche les oreilles, s'appuie sur le mors et prend le petit galop. Le garçon, bien loin de la retenir, l'encourage de la voix, et, malgré le risque de broncher sur les pavés disjoints, rit de plaisir, à sentir entre ses jambes la puissante musculature de son courtaud breton, dont les fers arrachent des étincelles au grès de la route. Les épaules en arrière, le bassin souple, il se laisse bercer par la cadence du galop, et s'abandonne même à fermer les yeux, jusqu'à ce qu'un écart soudain de son cheval, effrayé par la pèlerine gonflée de vent d'un berger cheminant derrière son troupeau, le fasse sursauter. D'instinct il serre les jambes, remet droite sa monture qui se traverse puis flatte de la main l'encolure, mouillée de sueur et de pluie. « Tout beau, tout coi ! Ce n'est rien, allons. » Et, sous la pluie qui cingle, ils reprennent le galop.

Une demi-lieue après, devant lui, à main gauche, il reconnaît un chemin qui s'écarte vers un bois. C'est là qu'il va. Il quitte les pavés pour la terre, rend la main et, la pluie ayant cessé, pique des deux. Content de retrouver un sol plus souple, le cheval allonge sa foulée entre les hauts arbres et bientôt le garçon distingue des bâtiments au toit d'ardoise flanqués de tours et de tourelles qui se dressent au-dessus d'un mur d'enceinte fortifié, percé de canonnières. Il se redresse sur sa selle, lève les mains et serre les doigts sur le cuir usé des rênes. Ils trottent maintenant jusqu'au pavillon du concierge. Revêtu d'une livrée, jadis noire et argent, aux couleurs fanées, celui-ci, imbu de sa fonction, s'avance, mais le gamin, fiérot, refuse de lui donner ce qu'il doit livrer.

« À M'sieur de Sévigné, en mains propres », déclare-t-il, d'un ton rogue. L'homme hausse les épaules, tend le bras :

« Tu trouveras le marquis au bout du mail, sur la place pavée ! »

Entre deux rangées de tilleuls, le garçon et le cheval progressent au pas sur une allée sablée ; ils croisent un jardinier occupé à tailler des boules de buis, poursuivent jusqu'au bout du mail et débouchent sur une terrasse dominant la route et le plateau, borné à l'horizon par la forêt du Pertre. Un homme est accoudé à la balustrade, qui se retourne en entendant le cliquètement du mors. Il a dû sortir il y a peu car il est encore en bottes souples, veste à brandebourgs couleur chamois, gilet bleu de roi, d'où bouillonne une cravate de batiste blanche. D'un mouvement leste le gamin saute à terre et, de sa sacoche de selle, extirpe une lettre. Se découvrant, il marche au-devant du maître des lieux, les rênes au creux du coude.

« M'sieu le marquis, une lett' pour vous, al vient de loin, j'croué ! »

L'homme lui sourit, tend la main pour prendre le pli puis, fouillant dans la poche de sa veste :

« Merci, petit, tiens, voilà pour ta peine, passe à la cuisine, on te donnera à boire. Adieu. »

D'un pas pressé, il s'éloigne, à travers les jardins, vers le manoir, en contrebas.

Par la fenêtre un rai de lumière filtre, qui vient éclairer la lettre posée sur une table à écrire, Charles de Sévigné la tourne et retourne entre ses mains sans oser la décacheter. Il a reconnu l'écriture, ainsi que les armes imprimées sur la cire du cachet, et il craint d'apprendre quelque fâcheuse nouvelle. Hormis sa femme, ses principaux attachements sont dans cette lointaine région du sud du royaume : sa mère, depuis deux ans, sa sœur et son mari, son neveu et ses nièces, y sont établis. Pressentiment, ou faiblesse ? Il ne peut se résoudre à briser le sceau de cire rouge. Il repousse sa chaise, se lève et commence d'arpenter la pièce, six pas entre la porte et les fenêtres, dix pas dans la longueur, jusqu'à la cheminée où rougeoient les bûches qui achèvent de se consumer.

Entre les deux hautes croisées qui donnent sur le jardin, un miroir lui renvoie son reflet. Il interrompt sa déambulation, s'approche et peine à se reconnaître. Sous les boucles blondes cascadant jusqu'aux épaules, le visage, ovale, bien dessiné, est celui d'un homme de cinquante ans qui, malgré les pattes d'oie aux coins des yeux – qu'il a bleus et non vairons comme sa mère – a gardé la séduction de la jeunesse. « Ah, ce fripon de Sévigné ! » morigénait celle-ci, à chacune de ses fredaines, sans parvenir à se fâcher vraiment. C'est qu'il était si charmant, le « petit compère », « le petit *frater* », « l'éternel guidon », comme elle le surnommait naguère. Par combien de belles – et de moins belles – car son défaut de caractère autant que le goût de plaire et le souci de sa réputation lui faisaient rarement dire non – se laissa-t-il aimer ? « Ah, mon père, pourquoi m'avez-vous fait si beau ! » se plaignait-il, moqueur, quand il lui fallait honorer des promesses imprudentes, payer de sa personne quand le désir s'était enfui, ou répondre, vaille que vaille, aux missives énamourées, larmoyantes, voire revendicatives, de ses amantes, vite déçues. Mais d'où lui venait ce besoin d'être aimé sinon de l'affection distraite dont il a souffert durant sa jeunesse et dont il souffre encore, bien qu'il s'en défende ?

Avec dégoût il se détourne, revient vers la table et, d'un geste impatient, décachette la lettre. Il s'approche de la cheminée, tire une chaise à bras près du foyer et commence de lire. Qu'a donc à lui apprendre M. de Grignan, son beau-frère ? Que sa femme est désormais hors de danger quoique toujours malade, mais que Mme de Sévigné est alitée, atteinte sans doute du même mal, et que son âge fait craindre une issue fatale. Un long moment il demeure prostré, la lettre pendant entre ses doigts. Il soupire, se passe la main sur le visage, puis, mû par une impulsion subite, il se lève, glisse la missive dans sa veste et sort. Du manoir à la chapelle il n'y a qu'une trentaine de pas, qu'il parcourt distraitement, remarquant à peine qu'un ciel bleu pâle pommelé de nuages s'est installé au-dessus des Rochers. La chapelle est un édifice octogonal coiffé d'un toit en carène et surmonté d'un clocheton, que l'abbé de Coulanges, son grand-oncle, fit construire il y a une vingtaine d'années durant l'un de ses séjours. Sitôt entré, il se dirige vers le prie-Dieu au premier rang, s'agenouille et joint les mains.

« Seigneur, implore-t-il, dans votre infinie miséricorde prenez ma mère et ma sœur en pitié, protégez-les du mal, et accordez-moi la grâce de revoir maman mignonne en ces lieux ! »

Il ajoute la prière pour les malades et un *Ave Maria*, esquisse une génuflexion devant l'autel et trace un signe de croix avant de sortir. Tout à l'heure il écrira à sa mère, mais en cet instant il éprouve le besoin de ressentir sa présence de façon palpable.

Rentré au manoir, il se dirige vers la chambre où Mme de Sévigné a ses habitudes lorsqu'elle séjourne aux Rochers. Comme si la pièce était habitée il gratte à la porte avant de l'entrouvrir. D'un pas hésitant il franchit le seuil, va ouvrir les volets intérieurs et se retourne. Du regard il embrasse l'espace, l'alcôve, où, le long du lit à baldaquin, est suspendu un crucifix auquel fait pendant un portrait de la Bienheureuse Mère de Chantal, une table à jeu, un fauteuil de malade à crémaillère, quatre chaises droites, une commode surmontée d'un portrait de Mme de Grignan, un paravent en tapisserie devant la cheminée. Peu à peu, il se laisse dériver au gré des souvenirs. Il revoit sa mère, jeune encore, et si pétulante, si vive, dans cette même chambre, écrivant ou lisant, recevant la visite de voisins ou d'amis, avec lesquels elle aimait échanger nouvelles et potins, il la voit, plus âgée, en compagnie de son oncle l'abbé, dressant les comptes des fermages et s'inquiétant de ses dépenses à lui, le fils trop prodigue, il se remémore leurs soirées ensemble, quand il lui faisait la lecture ou quand ils jouaient aux échecs, et c'était toujours lui le vainqueur, et sa tristesse quand, après son propre mariage, sa mère ayant évoqué dans une lettre sa « défunte chambre », il était entré dans cette même pièce et qu'à l'idée qu'elle mourrait un jour et qu'il ne la verrait plus, il n'avait pu s'empêcher de pleurer.

À y repenser, une larme perle à sa paupière qu'il laisse couler le long de sa joue sans songer à l'essuyer. Eh oui, l'ancien sous-lieutenant des Gendarmes du Dauphin, l'homme de guerre qui restait impavide sous les boulets quand ses hommes tombaient autour de lui, l'amoureux si longtemps volage et inconstant en amour, est un sentimental, et il n'en a point honte. Soudain il entend une porte se refermer à l'étage, puis des pas légers dans l'escalier. Vite, il referme les volets et s'empresse de quitter la chambre pour regagner la grande salle. En ce début d'avril les vieux murs ne se sont point encore réchauffés, aussi prend-il soin d'avancer un fauteuil près de la cheminée et de déployer un paravent derrière. Jeanne est si fragile, si frileuse, que même les soirs d'été elle demeure emmitouflée dans ses châles, et semble toujours sur le point de défaillir. Peut-être est-ce la raison pour laquelle elle aime tant s'entourer de chats, ces frileux félins, ronronnantes et douces bouillottes, qu'elle tient souvent blottis dans son giron ou sur ses genoux.

« Bonsoir, mon ami, vous avez l'air bien soucieux. Auriez-vous reçu de mauvaises nouvelles ? J'ai cru entendre le pas d'un cheval tout à l'heure. Était-ce un messager ? »

Tandis qu'il regarde sa femme s'avancer vers lui il songe que son amour pour elle est lié à cette délicatesse, à ce côté languissant, presque évanescent, et qu'entre eux la communion des âmes, d'emblée, fut plus déterminante que l'attirance des corps.

« Ne restez pas debout dans les courants d'air, Jeanne, venez vous asseoir. Oui, c'était un messager qui m'apportait des nouvelles de Provence. Comme vous le savez, votre belle-sœur était fort malade, mais elle va mieux, Dieu merci. »

Il se tait, paraît hésiter avant de poursuivre. Jeanne a deviné et le devance :

« Et votre mère, vous n'en dites rien ?

– J'allais vous en parler. Elle semble avoir contracté le même mal que ma sœur, mais elle n'est plus jeune, et les médecins ne répondent de rien, hélas !

– Je comprends votre inquiétude et je sais combien vous aimeriez être auprès d'elle, mais la route est longue d'ici à la Provence. Pourtant, malgré les cent cinquante lieues qui nous séparent de Grignan, je trouverais tout naturel que vous entrepreniez ce voyage. »

Il esquisse un geste de dénégation, mais elle l'ignore et reprend :

« Vous n'ignorez pas combien je suis affectionnée à votre mère, bien qu'aux débuts de notre mariage, je redoutasse de la rencontrer. J'appréhendais son esprit et de me trouver sotte auprès d'elle. Puis, lorsqu'elle vint s'établir ici pour plusieurs mois et que nous entrâmes dans la familiarité l'une de l'autre, je connus que son cœur n'était pas inférieur à son esprit. Elle sut apprivoiser ma sauvagerie, et découvrit que pour une provinciale, et de basse Bretagne encore, je pouvais lui donner la réplique et discuter avec elle de sujets plus relevés que de travaux domestiques ou de colifichets féminins, de sorte que nos relations ne sont pas sur le pied ordinaire d'une belle-fille et d'une belle-mère. »

Avec un sourire espiègle, elle ajoute :

« Savez-vous que je puis survivre sans vous aux Rochers ? J'y suis bien entourée, je ne manquerai ni de soins ni de visites. Et je prierai pour vous trois. »

Dans un élan de tendresse il lui prend la main :

« Merci ma mie, je n'en attendais pas moins de vous, mais je suis retenu par mes obligations de lieutenant du roi à Nantes, et, ici, par mon amour pour vous. Il ne servirait de rien que je fasse un si long chemin pour arriver peut-être trop tard. Comme aime à le dire ma chère mère, je m'en remets à la Providence. Elle décidera de tout. »

Le soir est tombé, et le serein avec lui. Du parc s'élève le concert des grenouilles auquel font écho les trilles mélodieuses d'un rossignol. Un valet, chenu et marmottant, est venu allumer les chandelles. Ils ont soupé frugalement au coin du feu, puis

Jeanne s'est retirée avec un livre de piété. Il l'a accompagnée, un bougeoir à la main, jusqu'à sa chambre, lui a souhaité bonsoir, avant de gagner son appartement. Le décor en est vétuste mais il n'a jamais éprouvé l'envie de le rajeunir. Une verdure de Flandres réchauffe un mur de pierres, des lambris de chêne noircis par la fumée encadrent une alcôve, et les meubles sont ceux que son père et son grand-père ont connus. Il se dirige vers son écritoire, ouvre l'encrier, se saisit d'une plume d'oie qu'il affûte avec un canif, et prend place devant le papier. Où se trouve sa mère à cette heure ? Dans la chambre qu'elle occupe ordinairement dans la tour de l'ouest, ou bien l'a-t-on éloignée, par crainte de la contagion, dans une autre partie de la trop vaste demeure ?

Bien qu'il n'ait pas gardé un mauvais souvenir du séjour qu'il y fit, il y a six ans, il n'aime point ce « château d'Apolidon et ses jardins d'Armide », comme aime à le nommer sa mère. Un orgueilleux vaisseau de pierre, ah certes, voué à l'ostentation, et qui humilie de sa masse le village blotti au-dessous de ses terrasses tantôt éventées tantôt écrasées de chaleur, mais surtout un gouffre de dépenses. Cinquante serviteurs, souvent cent personnes à demeure et pas assez de verdure, à son goût, point de vaste jardin où flâner ni de bois où se forlonger. Décidément, il préfère son modeste manoir breton, ses toits d'ardoises bleues, ses tourelles et ses poivrières gothiques, son isolement au milieu des forêts et des landes, son horizon borné. C'est ici que ses aïeux ont vécu depuis plus de deux cents ans, qu'il est né, lors de la jeunesse de son père et de sa mère, c'est ici qu'elle fut heureuse durant les folles années de la Fronde, où elle fit provision de rires avant que les chagrins et les soucis ne viennent l'endeuiller, sans abattre pour autant sa naturelle gaieté. Il rêvasse encore un peu, puis trempe sa plume dans l'écrier, et commence d'écrire.

Aux Rochers, ce 2e d'avril 1696

« Par une lettre de M. de Grignan que je reçus ce jour, j'apprends, Madame, que vous êtes souffrante. Ma tendresse pour vous s'alarme de cette maladie qui vous atteint après avoir frappé ma sœur, et dont je redoute que, connaissant mes sentiments à votre endroit, M. de Grignan ne m'ait dissimulé la gravité. Ah, plaise au Ciel, Madame, que vous recouvriez bientôt cette robuste santé que si souvent je vous enviai lorsque moi-même j'avais le corps et l'esprit abattus, et c'était alors à vous, par votre gaieté et votre esprit, de me redonner courage. Hélas, je vous imagine dans ce glacial palais des courants d'air qu'est le château des glorieux Adhémar, sur son rocher battu et rebattu par les vents, et mon cœur se serre quand je vous représente sans autre compagnie que la dévouée Mlle Martillac et votre petite chienne Marphise, rencognée dans une alcôve, en proie à la douleur et aux fièvres. Si j'en crois M. de Grignan, votre mal serait si contagieux que le médecin qui prodigua ses soins à ma sœur l'aurait suppliée, par égard pour sa santé fragile, de différer de vous rendre visite, de sorte que voilà deux malades qui s'aiment, à quelque distance seulement l'une de l'autre, et qui ne se peuvent secourir ni se voir. Je connais assez ma chère petite sœur pour douter que cette extrême prudence lui soit dictée par le seul souci de sa conservation, ou, du moins, veux-je m'en persuader.

Ah, Madame, comme j'aimerais à être auprès de vous en ce moment ! Je vous conjure de croire que vous n'auriez point de garde-malade plus attentionné, ni de plus empressé à exaucer vos moindres souhaits, mais aussi de plus inflexible à veiller à ce que vous preniez de ces remèdes dont la Faculté prétend que leur effet est d'autant plus merveilleux qu'ils sont amers : *Ad augusta per angusta*... Puisse-t-elle dire vrai !

Vous souvenez-vous de cet hiver breton, de triste mémoire pour vous, où vous fûtes contrainte de garder la chambre deux longs mois, clouée dans votre lit par un méchant rhumatisme ? Vos jambes ne pouvaient vous porter et vous étiez cruellement tourmentée à l'égal de ces fouetteurs de lièvres de nos contrées qui ont passé les trois quarts de leur vie à courir après leurs chiens sous la pluie et dans les brumes, ou de ces viveurs que la goutte et la Providence punissent par où ils ont péché. J'étais, vous le savez, au désespoir de vous voir souffrir, de vous entendre gémir et même pousser les hauts cris, mais aussi, vous l'avouerai-je, point trop fâché que vous ne fussiez pas en état de quitter la solitude des Rochers pour regagner la capitale.

Ainsi, vous avais-je pour moi seul, à ma discrétion, sans la foule d'importuns et de fâcheux, si aimables soient-ils à vos yeux, qui d'ordinaire faisaient écran entre votre personne et mon affection. Comme ils sont vivaces et chers à mon cœur les souvenirs de ces jours où nous étions l'un à l'autre, presque seuls, dans cette demeure que vous aimez, ainsi que dans une île, entourée par la houle sombre des forêts. Comme vous ne pouviez écrire à ma petite sœur tant aimée et épancher auprès d'elle votre trop-plein de sentiments, vous en étiez réduite à m'instituer votre confident et votre secrétaire, et c'était moi qui, sous votre dictée, écrivais à Mme de Grignan, avant d'ajouter quelque apostille. Chaque jour, je prenais soin de votre santé et je m'évertuais à vous distraire. Tantôt je vous lisais quelque chapitre des interminables romans de La Calprenède, à moins que ce fût de votre amie, Mlle de Scudéry, où vous vous laissiez prendre comme à de la glu, et même des pages un peu lestes de Maître François Rabelais – et vous me grondiez d'avoir le goût dépravé –, tantôt, à votre demande, quelques pages des filandreux et ennuyeux *Essais de morale* de M. Nicole, que vous avaliez comme du bouillon, ou – et c'était de mon chef – du divin Pascal sur le bon usage des maladies, tantôt, même, je vous jouais la comédie, et ma récompense était votre rire haut, clair et joyeux, de Bourguignonne, qui chasse si bien la mélancolie et déride les grincheux. Parfois, quelqu'une de vos connaissances, la princesse de Tarente, la duchesse de Chaulnes, ce bon d'Harouÿs, notre cousin, ou ce fou si divertissant de Pomenars, venait nous surprendre, disputer une partie de trictrac ou d'hombre dans votre chambre, et vous instruire des derniers scandales de la grand-ville, et les heures passaient alors bien vite.

Lorsque vous fûtes suffisamment rétablie pour vous aventurer hors de votre chambre et quand le temps le permettait, ce furent, à mon bras, de courtes, puis de plus longues promenades dans ces allées que vous aviez joliment baptisées : L'Humeur de ma fille, L'Infinie, La Lointaine, L'Humeur de ma mère, et le bon Pilois, notre jardinier, venait au-devant de vous pour s'enquérir de votre santé et vous montrer les embellissements de son royaume : les broderies de buis qu'il avait plantées, le nouveau labyrinthe de charmilles, au feuillage encore brunâtre et flétri, dont il vous vantait la rapide croissance, ou les fruitiers en espalier dont il prenait soin comme de ses enfants. Sans doute, est-ce à vous, ma mère, que je dois ce goût de la nature, et des retraites campagnardes, dont, non sans raisons de votre part, vous me fîtes, parfois, reproche, car il allait à la traverse de mon avancement dans le monde. Je l'avoue : comme le bonhomme La Fontaine, qui célébra les premiers pas de ma sœur à la cour, rien ne me plaisait autant que les séjours agrestes, tantôt dans notre terre des Rochers tantôt à l'abbaye de Livry, où l'abbé de Coulanges, votre "Bien Bon" oncle, exerçait une libérale hospitalité. Mais c'est assez parlé de moi. À cette heure je n'ai souci que de vous, et j'enrage d'être si loin de la Provence quand je vous sais malade, en butte à je ne sais quelle malignité d'humeurs, et à la merci de ces médecins dont je ne pense guère plus de bien que M. de Molière. Cet éloignement me jette dans une amertume qui noircit toutes mes pensées.

Voici que la nuit s'avance, mon valet de chambre m'a apporté un flambeau de plus pour que je puisse continuer de vous écrire dans mon cabinet. Mme de Sévigné – au vrai, il n'y aura jamais qu'une marquise de Sévigné, et vous savez combien la modestie et l'effacement de ma tendre épouse ne vous dispute pas cette prééminence – s'est retirée il y a déjà quelque temps. Je suis seul, devant mon écritoire, et je laisse courir ma plume sur le papier dans le dessein de vous distraire, mais aussi, sans doute pour moi-même – vous adresserai-je cette longue missive ? je ne sais encore – afin de tâcher de démêler en quoi mon caractère et ma conduite ont pu, autrefois, vous fâcher ou vous chagriner, au point de vous faire accorder, il y a longtemps et pour toujours, votre préférence à Mme de Grignan. Entendez-moi, ma chère mère, il n'entre nul reproche de ma part dans ce propos et je me regarderai comme un monstre si je manquais le moins du monde à la gratitude que je vous dois pour toutes les marques d'amitié et d'estime que vous m'avez données, comme à la loyauté et à la tendresse que je dois à une sœur affectionnée.

Cependant, il me semble, là-dessus, que je n'ai jamais été bien compris de vous. Vous m'avez parfois soupçonné d'intérêt et de jalousie à cause de l'amour que vous aviez pour Mme de Grignan, amour en regard duquel les marques d'affection que vous me concédiez pouvaient paraître bien faibles et bien fades. Je vous assure pourtant que je ne me suis jamais fâché que vous ayez eu dans votre cœur quelque chose de plus tendre pour votre fille que pour votre fils. Je trouve tout naturel que l'on juge ma petite sœur plus aimable que moi. Soit faute de bonheur, soit faute de mérite, ma fortune ne s'est pas tournée de manière à vous donner satisfaction, de sorte que je ne puis trouver mauvais que vous ayez toujours avantagé Mme de Grignan et ses enfants. Par avance, ma chère mère, j'approuve tout ce que vous aurez pu faire en leur faveur, fût-ce à mon détriment. Il me suffit de me ressouvenir des bontés que vous avez eues pour moi, quand j'étais à l'armée et à la cour, puis lors de mon mariage avec Mlle de Mauron, mariage auquel je dois tout le bonheur de ma vie, pour vous tenir quitte de la réciproque. Que d'obligations longues et solides je vous dois, et croyez-vous que je puisse être assez ingrat pour n'en pas avoir souvenance ? Les trois quarts de ma course, pour le moins, sont passés, je n'ai point d'enfants, et ma petite sœur m'en a fait que j'aime tendrement. Je ne souhaite pas d'avoir plus que je n'ai et que ce que vous m'avez donné. Si je pouvais souhaiter d'être plus riche, ce ne serait que par rapport à mes nièces et à mon neveu. N'ayez donc crainte, ma très chère mère, ma sœur et moi nous ne nous battrons jamais qu'à force d'amitiés et d'honnêtetés, et je vous supplie d'en être bien persuadée.

Dieu sait que vous n'avez jamais bridé votre spontanéité, ni la mienne, et que nos entretiens ont toujours été libres, aisés et francs, trop même, dirait ma chère sœur, que certaines confidences que je vous fis ne laissaient pas d'offusquer. Et pourtant, voici que je suspends ma plume, bien embarrassé à l'idée de m'embarquer dans une suite de souvenirs, tantôt heureux, tantôt fâcheux, et de conjectures, dont je ne sais trop si elles seront de votre goût. Par avance je vous en demande pardon, et vous prie de prendre en bonne amitié ce que je vais vous confier. Ne vous étonnez pas, surtout, si, me penchant sur votre passé, je relate des faits qui ne vous sont que trop connus. Loin de moi la prétention de vous apprendre ce que fut votre vie avant notre naissance à ma sœur et à moi, j'aimerais seulement, en interprétant ce que d'autres que vous ont pu me confier, comprendre votre attitude envers votre seul fils, et l'énigme de votre prédilection pour ma chère petite sœur. Il se peut, certes, que je me trompe, mais j'ai comme le pressentiment que je trouverai la réponse dans vos années de jeunesse, et dans les relations changeantes que vous eûtes avec mon père.

Onze heures viennent de sonner, j'ai donné congé à mes gens jusqu'au matin, et me voici tout au plaisir de m'entretenir avec vous, comme naguère quand je vous rejoignais à Paris ou que vous me faisiez la grâce de séjourner auprès de moi, en Bretagne.

“L’enfance, a écrit M. de Meaux, dont vous faites si grand cas pour la merveilleuse éloquence de ses sermons, est la vie d’une bête !” C’est, hélas, un état dans lequel j’ai persévéré longtemps, mais dont je me souviens avec plaisir. Aux Rochers, où je passai mes premières années, j’étais, la plupart du temps, environné de femmes, et laissé, ainsi que ma sœur, à moi-même. Vous ne vous occupiez guère de nous, en ce temps, ma chère mère, et j’ai grandement usé de cette liberté des champs, découvrant, émerveillé, l’étendue du domaine, le jardin clos, la cour et l’avant-cour, le jeu de longue paume, le manège à travailler les chevaux, le labyrinthe, pourtant à peine commencé, où l’on ne me permettait d’aller qu’accompagné, de peur que je me perdisse, les garennes à lapin, et, au-delà de l’enceinte, la grande rabine avec ses trois allées d’arbres de haute futaie, le moulin, les métairies et le pressoir. Avant moi, mon père avait connu ces mêmes plaisirs de la petite enfance à la campagne : manger les cerises sur l’arbre, dénicher des œufs, surprendre un chevreuil au gagnage... Comme vous, il avait perdu très tôt ses parents, sa mère, avant qu’il n’ait eu un an, et son père à l’âge de douze ans, de sorte qu’il fut assez mal élevé, à ce que vous m’en dîtes, par une belle-mère qui fut une vraie marâtre, et le laissait aux soins des domestiques.

De celui qui ne fut votre mari qu’un peu moins de huit ans je ne sais que le peu que vous avez bien voulu me dire ou ce que m’en ont rapporté certains de nos parents et amis, le cardinal de Retz, M. de

Bussy, M. d'Ormesson, qui le connurent. Je n'ai guère de souvenirs de lui, sinon d'un homme jeune et riant, qui, parfois, s'amusait à me voir jouer à la toupie ou, lorsqu'il s'en revenait d'une course dans la campagne, me hissait sur son cheval et me faisait faire, accroché au pommeau de sa selle, quelques allées et venues dans la cour des écuries. C'était, si j'en crois son portrait, et les témoignages de ses contemporains, un beau cavalier, au tempérament de feu, la mine hardie, l'esprit volontiers goguenard, adonné aux plaisirs, querelleur et chatouilleux sur le point d'honneur, mais aussi paresseux, égoïste, et plus dépensier encore que je ne le fus, mangeant ses revenus, dilapidant votre bien, et faisant montre d'un assez mince intérêt pour les choses de l'esprit.

Comment, ma mère, avez-vous pu, malgré ce dernier trait, vous éprendre de lui ? Vous étiez jeune certes, et vous n'aviez guère votre mot à dire dans un choix qui appartenait à votre famille, mais vous n'avez pas regimbé à l'idée d'unir votre destinée à la sienne. À y resonger, l'étrangeté de cette alliance entre un Breton passablement fruste et une Bourguignonne un tantinet précieuse, ne laisse pas de me surprendre. Vouliez-vous, ou plutôt vos tuteurs voulaient-ils donner raison au poète qui écrivait :

Un ignorant qui n'a pour lui,
Qu'un certain savoir-vivre, un esprit agréable,
À la honte du grec et du latin, fait voir
Combien doit être préférable
L'usage du monde au savoir.

Pardon, je m'égare, les lettres et l'esprit ne comptaient pas alors pour grand-chose dans une corbeille de noces, et si je fus moi-même regardé, à l'armée et à la cour, comme un original, n'était-ce point pour le trop grand prix que j'attachais à ces dilections méprisées par la noblesse ? Votre grand-mère, la Bienheureuse Mère de Chantal, avait déjà refusé deux partis pour vous, en raison du caractère des prétendants qui, à son jugement, ne promettait rien de bon, parce qu'ils n'avaient point en eux le trésor de la sainte crainte de Dieu. Notre aïeule, bien lui en prit, avait gagné le Ciel quand prit corps le projet de mariage avec M. de Sévigné, mais je puis imaginer ses frayeurs à cette idée. À moins qu'elle n'eût été, comme vos tuteurs, sensible à l'alliance contractée avec le protégé d'une maison en pleine ascension.

Lorsque votre ami Corbinelli, qui devait beaucoup au cardinal de Retz, retraça la fabuleuse généalogie des Gondi, dont il faisait remonter l'origine rien moins qu'au temps de Charlemagne, il ne manqua pas de mauvais esprits pour se gausser de cette exorbitante prétention. Comme les Médicis, les Gondi avaient d'abord manié le boulier et la lettre de change dans la bonne ville de Florence, mais il est vrai que cette besogneuse origine s'était vite fait oublier dès leur arrivée en France dans les bagages de Catherine de Médicis. *Quò non ascendet ?* "Jusqu'où ne montera-t-il pas ?" : autant qu'à l'écureuil des armes parlantes des Fouquet, cette devise aurait convenu au premier maréchal de Retz, qui jamais ne perdit une bataille sous les derniers Valois. Après lui, quelle cascade d'honneurs éclaboussa de gloire la maison de Gondi ! Trois ducs et pairs, quatre généraux des galères, trois cardinaux, quatre archevêques de Paris, neuf chevaliers de l'Ordre du Saint-Esprit, des alliances prestigieuses…

Sans doute était-ce une valable raison pour favoriser le choix de M. de Sévigné, neveu, par sa mère, de MM. de Retz, et par eux apparenté à d'autres seigneurs bien en cour, comme le maréchal de Schomberg et les Brissac. Car votre famille, il est vrai, malgré son ancienne chevalerie et ses illustrations, et bien qu'alliée à la première maison royale de Bourgogne, n'avait plus guère de poids à la cour. Votre père, Celse-Bénigne de Rabutin, baron de Chantal, était chef de nom et d'armes de votre maison, mais, après avoir conquis le roi Louis XIII par sa bonne mine, son adresse à tous les exercices du corps, sa gaieté et sa bravoure légendaires, il s'était attiré l'inimitié du cardinal de Richelieu à cause de son goût effréné des duels, de son insolence et de ses bons mots, de ses amitiés compromettantes avec le prince de Chalais et le comte de Montmorency-Boutteville, qui finirent tous deux sur l'échafaud. Lui-même, pour avoir été le second de Boutteville dans son duel contre Pontgibaud, le jour de Pâques, avait été condamné à mort et avait dû se faire oublier en province chez son beau-frère – tandis qu'on le pendait en effigie place de Grève – jusqu'à ce que le bruit se calme.

Et n'était-ce pas parce qu'il se savait en disgrâce qu'il s'était porté volontaire pour combattre auprès de son ami, le maréchal de Toiras, contre les Anglais dans la descente qu'ils firent à l'île de Ré ? Lorsque je fus en âge de m'intéresser à notre histoire familiale, vous m'avez conté sa mort héroïque, percé de vingt-sept coups de pique, après avoir eu trois chevaux tués sous lui, quand l'escadron qu'il commandait eut chargé l'ennemi à la pointe de Semblenceau. Il avait à peine passé trente ans et vous laissait orpheline, seule représentante de la branche aînée des Rabutin.

Par votre mère, Marie de Coulanges, fille de gens pleins d'honneur et de probité, mais de modeste extraction, et disparue peu d'années après son mari, vous ne pouviez compter sur aucun appui à la cour. M. de Sévigné n'était pas seulement de bonne maison, jeune, beau, bien fait et enjoué, il était aussi riche, et ses biens étaient estimés, lors de votre mariage, au double des vôtres. Au regard du monde, cette union était parfaitement assortie, et bien qu'il fût rien moins que délicat, mon père vous plut, sans doute, dans les premières années de votre vie commune. Si vous aviez été superstitieuse vous auriez perçu, toutefois, comme un avertissement le fait que, alors même que l'on discutait des clauses de votre contrat de mariage, il se battit en duel après avoir, sur le Pont Neuf, donné des coups de plat d'épée à un gentilhomme breton. Au cours de ce combat il fut blessé à la cuisse d'une manière telle qu'on le donna pour moribond pendant plus d'un mois. Cette inclination aux querelles eût dû vous alerter, ce me semble, à moins que les dix-huit duels victorieux de votre grand-père, le doux Christophe de Rabutin, ne vous aient rassurée sur l'issue pas toujours fatale de ces rencontres. N'importe, cette légèreté de la part de M. de Sévigné, à moins que vous n'y vissiez quelque preuve de bravoure romanesque, ne fut pas prétexte à rompre les pourparlers, et dans la nuit du 4 août de 1644, votre mariage fut célébré en l'église Saint-Gervais. Après quoi, votre mari voulut incessamment rejoindre l'armée qui allait combattre, et l'on eut beaucoup de mal à le persuader de rester auprès de vous. Étrange manière d'étrenner votre vie de couple !

Voici donc la "demoiselle de Bourgogne" que vous étiez, vouée à prendre racine en Bretagne, cette lointaine province envers laquelle vous n'eûtes jamais beaucoup d'indulgence. Sur la vie que vous menâtes avec mon père, tantôt à Paris tantôt dans notre manoir des Rochers, vous ne vous êtes jamais étendue, comme si votre existence n'avait vraiment commencé qu'à partir de votre veuvage, ou, peut-être même, à dater du moment où ma sœur fut en âge de requérir toute votre attention. Cette période de votre jeunesse m'a longtemps intrigué, peut-être à cause de votre mutisme à cet endroit. En dépit de sa réserve ecclésiastique, c'est par votre oncle, l'abbé de Coulanges, durant ses séjours aux Rochers, par Mme de La Fayette, dont la mère avait épousé en secondes noces notre cousin, Renaud de Sévigné, et par M. de La Rochefoucauld, qui fut intimement mêlé aux affaires du temps, que j'ai pu apprendre quelques bribes de votre vie d'*avant*.

À Paris, vous fréquentiez l'hôtel de Rambouillet, où la divine Arthénice réunissait dans sa célèbre "chambre bleue" l'élite des beaux esprits de la capitale, la princesse de Condé, sa fille, la duchesse de Longueville, la duchesse d'Aiguillon, les marquises de Vardes et de Sablé, Mlle Paulet, dite la Lionne, en raison de sa chevelure rousse et de son caractère altier, Mmes de Fiesque, du Plessis-Guénéguaud, de La Vergne, Mlle de Scudéry, et parmi les hommes, Villarceaux, Montausier, le coadjuteur, Guez de Balzac, Voiture, Ménage, Chapelain, Marigny, les abbés de Montreuil et Bossuet, et encore Sarrasin et Saint-Pavin, Benserade et les deux Corneille… Vous jouiez à colin-maillard, vous écoutiez Voiture déclamer des rondeaux et Montreuil des madrigaux, Corneille réciter un acte de sa dernière tragédie. Je me demande quelle figure devait faire mon père dans cette assemblée, car il vous y accompagnait, j'en ai eu témoignage. Sans doute faisait-il le galant avec les beautés précieuses de l'endroit, mais, assurément, il devait se plaire davantage à l'hôtel de Condé, où notre cousin, M. de Bussy-Rabutin avait ses entrées, jusqu'à ce que votre ami Guitaut lui succède dans la faveur du prince. Le ton, semble-t-il, y était tout différent. Point de préciosité et de galanterie quintessenciée mais de la gaillardise, des rires à gorge déployée, des propos assez lestes, de la part du duc d'Enghien et de sa petite cour de libertins, parmi lesquels étaient Lenet, procureur général auprès du Parlement de Dijon, qui vous divertissait par ses folies, le poète nivernais Marigny, dont la fureur était de composer des triolets, et Isabelle de Montmorency, duchesse de Châtillon, votre "sœur d'élection", fille de Boutteville, l'ami de votre père, et si connue par ses intrigues et ses galanteries.

Toujours par M. de Bussy, vous aviez vos entrées au Temple chez le grand prieur de France, Hugues de Rabutin, brave gentilhomme qui ne manquait pas de sens, mais d'une espèce de politesse à la corsaire, que mon père, à ce que vous me disiez, appelait "mon oncle le pirate" et en qui il voyait sa "bête de ressemblance". Parmi les fréquentations de M. de Sévigné, la maison de Scarron n'était pas la moins prisée, en dépit de sa réputation scandaleuse, de sorte qu'il s'y rendait seul et que vous ne fîtes connaissance de l'auteur du *Roman comique* qu'après avoir perdu mon père, et lorsque le pauvre poète se fut rangé par son étrange mariage avec Mlle d'Aubigné, qui ne se pouvait douter alors qu'elle serait plus tard la toute-puissante Mme de Maintenon. Pour avoir lu les poésies et le roman de M. Scarron, je puis entrer dans les motifs qui faisaient rechercher sa compagnie par mon père.

Les soupers qu'il donnait étaient animés par la gaieté la plus débridée, la bouffonnerie la plus libertine. C'était un quartier général des frondeurs où se retrouvaient les amis de M. de Gondi et ceux de

M. de Condé ; on y buvait sans retenue à la déroute du parti adverse, on y lutinait les quelques femmes qui, n'ayant plus le souci de leur réputation, osaient s'y rendre, et l'on y chantait à tue-tête les couplets burlesques ou orduriers des mazarinades, à commencer par la fameuse chanson de Scarron lui-même qui fit sortir de ses gonds le cardinal de Mazarin, tant elle éclatait d'impudence et de méchanceté. Bien que vous ne fussiez pas bégueule, vous ne vous mêliez point à ces compagnies adonnées à la licence. Par votre éducation et par vos goûts vous teniez aux Précieuses, sans en avoir, Dieu merci, les ridicules, tandis mon père se rattachait aux libertins, aux esprits forts qui se targuent de morguer l'infortune et la mort par des bons mots et des éclats de rire, et préfèrent les plaisirs de ce monde aux espérances incertaines de la vie éternelle.

En un mot, avant même que la chose n'existât, vous penchiez déjà du côté de la Fronde. De votre engagement du côté du Parlement et des princes, j'ai, plus tard, assez souffert pour m'y attarder un peu, ne vous en déplaise. M. de Sévigné et vous étiez jeunes, romanesques, impertinents, insoucieux de l'autorité, et il m'est aisé de comprendre que votre inclination naturelle autant que le devoir de loyauté qui vous obligeait envers MM. de Retz vous aient enrôlée dans le parti hostile à Mazarin. Pour moi, qui n'ai connu que la souveraineté sans partage de Louis XIV, cette révolte du Parlement et des Grands ne laisse pas de m'étonner, quoiqu'elle m'inspire, je l'avoue, quelque admiration.

Certes, les ressorts de l'intérêt et de l'ambition personnels n'étaient pas absents de cette sédition, mais il y entrait aussi de la gloire, de l'orgueil, de la galanterie, et surtout du panache. C'était une sorte d'opéra-bouffe mêlée de tragédie cornélienne. On se battait et l'on mourait, comme dans toute guerre, guerre d'autant plus odieuse qu'elle dressait des Français contre d'autres Français, mais les amours s'entrelaçaient aux intrigues, les facéties les plus grossières aux ambitions les plus relevées, les travestissements aux mascarades, les actions héroïques aux brigandages les plus honteux. Jamais l'on ne vit autant de retournements spectaculaires et de coups de théâtre imprévus.

M. de Gondi, qui n'était alors qu'archevêque de Corinthe et coadjuteur de son oncle, était l'âme et le brandon de toutes les cabales. Par son éloquence nonpareille il animait, le jour, la résistance au cardinal et à la régente, exhortait les bonnets fourrés du Parlement à tenir ferme sur leurs positions, prêchait l'insubordination aux curés des paroisses. Et, dès la nuit tombée, il n'abandonnait les barricades que pour hanter les alcôves, et faire l'amour aux plus ardentes des frondeuses, Mmes de Chevreuse, de Guéménée, de Pommereul, de Châtillon, et bien d'autres encore. Non point seulement parce que le moins ecclésiastique des prélats avait le goût des femmes et de la conquête, mais surtout parce que ses amantes, par leur entregent et leur puissance de séduction, pouvaient servir ses ambitions.

Me pardonnerez-vous, ma mère, si je vous confesse ne pas avoir nourri la même ferveur que la vôtre envers notre parent ? Réticence que je partage, du reste, avec ma sœur. Sans doute y avait-il en ce factieux brouillon et batailleur du Romain mais aussi de l'Arlequin. Et je doute que l'intérêt de la chose publique et la gloire de Dieu aient été les principaux motifs de ses actions, du moins en ce temps-là.

À ce que me contèrent le cardinal de Retz, et aussi M. de La Rochefoucauld, mon père avait suivi le duc de Longueville, le plus incapable des chefs de la Fronde, parti soulever la Normandie contre l'autorité royale. Il s'y rencontra avec M. de Saint-Évremond – que, du temps de mes brèves amours avec Mlle de Lenclos j'ai appris à estimer, pour l'honnêteté de sa pensée et l'ironie dont il saupoudrait ses écrits. À ce que rapporte Saint-Évremond dans sa plaisante *Retraite de M. de Longueville*, mon père, par ses facéties et ses bons mots, eut l'honneur de faire rire Son Altesse durant cette campagne qui fit long feu. Je ne sais trop quels autres services M. de Sévigné dut lui rendre, mais le duc voulut l'en récompenser en le nommant maréchal de bataille, dignité qui ne lui coûtait pas cher à offrir.

Peu après votre mariage, mon père, ne voulant pas servir à la guerre comme simple volontaire, avait désiré s'établir dans une charge, et, par l'entremise de M. d'Ormesson, avait cherché à acheter celle de cornette des Chevau-légers du roi, dont le capitaine-lieutenant était notre parent, le maréchal de Schomberg. Cependant, il était encore mineur, n'ayant que vingt-deux ans, de sorte qu'il dut demander aux Coulanges de se porter garant de l'emprunt. Le prix en était élevé et vos oncles refusèrent, si bien qu'il se résigna, quelque temps après, à acquérir la charge, plus modeste, de gouverneur de la ville de Fougères, et ce n'est qu'à la faveur de la première Fronde, quand le coadjuteur était momentanément dans les bonnes grâces de la régente, qu'il parvint, peu après, au grade de maréchal de camp.

Entre-temps, vous aviez découvert la Bretagne et les terres ancestrales de notre famille, tant en basse Bretagne, autour de Nantes et de La Trinité, qu'entre Rennes et Vitré. Si je ne me trompe, c'est quelques mois après votre mariage que M. de Sévigné vous mena aux Rochers, et la Parisienne que vous étiez, familière du quartier du Marais et des bosquets bien taillés de l'abbaye de Livry, dut éprouver quelque étonnement devant une province encore farouche et mal dégrossie, où l'on parlait davantage le breton que le français, et dont les mœurs et les coutumes étaient demeurées un peu gothiques.

Notre manoir vous parut sans doute bien modeste et rustique auprès de l'hôtel de Coulanges, place Royale, où vous fûtes en partie élevée, et même en regard du château de Bourbilly, demeure de vos aïeux bourguignons, qui y semèrent à profusion leurs armes sur tous les murs, tant ils s'estimaient fort. Mon père, apparemment, aimait cette demeure des Rochers, davantage encore que son château du Buron, aux environs de Nantes, pourtant plus vaste et plus moderne, et c'est là que vous passâtes avec lui les plus riantes années de votre mariage.

Je ne sais que trop vos dédains pour cette pauvre Bretagne, où vous vous êtes toujours sentie sinon en exil, du moins égarée, fors, peut-être à Nantes, à Rennes et à Vitré, mais, dussé-je vous chagriner, je sais gré à mon père d'être resté breton de cœur, malgré son goût pour la capitale et les plaisirs qu'il y pouvait trouver. Il me plaît de croire que, s'il avait préféré la charge assez terne de gouverneur de Fougères à ses premières ambitions militaires, c'était pour passer le plus long temps possible sur les terres où ses ancêtres avaient fidèlement servi les ducs de Bretagne depuis le Moyen Âge, et notamment dans les guerres contre l'Anglais. Par là, je me reconnais du sang des Sévigné, qui rechignèrent le plus souvent à s'éloigner de l'Armor et de l'Argoat, à rebours des Rabutin qui n'aimaient rien tant qu'à cavalcader hors de Bourgogne, de tournois en faits d'armes, de la Flandre à l'Italie.

Vos brillants amis parisiens ne manquaient pas de se gausser de vous pour les fréquents et nombreux séjours que vous faisiez avec mon père aux Rochers. Je me souviens avoir lu en souriant l'épître cocasse que votre cousin Bussy et son ami Lenet, dépités de ne point vous avoir trouvée à Paris, vous avaient adressée :

Salut à vous, gens de campagne,
À vous, immeubles de Bretagne,
Attachés à votre maison
Au-delà de toute raison...
Un vieux reste d'amitié
Nous fait avoir de vous pitié,
Voyant le plus beau de votre âge,
Se passer dans votre village,
Et que vous perdez aux Rochers
Des moments à nous autres chers.
Peut-être que vos cœurs tranquilles,
Censurant l'embarras des villes
Goûtent aux champs en liberté
Le repos et l'oisiveté...

Et les deux lurons de se gausser des raisons peu honorables que vous auriez de prolonger cet entracte champêtre : l'économie que vous feriez en mangeant sur place les produits de vos fermages, l'administration exacte de vos biens, sans compter l'honneur de commander aux processions, d'ordonner les corvées ou d'exercer vos droits de chasse… À l'époque où vous me donnâtes à lire ces vers de mirliton, je n'étais pas encore convaincu des bienfaits de vivre sur ses terres en bon ménager de sa fortune, mais j'en admets aujourd'hui le bien-fondé, et vous ne sauriez sans injustice me faire reproche de dépenser sans paraître, comme vous l'avez fait tant de fois durant ma jeunesse.

C'est lors de la troisième année de votre mariage, après avoir donné le jour, à Paris, à ma chère petite sœur, que, deux ans plus tard, vous me mettiez au monde aux Rochers, en mars de l'année 1647. Le second maréchal de Schomberg, de qui je tiens mon prénom, fut mon parrain, comme son propre père avait tenu M. de Sévigné sur les fonts baptismaux. De cet exploit de m'avoir fait naître vous tirâtes quelque orgueil, si j'en crois la lettre triomphante que vous écrivîtes à votre cousin Bussy, et qu'il me montra, un jour que je lui rendais visite, tant il la trouvait plaisante et bien tournée. Pourtant, vous y narguiez le "petit cadet", "beau faiseur de filles", de n'avoir pas eu l'esprit de faire aussi bien que vous et le menaciez de le réduire au lambel. Vous lui disiez encore que vous me feriez sucer le lait de la haine contre lui, avant de l'assurer que M. de Sévigné et vous l'aimiez fort et parliez souvent du plaisir que vous auriez à le revoir.

Dans sa réponse, que vous me montrâtes, votre vaniteux cousin avouait envier le bonheur de M. de Sévigné et vous conseillait de vous en tenir au garçon que vous veniez de faire, action si louable qu'elle ne devait point être renouvelée. De fait. Est-ce pour complaire à M. de Bussy que vous ne me donnâtes pas, durant les trois années suivantes, ma chère mère, quelque autre frère ou sœur ? Ou estimiez-vous avoir plus que rempli votre devoir envers votre mari en lui donnant un héritier de son nom ? À moins que l'idée de gâter votre taille par d'inopportunes grossesses vous ait fait prendre le parti d'espacer vos rencontres avec lui. Si flatté que je fusse d'être le seul mâle de la famille, il m'est arrivé de déplorer que vous n'ayez point eu d'autre enfant. Je vous en demande pardon, ma très chère mère, mais peut-être eussiez-vous plus équitablement réparti votre amour maternel entre toute votre progéniture.

Puisque je suis sur le chapitre de ma naissance, permettez-moi de vous dire un mot sur ce que je pense avoir hérité de mon père et ce que je crois tenir de vous, car il se peut que là se cache le mystère de votre préférence pour ma petite sœur. "Vous êtes tous deux fort jolis, chacun dans votre genre", avez-vous confié un jour à Mme de Grignan. Je le veux bien, mais il n'empêche que l'un de nous a toujours été, à vos yeux, plus charmant que l'autre, et je ne vous apprendrai pas lequel. Pourtant, l'opinion commune a maintes fois tranché que j'étais, de vos enfants, celui qui vous ressemblait le plus. De vous, ma mère, j'ai reçu le plus précieux des dons, l'irrésistible penchant à la gaieté, l'inclination à trouver que la vie, malgré les souffrances et les malheurs qu'elle nous inflige, est belle et bonne ; de vous encore j'ai recueilli la bonté et la faculté à témoigner de l'indulgence pour les imperfections de la nature humaine et les fautes de mon prochain ; de vous, toujours, j'ai eu en partage une étincelle de cet esprit familial des Rabutin, qui, de siècle en siècle, se signalèrent par les "beaux et ornés mots" dont ils enjolivaient leurs actions et leur conversation, au point de faire entrer les termes “rabutiner” et “rabutinage” dans la langue française ; de vous enfin, m’est échu cet amour des belles-lettres et de la lecture, qui consolent de tant de chagrins et sans lesquelles on ne saurait être un honnête homme.

Je ne puis assurer, en revanche, si je tiens de vous – la “jolie païenne” à qui le bon Arnauld d’Andilly faisait reproche de trop aimer sa fille – les semences de piété, qu’au plus fort de mes fautes et de mes débordements je n’ai jamais perdu de vue, et qui se sont développées après mon mariage, au point que vous me qualifiâtes, non sans ironie, de “pieux Énée chamarré d’un brin d’anachorète”. Sur ce dernier point, il me semble que, bien que vous ne fussiez nullement ennemie de la solitude, que vous supportiez fort bien, si vous ne la recherchiez pas, je n’ai pas hérité de vous l’amour du monde et de la compagnie qui vous fit tant apprécier de vos contemporains. Certes, je ne fus pas un Alceste, forcené dans son mépris des hypocrisies mondaines et diseur de vérités malséantes, et j’ai tenu honorablement ma place dans les salons, mais le fond de mon caractère était l’amour de la tranquillité, inséparable d’un certain retrait vis-à-vis de la société et, plus encore, de la cour.

Si je tâche, maintenant, de remonter la voie qui conduit à mon héritage paternel, je suis forcé de reconnaître que ce sont les traits que vous aimez le moins en ma personne. Sans doute, mon père est-il mort trop jeune pour avoir mené à leur terme ses capacités et ses desseins, mais il semble établi qu'il n'ait point nourri de grandes ambitions. Contrairement à votre glorieux cousin Bussy, il n'était pas entêté de gloire, et la chimère de conquérir le bâton de maréchal de France ne l'habitait pas. Il n'avait pas davantage le vain désir de briller à la cour et d'y obtenir quelque charge honorifique. Et ce n'est pas sans raisons que vous lui fîtes grief – comme vous me le feriez, plus tard – de la force secrète qui attire les Bretons en leur pays.

J'avoue que, tout comme lui, un invincible attrait m'a toujours ramené dans la province de mes pères, et que mon plus cher désir, exaucé depuis une dizaine d'années déjà, était de me retirer aux Rochers pour m'y livrer à l'embellissement de mes terres, aux plaisirs de la lecture et de la conversation avec les plus honnêtes gens de mon voisinage. Fi, quelle dégradation, vous exclamiez-vous chaque fois que je commis l'impair de vous faire part de ce souhait si cher à mon cœur ! Ne m'aviez-vous élevé que pour finir en hobereau crotté parmi les Croque-Oison, les Kerborgne et les Kerlouche, comme il vous plaisait, dans vos accès de mauvaise humeur, de ridiculiser les noms bretons ! Eh, oui, ma très chère mère, telle était la promesse que je m'étais faite quand je compris que je n'avais aucune chance de monter en grade dans l'armée, et que je serais voué à demeurer, jusqu'à ce que ma barbe blanchisse, éternel sous-lieutenant des Gendarmes-Dauphin, sous le commandement de mon odieux cousin, le marquis de La Trousse.

Là ne s'arrête point, hélas, l'inventaire de l'hoirie paternelle, et le plus grave est à venir. La prodigalité, voilà un trait que je tiens assurément, pour mon malheur, de M. de Sévigné, dont vous vous plaignîtes, après sa mort, qu'il vous ait plongée dans les abîmes. Combien de fois m'avez-vous loué l'abbé de Coulanges, plus féru, m'a-t-il toujours semblé, d'écritures comptables que d'Écritures saintes, pour le soin assidu qu'il mit à redresser l'état de vos finances, obérées par les dépenses inconsidérées de mon père. Lorsque, bien des années plus tard, je m'avisai de me plonger, à mon tour, dans cette étude ingrate mais nécessaire – eh oui, j'avais bien changé, moi qui vous disais naguère préférer un conte de La Fontaine à un compte de fermier ! – je m'aperçus que toutes les dépenses de M. de Sévigné n'étaient pas seulement liées à ses plaisirs, mais employées à rembourser des dettes de ses prédécesseurs. Je me plais à lui rendre cette justice, quand bien même il me faut admettre qu'il ait dilapidé une partie de ses biens et de votre dot.

Quant à moi, il est vrai que l'argent, comme vous vous en plaigniez à ma sœur, me fondait dans la main comme dans un creuset et que je trouvais l'art de dépenser sans même le profit de faire figure de grand seigneur. Je plaide coupable là-dessus, Madame, bien que je vous assure être désormais pénétré des principes de la "sainte économie" que vous vous efforçâtes de m'inculquer, avec l'aide du "Bien Bon". Dépensier, soit, mais non pas intéressé, comme vous me soupçonnâtes quelquefois de l'être, à telle enseigne que vous prîtes d'inutiles précautions pour garantir ma sœur des réclamations que j'eusse été fondé à lui présenter quant aux avantages et aux bienfaits que vous lui fîtes, à mon détriment. Il me reste un dernier point – et le plus délicat – à aborder, mais je tiens à être scrupuleux et vrai dans cet examen de mes minces qualités et de mes déplorables travers.

Ce n'est pas un mystère que M. de Sévigné ne vous fut pas longtemps fidèle, qu'il aima en maints endroits, et des femmes qui ne vous valaient pas. Vous en avez souffert, je n'en doute point, mais toute la faute incomba-t-elle seulement au tempérament trop ardent ou libertin de mon père ? Je vous demande pardon si je vous fais offense : lors de mes incartades de jeunesse – car j'ai payé, je l'avoue, mon tribut au beau sexe, mais je n'étais, en comparaison de beaucoup d'autres, qu'un fanfaron du vice, et non un véritable libertin – je vins, un jour, vous quereller de m'avoir donné de votre glace, et j'ajoutai que vous auriez mieux fait de donner cette ressemblance à ma sœur. "Toute la chaleur de Mme de Sévigné est à son esprit", écrivait M. de Bussy dans le méchant portrait qu'il traça de vous dans son *Histoire amoureuse des Gaules*, que je ne lui ai jamais, à rebours de vous, pardonné. "Son tempérament est froid", poursuivait-il, en précisant, non sans grossièreté, qu'il tenait cette confidence de votre mari.

À cette époque, paraît-il, votre cousin était le plus intime ami de votre couple, il s'insinuait dans les bonnes grâces de mon père et se faisait le complice de ses écarts dans le méchant dessein de vous les rapporter et de vous inciter ainsi à vous venger en lui accordant vos faveurs. Dieu merci, vous ne lui prêtiez pas une oreille complaisante, et vous l'assuriez que vous n'étiez point si fâchée qu'il le crut. Cependant, et je vous prie de me pardonner l'indiscrétion de ma question, si M. de Sévigné en vint, après quelques années de mariage, à vous être infidèle, ne fut-ce pas pour la raison que vous lui refusiez la dette conjugale ? Étrange assortiment que le vôtre : vous l'aimiez, paraît-il sans l'estimer, tandis qu'il vous estimait sans vous aimer. Cependant, j'ai peine à croire qu'il n'ait point rendu hommage à une femme telle que vous, pourvue de tous les agréments du corps et de l'esprit ; à ce que je me suis laissé dire, ce n'est qu'après la naissance de ma sœur puis de la mienne, qu'il prit la liberté de mugueter ailleurs.

De ses conquêtes je ne sais que ce que la rumeur publique et les gazetiers ont rapporté : et notamment qu'il plut d'emblée à Mlle de Lenclos qui en fit son favori pour trois mois, ce qui, pour elle, était presque l'éternité. Vous m'avez dit, un jour, que c'était Ninon qui avait gâté mon père, ce qui entendait, de votre part, non seulement qu'elle avait dévoyé ses mœurs mais aussi qu'elle avait perverti son esprit, en l'attirant du côté de la philosophie d'Épicure. Je ne crois pas que M. de Sévigné ait eu besoin des leçons de scepticisme de Ninon ; je pense, plutôt, que les amis dont il s'entourait avant d'entrer sous ses lois avaient déjà parachevé le travail, et que l'éducation qu'il reçut n'avait point fait entrer en son âme les principes sacrés de notre religion.

À cet égard, je vous rends grâce, Madame, du soin que vous avez pris de m'inculquer le respect des commandements de l'Église, si bien que, si j'ai maintes fois péché durant ma jeunesse, du moins n'ai-je jamais offensé Dieu sans en concevoir horreur et remords, et l'on n'a pu me compter au nombre des apôtres de l'incrédulité tels que Théophile de Viau, Saint-Pavin, des Barreaux, ou même votre cousin Bussy avant que ses malheurs ne l'inclinent à la pénitence et à la réflexion. Vous avez été injuste envers moi quand vous prétendiez que j'avalais le péché comme de l'eau. À l'âge des passions, je n'étais, certes, qu'un homme ordinaire et un chrétien bien imparfait. Je n'avais pas rompu avec la Nature pour me faire, comme disait M. de Saint-Évremond, "des plaisirs de l'abstinence des plaisirs" et pour me rendre délicieux "l'usage des mortifications et des peines". Si j'avais conscience que la philosophie ne va plus loin qu'à nous apprendre à souffrir les maux de l'existence, je ne savais pas encore que la religion en fait jouir et que l'on "peut dire sérieusement sur elle, ce que l'on dit galamment de l'amour : tous les autres plaisirs ne valent pas ses peines". Je reviendrai, un peu plus tard, sur ce chapitre.

Ce rapide examen de mes qualités et de mes insuffisances m'incite à penser que si j'ai eu le malheur de vous décevoir, c'est par les traits de caractère où vous reconnaissiez mon père, traits dont ma chère sœur fut apparemment préservée. Ce que Mme de Grignan et moi-même tenons de vous c'est, au-delà de notre blondeur commune, de notre teint laiteux et de nos yeux clairs, une certaine tournure d'esprit, et, passez-moi l'immodestie de l'aveu, le délié de l'intelligence, mais alors que je fus longtemps étourdi comme un hanneton, léger comme une libellule et insouciant comme la cigale de La Fontaine, ma chère petite sœur témoigna, dès son plus jeune âge, d'un sérieux que vous me donniez trop souvent en exemple pour qu'il ne m'agaçât point. La belle "Maguelonne", comme vous la surnommez souvent, a souffert de la réputation d'être froide, distante, raisonneuse, voire pédante ; vertueuse, certes, mais aussi quelque peu vaniteuse de sa beauté et de son esprit. Il se pourrait, ma mère, que vous ne lui ayez pas donné la meilleure éducation, ce dont vous êtes convenue, du reste, l'ayant tôt retirée des Visitandines de Nantes où vous l'aviez mise en pension, afin de la garder près de vous.

Ce caprice de votre part a sans doute privé ma petite sœur de la faculté de s'épanouir à distance d'un modèle intimidant. N'avez-vous jamais soupçonné, ma mère, que l'extrême amour que vous lui portiez lui était quelquefois à charge, et qu'elle se serait volontiers passé du tribut que vous ne cessiez de verser à ses vertus et ses charmes ? Ma sœur, de deux ans mon aînée, était plus à même que moi de prendre conscience de la perte de notre père, et de ressentir la honte qu'il fût mort pour les beaux yeux d'une autre femme que la sienne. Comment n'eût-elle pas été sensible aux bruits infamants qui couraient alors, et plus tard, sur ses dérèglements et sur l'abîme où il avait laissé sa femme et ses enfants ?

De là, sans doute, sa réserve farouche, sa susceptibilité, et le peu d'assurance qu'elle eut toujours, bien qu'elle dissimulât ce travers sous le masque d'une froide raison et d'une fierté altière. Et puis, ma très chère Madame, n'avez-vous jamais perçu combien votre éclat, votre rayonnement, votre réputation si brillante éteignaient tout ce qui vous entourait, à commencer par vos enfants ? Quelque effort que nous tenterions pour nous faire estimer pour nous-mêmes, nous ne serions jamais, Maguelonne et moi, que la fille et le fils de l'incomparable Mme de Sévigné. À trop vouloir mettre ma sœur sur un piédestal, à la couver incessamment de votre amour, vous lui imposiez un défi trop ardu à relever, celui de n'être pas indigne de vous. Comment lutter contre l'ombre que vous faisiez, si ce n'est par l'absence ?

Pour moi, j'eus la chance, étant votre fils, et appelé à suivre la carrière des armes, de faire, hors de la maison familiale, mes humanités au collège, puis de passer quelques années dans une académie, afin de me former à l'équitation, à l'escrime, à la danse et aux mathématiques. C'est sous votre tutelle et auprès de vous, en revanche, que ma sœur apprit de ses précepteurs le latin, l'italien, l'espagnol, le chant, la musique, sans oublier la philosophie de M. Descartes, son père spirituel. L'abbé de La Mousse, notre parent par la cuisse gauche, se chargea du latin, de la morale et de la métaphysique.

Un jour que ma petite sœur recevait de lui une leçon d'humilité chrétienne, et qu'il lui donnait en exemple que ses jeunes charmes n'auraient qu'un temps et que tout cela pourrirait, elle lui rétorqua : "Certes, Monsieur, mais cela n'est pas encore pourri !" La logique n'y trouvait rien à redire, mais non la modestie chrétienne. Je gage, Madame, que vous applaudîtes à cette impertinente réponse, comme il est bien certain que vous encourageâtes le penchant de ma sœur à la vanité et même à la suffisance, torts qui lui furent souvent reprochés, mais dont je sais d'assurance qu'ils ne sont que le masque de ses doutes vis-à-vis d'elle-même.

Lorsque Mlle de Sévigné fut, à seize ans, en âge de paraître dans le monde, et que vous la produisîtes dans les salons puis à la cour, vous en faisiez parade comme du plus beau de vos joyaux, et la tanciez de sa timidité naturelle. Ma sœur, que Bussy nomma "la plus jolie fille de France", était sans doute d'une beauté plus régulière que la vôtre, elle arborait la blonde chevelure d'une lionne, le nez fin de notre père, elle avait les yeux bleus, la taille svelte, et dansait à ravir. Mais elle ne possédait pas votre vivacité, ni votre amabilité, ni votre verve et votre ardeur à plaire. Aussi, plut-elle moins que vous, en dépit de l'attrait de sa jeunesse.

Quand elle fut invitée à danser à la cour, dans le ballet des Arts, aux débuts de Versailles, puis dans le ballet des Amours déguisés, enfin dans celui des Plaisirs de l'Île enchantée, votre orgueil maternel ne connut plus de bornes. C'est alors que le comte de Tréville dit en voyant ma petite sœur : "Cette beauté brûlera le monde !" Il se trompait, tandis que M. de La Fontaine était dans le vrai quand il disait dans la fable qu'il lui dédia, *Le Lion amoureux* :

Sévigné, de qui les attraits
Servent aux Grâces de modèle,
Et qui naquîtes toute belle,
À votre indifférence près.

Quant à ce mauvais rimailleur de Benserade, fournisseur attitré des poésies de cour je ne citerai ses vers que pour leur ridicule et leur goût douteux :

Déjà cette beauté fait craindre sa puissance ;
Et, pour nous mettre en butte à d'extrêmes dangers,
Elle entre justement dans l'âge où l'on commence
À distinguer les loups d'avec les bergers.

Juste Ciel ! Comme mon ami Boileau a bien fait de clouer au pilori ces tâcherons du Parnasse qui font injure aux vrais poètes. Lors de ce ballet, il m'en souvient, ma sœur était vêtue en amazone, et avait pour compagnes Mlles de Saint-Simon, de Mortemart et de La Vallière, et l'on sait quel fut le sort de ces deux dernières, que distingua la faveur du roi. Comme de juste, il ne manqua pas de cyniques, à commencer par M. de Bussy, qui montra en cette circonstance la bassesse de son âme, pour prédire à votre fille la bonne fortune de plaire à notre galant monarque. Ainsi espérait-il rentrer en grâce et faire oublier le scandale de son *Histoire amoureuse des Gaules*. À travers les succès que valaient à votre fille sa beauté et son esprit vous compensiez sans doute l'ambiguïté de votre état, mais vous couriez le risque de porter atteinte à sa réputation, ce que vous ne vouliez pourtant pour rien au monde, ayant vous-même souffert de la médisance.

Il me faut ici, je vous en demande pardon, revenir à mon père, que j'ai abandonné en chemin, en compagnie de Mlle de Lenclos. L'irrésistible Ninon distinguait trois sortes de familles parmi ses adorateurs : les favoris, qui avaient le bonheur de lui plaire, tant pour les agréments du corps que pour les grâces de l'esprit – car elle ne pouvait souffrir les sots et les rustres –, et auxquels elle accordait ses faveurs, sans rien leur demander ; les martyrs, qu'elle acceptait pour amis, mais à qui elle refusait l'accès à ses charmes, quelles que fussent leurs qualités – de ce nombre était, pour ne citer que lui, M. de Saint-Évremond – ; et les payeurs, dont elle daignait recevoir les présents, sans qu'ils puissent pour autant se prévaloir d'avoir des droits sur sa personne.

Mon père et moi-même, bien des années après, comptâmes parmi les favoris ou, pour citer son expression, eûmes la bonne fortune d'être l'un de ses caprices du moment. “J’en suis, disait-elle, sans forfanterie, à mon vingtième ou vingt-cinquième caprice.” Comme elle avait commencé la galanterie assez tôt, et qu’elle la poursuivait encore alors qu’elle était entrée dans un âge où ses amants auraient pu être ses petits-fils, je ne sais à quel caprice elle en est à cette heure, mais je présume que le nombre doit être respectable.

De M. de Sévigné, Ninon n’accepta, me dit-elle longtemps après, qu’une bague de peu de valeur, en souvenir des heureux moments qu’ils avaient passés ensemble. Au vrai, mon père, que ses charmes avaient ensorcelé, aurait volontiers prolongé l’aventure, mais elle lui donna son congé pour accepter les hommages d’un jeune financier, M. de La Sablière, que Tallemant des Réaux, grand amateur et collecteur de commérages, lui avait présenté. C’est le même dont la femme devint la protectrice de M. de La Fontaine, après qu’il eut perdu les bienfaits de M. Fouquet, et qui fut, longtemps, la maîtresse de l’aimable marquis de La Fare, auquel je succédai comme sous-lieutenant des Gendarmes-Dauphin quand il quitta le service.

Mon père, selon M. de Bussy, était tellement persuadé qu’on ne peut être un galant homme sans être toujours amoureux, et surtout d’une autre femme que la sienne, que vous n’auriez jamais été contente si vous aspiriez à n’être aimée que de lui. Comme toutes les assertions de votre cousin préféré, celle-ci n’est pas à prendre pour argent comptant, et j’aime à croire que votre mari vous serait revenu, une fois passées les fougueuses passions de la jeunesse. N'en suis-je pas moi-même un exemple probant, devenu, depuis mon mariage, un modèle de constance ?

Comme vous pouviez le craindre, toutefois, M. de Sévigné ne resta pas longtemps sans une nouvelle maîtresse, et ne cessa de vous donner d'autres sujets d'affliction. Ses plaisirs commençant d'ébrécher votre patrimoine, l'abbé de Coulanges vous persuada, non sans réticences de votre part, de vous séparer de biens d'avec lui. Pourtant, peu de temps après, vous vous portiez garante pour lui de cinquante mille écus, au grand dam de vos amis, tels votre ancien professeur, Ménage, qui, vous le reprochant en ces termes : "Madame, une femme prudente ne doit jamais placer de si fortes sommes sur la tête d'un mari", s'attira de votre part cette repartie plutôt libre : "Pourvu que je ne mette que cela sur sa tête, qu'y trouvera-t-on à redire ? "

Je reconnais là cet esprit gaillard grâce auquel vous écoutiez, sans fausse pudeur, certaine confession que je vous fis, lors de mes propres déboires amoureux. Raison pour laquelle, j'eus toujours un infini plaisir à me confier à vous, même si vous me grondiez de mon libertinage et de ses possibles conséquences. Est-ce pour être plus libre de se livrer à ses aventures ou pour vous mettre à l'abri des troubles qui agitaient la capitale ? Toujours est-il que M. de Sévigné vous emmena en Bretagne, avec ma sœur et moi-même, et s'en revint à Paris, pour courtiser la petite monnaie de Ninon, je veux parler de Mme de Gondran, qui s'était fait un nom dans les annales de la galanterie.

Elle était fille d'un contrôleur des gabelles et avait épousé le fils de l'avocat Galland de Gondran, qui, à rebours de son père, fort honnête homme, s'était surtout signalé par son ivrognerie, sa paresse, sa stupidité et sa brutalité. La belle Lolo, tel était le surnom de Charlotte de Gondran, n'avait pas tardé à donner du grain à moudre à la jalousie de son mari. Mais celui-ci était aussi fat que sot, et les belles fréquentations de son épouse ne laissaient pas de l'éblouir. C'est ainsi que mon père, je le tiens de M. Tallemant, ne manquait jamais d'inviter ce cocu magnifique aux fêtes qu'il donnait en l'honneur de sa maîtresse, et ce dernier ne tarissait pas d'éloges envers la bonté de celui qui ornait sa tête d'une ramure de dix-cors royal.

Il semble que pour la belle Lolo, M. de Sévigné se soit montré plus prodigue qu'envers Ninon, et qu'il se soit même livré à des indélicatesses. Comme celle d'aller prier Mlle de Chevreuse de lui prêter des pendants d'oreille, que Mme de Gondran lui avait vus et qu'elle désirait porter pour le Carnaval. Mlle de Chevreuse accepta de bon cœur sans se douter que sa parure allait être arborée par la maîtresse de mon père. Le lendemain du bal, certaines personnes qui y étaient, ne manquèrent pas de s'étonner auprès de la prêteuse qu'elle ait pu consentir un tel geste envers une femme d'une vertu aussi légère, et mon père fut contraint d'aller trouver Mlle de la Vergne, belle-fille de notre oncle Renaud de Sévigné, pour lui demander instamment d'assurer Mlle de Chevreuse qu'elle-même avait été la bénéficiaire du prêt, qu'elle avait, à son tour, rétrocédé à Mme de Gondran.

Comme la belle Lolo et son mari regardaient désormais de haut leurs anciennes relations, l'un des amants passés de la dame voulut se venger de ses dédains et tint sur elle des propos injurieux, qu'un certain Hercule de Lacger, homme à bonnes fortunes et mièvre poète, se plut, par méchanceté, à colporter. Le propos fut répété à M. de Sévigné qui, outré de fureur, fit savoir qu'il donnerait des coups de canne à Lacger quand il le rencontrerait. Prévenu, celui-ci fit en sorte d'éviter de croiser mon père, mais le bruit courut qu'il y avait eu un duel entre les deux et que M. de Sévigné avait été blessé. Cette fausse rumeur parvint jusqu'en Bretagne et, par je ne sais quel pressentiment, vous écrivîtes une lettre à mon père où vous faisiez état de vos inquiétudes à son sujet. Quand cette lettre parvint à Paris, quatre jours plus tard, M. de Sévigné était mort, des suites d'un autre duel, celui-là véritable, hélas.

Ni la vertu ni la constance de Mme de Gondran n'avaient la réputation d'être à toute épreuve, et, par le passé, elle ne reculait pas à atteler à plusieurs chevaux, si bien qu'en dépit de sa liaison affichée avec mon père, un prétendant se mit sur les rangs. Il se nommait le chevalier d'Albret, et était le frère du futur maréchal de ce nom. Outre qu'il était bien fait de sa personne, il ne manquait pas de qualités aimables, mais soit qu'elle aimât véritablement M. de Sévigné, soit qu'elle lui fût attachée par les présents et les plaisirs qu'il lui offrait, elle refusa, à plusieurs reprises, de recevoir le chevalier, ce dont celui-ci sut mauvais gré à mon père.

Là-dessus, Lacger, qui l'avait appris, rapporta à M. d'Albret que mon père et sa maîtresse s'étaient permis des railleries à son endroit, mettant en cause sa virilité. Le chevalier pria aussitôt son ami le marquis de Soyecourt, si fameux, quant à lui, pour son infatigable vaillance au déduit et l'instrument considérable de ses victoires, qui lui valait l'admiration des dames et la jalousie de tous les soudards de Cypris, qu'ils fussent de la ville ou de la cour, de s'informer auprès de mon père s'il était vrai qu'il eût tenu pareils propos sur son compte. M. de Sévigné répondit qu'il n'avait jamais parlé en mal du chevalier d'Albret, mais qu'il ne disait cela que pour rendre hommage à la vérité, non pour se disculper, car il ne se justifiait jamais que l'épée à la main.

Soyecourt transmit cette réponse au chevalier d'Albret et il fut convenu que la rencontre aurait lieu derrière le couvent de Picpus, le 3 février de 1651. Mon père avait apporté les armes du duel, et commença par assurer son adversaire qu'il ne l'avait jamais calomnié, et le chevalier lui dit qu'il ne doutait pas de sa parole, sur quoi les deux hommes s'embrassèrent ; mais d'Albret, un friand de la lame et qui tuait très bien son monde, ajouta qu'il n'en fallait pas moins se battre. M. de Sévigné rétorqua qu'il l'entendait bien ainsi, ne voulant pas s'être déplacé pour rien.

Comme vous le savez, mon père n'avait pas en vain le renom d'être impétueux et colérique, ce qui est un désavantage dans les duels où le vainqueur est, le plus souvent, celui qui reste froid et calculateur dans les assauts. Cet emportement devait lui être fatal. Après avoir porté plusieurs bottes à son adversaire et lui avoir percé les chausses, sans le blesser, mon père, s'étant découvert, voulut lancer une estocade décisive à M. d'Albret, et s'enferra sur l'épée que celui-ci lui présentait. Il tomba sur-le-champ, et fut remporté, tout sanglant, dans son carrosse. Mandés en urgence, le médecin et le barbier qui visitèrent sa blessure, la déclarèrent sans recours. Le lendemain, M. de Sévigné mourut, témoignant de son regret, non de vous avoir offensée et de vous abandonner dans une si lamentable circonstance, mais de quitter la vie si jeune. Il n'avait pas encore vingt-huit ans et vous vous retrouviez veuve, avec deux enfants, à l'apogée de votre éclat.

Lorsque vous fûtes de retour de Bretagne, pour faire enterrer mon père dans l'enfeu des Coulanges en l'église de la Visitation, au Faubourg Saint-Antoine, vous laissâtes éclater votre douleur, et nul ne put suspecter qu'elle n'était pas sincère. Malgré ses défauts et les offenses qu'il vous avait infligées, vous ne laissiez pas d'aimer M. de Sévigné, dont vous nous dissimulâtes la cause de la mort. Pour moi, je n'avais pas passé assez de temps avec lui pour prendre la mesure de cette perte, et si je pleurais, c'était pour être à l'unisson de votre chagrin et des sanglots de ma sœur.

S'il faut en croire certaines mauvaises langues, comme Tallemant et Conrart, mon père n'aurait pas été regretté, car il passait pour être dissipateur, fâcheux et infatué de lui-même. Pourtant votre peine me paraît démentir cette méchante rumeur. La première fois que vous vîtes le chevalier d'Albret dans un salon parisien, vous vous évanouîtes, et l'on vit votre visage s'altérer, quand vous aperçûtes le marquis de Soyecourt à un bal, deux ans après la mort de M. de Sévigné. Une autre fois, vous promenant dans les jardins de Saint-Cloud, vous auriez dit en croisant par hasard le sieur Lacger : "Voilà l'homme que je hais le plus, par le mal que m'ont fait ses indiscrétions." Comme vous ne possédiez point de portrait de mon père, ni de boucles de ses cheveux, vous auriez, dit-on, passé outre à la décence et prié Mme de Gondran de bien vouloir vous les donner, ce qu'elle fit, tandis que vous lui retourniez les lettres enflammées qu'elle avait adressées à M. de Sévigné.

Les avez-vous lues, Madame, ces lettres si chaudes, qui témoignaient de l'attachement sensuel de la belle Lolo à votre mari ? La curiosité, qui est l'un des traits de votre caractère, m'incline à penser que oui. Et peut-être est-ce l'une des raisons qui vous déterminèrent à ne pas vous remarier, de crainte de connaître à nouveau l'infortune qui avait marqué votre union avec mon père.

Aussitôt M. de Sévigné mis en terre, vous n'aviez guère tardé à regagner la Bretagne afin de mener votre deuil hors du regard du monde. À chaque fois qu'un chagrin vous frappait, vous aviez coutume, je l'ai constaté à maintes reprises, de rechercher la solitude et l'apaisement des bois, que ce soit à l'abbaye de Livry ou aux Rochers. Je n'ai guère connu que M. de La Fontaine qui partageât avec vous cette dilection profonde. Comme vous, le fabuliste peuplait la Nature de dryades, de sylvains, de faunes et de nymphes, et prêtait un langage aux animaux et aux arbres, ce que ne pouvait admettre ma cartésienne de sœur, si entichée de cette raison et de cette logique dont, pour ma part, je n'ai jamais cru qu'elles fussent à même de dire le dernier mot des mystères de la création.

D'autres motifs, au reste, vous incitaient à quitter la capitale en proie à tous les tumultes et toutes les intrigues de la Fronde des princes. C'est alors que notre tout jeune roi subissait l'affront d'être visité, de nuit comme de jour, par les émissaires du duc d'Orléans et de M. de Gondi, mais aussi par les capitaines des milices bourgeoises, désireux de s'assurer qu'il ne s'était point échappé de Paris avec la régente, à l'instar du cardinal Mazarin, réfugié hors du royaume. Pour une femme désormais privée de la protection d'un mari, la capitale n'était plus un lieu sûr. En province, en revanche, vous bénéficiiez de l'appui et de la sauvegarde de toute notre parentèle tant du côté des Sévigné que des Retz.

C'est aux Rochers, sans doute, que vous eûtes tout le loisir de méditer ce que serait votre avenir. Vous n'aviez que vingt-cinq ans, votre beauté était fameuse, qui inspira au jeune prodige Beauchasteau, lorsqu'il fut en votre présence, ce quatrain :

Sévigné, suspendez vos charmes
Et les clartés de votre esprit.
Pour nous faire rendre les armes,
Votre extrême beauté suffit.

De surcroît, votre esprit et votre gentillesse vous méritaient la réputation d'être l'une des femmes les plus aimables et les plus en vue de Paris. La cour assidue que M. de Bussy vous faisait, l'empressement dont témoigna M. Scarron de vous connaître avant sa mort, vous auraient rassurée sur la puissance de vos charmes si d'aventure vous en aviez douté.

Pourtant, durant les quelques mois de votre séjour en Bretagne, après avoir pesé, j'imagine, le pour et le contre d'un éventuel remariage, vous prîtes la forte résolution de rester veuve et de vous consacrer à vos enfants. Votre veuvage fut, de votre propre aveu, le commencement d'une existence assez douce et heureuse, sans éclat et sans distinction, mais destinée à finir plus chrétiennement que si elle avait été traversée par de grandes passions. Je vous admire, ma chère Madame, d'avoir envisagé aussi raisonnablement la longue suite d'années qui vous restaient peut-être à vivre sans la présence d'un homme à vos côtés.

Je ne parle même pas des plaisirs légitimes de l'amour – apparemment, ces besoins ne vous travaillaient pas, à en croire les confidences que je citais plus haut – mais du soutien moral, et de la place plus brillante que vous eussiez pu avoir à la cour. Car les partis ne vous firent pas défaut. Quand vous revîntes à Paris, huit mois après la mort de notre père, le gazetier Loret annonçait ainsi votre retour :

Sévigné, veuve jeune et belle [...]
est de retour de la campagne [...]
et malgré ses sombres atours
Qui semblent ternir ses beaux jours,
Vient augmenter dans nos ruelles
L'agréable nombre des belles.

La ville avait, entre-temps, retrouvé le calme et l'ordre, les affaires y étaient prospères, et les plaisirs n'avaient jamais été autant à l'ordre du jour. Toutes les occasions de se divertir étaient bonnes à prendre et l'incertitude des temps, le risque de perdre la vie dans les hasards de la guerre civile, accroissaient l'ardeur à épuiser la coupe des voluptés. Lorsque j'étais à l'armée, j'ai pu constater combien cette inclination était forte : à la veille d'une bataille, si certains parmi mes compagnons d'armes se préoccupaient de mettre en ordre leur conscience et de rédiger leur testament, la plupart, cependant, ne songeaient qu'à profiter de plaisirs qui seraient peut-être les derniers. Aller retrouver une maîtresse, se rendre en compagnie dans quelque lieu d'honneur, ou banqueter et se griser sans retenue…

Mlle de Montpensier, fille de Gaston d'Orléans, dont la conduite romanesque et irréfléchie avait fait une manière d'héroïne de roman – pour s'être emparée de la ville d'Orléans en montant sur la brèche, et pour avoir, plus tard, fait tirer le canon du haut de la Bastille sur les troupes royales, elle se voyait en nouvelle Jeanne d'Arc, et aspirait à rien de moins qu'à être reine – la Grande Mademoiselle, donc, ainsi qu'elle fut glorieusement surnommée, donnait des fêtes où se pressaient frondeurs et même royalistes. Au théâtre de l'Hôtel de Bourgogne, les admirateurs de Corneille, au premier rang desquels on vous comptait, applaudissaient *Nicodème*, la dernière de ses grandes pièces, tandis qu'au petit Luxembourg, chez la duchesse d'Aiguillon, nièce du cardinal de Richelieu, se réunissaient les gens de lettres et les savants. C'est là que l'on entendit, pour la première fois, M. Pascal exposer ses découvertes en mathématiques et en physique devant un parterre de grands seigneurs et de belles dames, et que "l'on vit bien, en vérité, qu'un très beau génie possédait ce nouvel Archimède".

Dans ce climat de fêtes et de licence, de libres entretiens sur tous les sujets, vous n'en eûtes, ma mère, que plus de mérite à conserver pure votre réputation. Si votre chevalier servant proclamé, je veux parler de M. de Bussy, était retenu dans le Nivernais, où il tenait garnison à La Charité, et ne pouvait vous envoyer de ces lettres où il mêlait avec adresse les flatteries insinuantes aux déclarations tendres, vous ne manquiez pas de soupirants. Votre deuil était achevé, en ce début de 1652, et vous pouviez reparaître dans le monde, où l'on vous réclamait avec insistance. L'on vous vit, bien sûr, chez vos plus proches parentes, telles Mme de La Trousse, votre tante du côté Coulanges, chez Mme Renaud de Sévigné et sa fille, Mlle de La Vergne, qui n'avait pas encore épousé M. de La Fayette, chez Mme de Lavardin, sœur de cet évêque du Mans, plus confit en gourmandise qu'en dévotion, et à l'invitation duquel vous ne vous dérobiez que rarement lorsque vous vous rendiez en Bretagne. Mais vous fréquentiez aussi la ruelle de la duchesse de Lesdiguières et de la première princesse Palatine, bien que du parti de la cour. Sans doute, ma mère, étiez-vous l'une des rares personnes de la capitale à avoir alors vos entrées et à être bienvenue dans tous les camps, en raison de votre absence de préventions, de votre tolérance et de votre belle humeur.

Au nombre des conseillers les plus écoutés du prince de Condé, aux côtés de MM. de La Rochefoucauld, de Beaufort et de Nemours, se trouvait être le nouveau duc de Rohan. Il était né cadet de la maison de Chabot, sans fortune, et sans espoir d'avancement, mais il était bien fait, spirituel, et excellent danseur, qualité qui suppléait alors à beaucoup d'autres. De sorte qu'il se fit bien voir de la fille unique du grand capitaine que fut Henri de Rohan. Marguerite de Rohan, qui joignait la beauté à un caractère énergique et à la fierté de sa naissance, était un parti considérable et avait été recherchée par des princes du sang comme le comte de Soissons et le duc de Nemours, et par de grands seigneurs étrangers tel le duc de Saxe-Weimar. Pourtant, c'est Henri de Chabot qu'elle distingua entre tous.

Celui-ci, il est vrai, n'avait rien négligé pour se la concilier : il lui faisait une cour assidue, au détriment de son service à l'armée, et surtout il eut l'intelligence de faire intervenir en sa faveur le prince de Condé, quand il était duc d'Enghien et servait alors la reine et Mazarin contre la Fronde. Comme le duc était le bras armé du parti royaliste, il n'eut pas trop de mal à leur faire agréer cette union si disproportionnée, et pour faire octroyer à M. de Chabot un brevet de duc et pair, que celui-ci, par la crainte qu'inspirait Condé, parvint à faire enregistrer par le Parlement, avant les lettres de plusieurs autres qui les avaient obtenues avant lui. Ainsi, le nouveau duc de Rohan entra-t-il en possession de la fortune et des dignités de la maison où il s'était introduit. Cependant, et bien qu'il eût dû redouter la jalousie de la duchesse, il devint amoureux de vous, et se mit en tête de vous faire la cour.

Parmi leurs anciennes alliances, les Sévigné s'honoraient de compter celle des Rohan, outre celles des Montmorency, des du Guesclin, des Chateaubriand, des Rieux, des Beaumanoir, et de quelques autres de même roche. Ce lien, bien que fort ancien, autorisait M. de Rohan à vous rendre souvent visite, d'autant qu'en qualité de gouverneur de l'Anjou il voisinait avec votre oncle Renaud de Sévigné, en son château de Champiré.

Un certain jour de printemps de 1652, le duc vint vous voir en votre hôtel du Marais, et trouva un autre cavalier dans votre ruelle. Le marquis de Tonquedec était aussi breton, et apparenté à la duchesse de Rohan. Après avoir fait mine de rejoindre le parti des princes et s'être engagé à lever un régiment pour le compte de M. de Rohan, il avait pris le parti de la cour et du cardinal Mazarin, de sorte que le duc était fâché contre lui. À ce que me raconta, en Bretagne, son fils, qui était fort de mes amis, M. de Tonquedec, assis dans un fauteuil, dans votre ruelle, ne se leva qu'à moitié, en soulevant son chapeau, quand M. de Rohan se présenta. Puis, il se rassit sans lui offrir la place d'honneur, et continua de converser avec vous. Le duc, offensé du procédé, ne tarda pas à se retirer et, rentré chez lui, se plaignit à sa femme de l'incivilité de Tonquedec.

La duchesse monta sur ses grands chevaux et lui dit qu'il devait en obtenir réparation. Le lendemain, donc, M. de Rohan se fit annoncer chez vous, et se plaignit fort de Tonquedec, ce à quoi vous répondîtes qu'il était vrai que celui-ci s'était montré bien fier. Cette manière de l'excuser ne fut pas du goût de la duchesse qui chanta pouilles à son mari, si bien que celui-ci retourna chez vous, avec une forte escorte de gentilshommes. Devant votre porte, il trouva le carrosse du comte du Lude, un autre de vos adorateurs, et s'étant enquis auprès du cocher si son maître était céans, il s'entendit répondre qu'il avait déposé M. de Tonquedec, auquel M. du Lude avait prêté son carrosse. Furieux, M. de Rohan monta quatre à quatre chez vous, laissant son escorte à votre porte. Vous l'accueillîtes poliment, en compagnie de votre tante de La Trousse, qui vous servait alors de chaperon, et de ce facétieux de Marigny, le poète frondeur. Avisant Tonquedec, M. de Rohan lui dit, abruptement :

"On m'a rapporté que vous vous vantiez de m'avoir morgué céans, je viens aujourd'hui vous apprendre à me rendre ce que vous me devez."

Avec dédain, M. de Tonquedec, pour qui M. de Rohan n'était que Chabot, rétorqua :

"Monsieur, je vous rendrai toujours plus que je ne vous dois.

– Vous ne sauriez, repartit le duc, et je vous montrerai bien ce que vous me devez. Et maintenant, veuillez sortir."

Pour toute réponse, Tonquedec tira son épée, sur ce, vous vous interposâtes, avec votre tante et Marigny, et vous suppliâtes Tonquedec de quitter les lieux. Par déférence pour vous, il obtempéra, non sans assurer M. de Rohan qu'il obtiendrait raison de l'insulte. Informé de l'affaire, le duc d'Orléans fit rechercher Tonquedec afin de l'arrêter et d'empêcher un duel qui semblait inévitable, et celui-ci fut contraint de s'évader, remettant à plus tard le devoir de venger son honneur.

Cependant, après que M. de Rohan-Chabot eut été dûment reçu comme duc et pair, votre oncle

Renaud de Sévigné lui envoya un cartel pour qu'il lui fît raison du scandale qu'il avait créé autour de votre nom. Le duc fut contraint d'y répondre, et les deux hommes se retrouvèrent sur le pré. Au moment où ils avaient ôté leur pourpoint et tiré l'épée, un garde du duc d'Orléans vint s'interposer, et sur ordre de Son Altesse, les deux combattants furent désormais gardés à vue afin qu'ils ne récidivent point. L'affaire ne finit donc pas et vos parents et amis ne se tenaient point pour satisfaits. Finalement ce vaudeville s'acheva avec la victoire du parti du roi, et l'exil des Rohan sur leurs terres, où le duc mourut l'année d'après.

Ah, Madame, comme vous fîtes voir du pays, en ces années-là, aux soupirants qui cherchaient à ce que vous rompiez votre vœu de rester sage ! Existât-il jamais une citadelle aussi assiégée que vous le fûtes, et une égérie autant célébrée par les Muses ? MM. de Saint-Pavin, de Montreuil, de Marigny vous tressaient des couronnes dignes de la Guirlande de Julie, que Montausier avait composée pour la très précieuse Julie d'Angennes. Puis-je rappeler à votre souvenir ces vers de votre plus ancien commensal, Ménage lui-même :

Des ouvrages du ciel le plus parfait ouvrage,
Ornement de la cour, merveille de notre âge,
Aimable Sévigné, dont les charmes puissants
Captivent la raison et maîtrisent les sens,
Mais qui de la vertu, sur le visage peinte,
Inspire aux plus hardis le respect et la crainte.

Il y a apparence que sur ce dernier point l'abbé poète s'abandonnait à l'hyperbole, car Cerbère ne gardait pas votre porte, et votre riant visage n'était pas à la ressemblance de la Gorgone. Mais vous aviez assez de preux chevaliers pour voler au secours de votre réputation si besoin était, comme le montra la querelle entre MM. de Rohan et de Tonquedec.

Quelque révérence que vous eûtes toujours pour votre grand-mère, la Bienheureuse Mère de Chantal, et pour son directeur spirituel, François de Sales, vous ne vous sentiez pas obligée de prendre pour modèle l'humble violette de mars en quoi elle voyait le symbole de la veuve chrétienne. Vous ne laissiez pas d'être coquette, ma très chère mère, et vous ne regardiez pas d'un œil trop sévère la troupe nombreuse et choisie des adorateurs de vos charmes et de votre esprit. Au cours des deux années qui suivirent la querelle née de la rivalité amoureuse entre vos soupirants bretons, vous attirâtes d'autres galants et non des moindres.

À tout seigneur tout honneur, je nommerai d'abord le prince de Conti, frère cadet de M. de Condé, qui portait une belle tête bourbonienne sur un corps contrefait et bossu. Ces difformités ne l'empêchaient pas d'être fort porté sur les dames, comme en ont la réputation ceux qu'affecte cette disgrâce, mais il compensait le disparate de son physique par beaucoup d'esprit, de goût pour les lettres, de générosité, et d'inclination à la plaisanterie. Bien que doté de cette bravoure légendaire chez les Condé, il n'avait aucune des qualités de grand capitaine de son frère, car il était irrésolu au dernier degré, ce qui le desservait dans la carrière des armes qu'il avait finalement embrassée après qu'on l'eut élevé pour être d'Église. Votre cousin Bussy, qui servait sous ses ordres, s'attira ses faveurs par des goûts si conformes aux siens, par ses railleries et son libertinage, et tous deux se distrayaient des ennuis d'une campagne militaire en dressant le soir, parodie de la carte du Tendre, inventée par Mlle de Scudéry, la carte du pays de la Braquerie, autrement dit de la galanterie, pour n'user que de termes honnêtes. Quoique marié depuis peu à une nièce de Mazarin, le prince tenait la fidélité pour une vertu bourgeoise ou canine, et ne se privait pas de roucouler et de batifoler en d'autres lieux que le lit conjugal. Il vous avait connu du temps de la Fronde, quand M. de Sévigné fréquentait l'hôtel de Condé, et s'était montré sensible à vos grâces. Il vous fit des déclarations par l'entremise de Bussy, dont la jalousie à l'endroit de ses possibles rivaux s'effaça curieusement devant un prince du sang. Peut-être flattée par le suffrage d'une altesse, mais rebutée par sa bosse et par sa réputation, vous n'encourageâtes pas, cependant, les prétentions de M. de Conti.

Plus dangereux pour votre vertu, en revanche, fut le surintendant Fouquet, tiens donc, encore un Breton, ma chère mère ! C'est au cardinal Mazarin que le surintendant dut le commencement de sa fortune. Il était procureur général au Parlement quand Son Éminence, afin de complaire à cette compagnie où il ne comptait pas que des amis, le choisit pour occuper le poste, qu'il partagea quelque temps avec M. Servien, faucon niais – et borgne de surcroît – en comparaison duquel il était un aigle. De sorte que, pressé par les besoins d'argent de l'État, le cardinal écouta d'une oreille bienveillante les suggestions de M. Fouquet qui se faisait fort de lui obtenir les rentrées nécessaires aux finances publiques. Du moment que les écus affluaient, le cardinal fermait les yeux sur les expédients auxquels recourait le surintendant, homme plein de ressources mais de peu de scrupules. Par ses grandes capacités M. Fouquet parvint à un point d'élévation que nul ministre n'égala depuis, mais cette grandeur fut la cause efficiente de sa perte. Sa pente naturelle le portait à la magnificence et à la prodigalité, et comme il ne faisait point de différence entre sa cassette personnelle et les coffres de l'État, il égalait les princes par ses collections de tableaux, de tapisseries, de statues, d'antiques, et par la protection qu'il étendait sur les architectes, les artistes et les poètes, qu'il avait la bonne grâce de traiter en amis plus qu'en obligés. Il était, au reste, plein de discernement et de goût, et rarement largesses furent distribuées plus à propos. Notre roi, là-dessus, le fit bien voir quand il attira auprès de lui et M. Le Vau, et Le Sueur, et Le Nôtre, et La Fontaine, qui avaient fait l'ornement de Vaux avant Versailles.

Avec cela, bien qu'accablé d'affaires et assiégé de toutes parts par les solliciteurs, le surintendant n'en était pas moins homme de plaisirs et voluptueux comme le Grand Turc. Quand bien même il n'eût pas été le grand argentier du royaume – et "jamais surintendant ne connut de cruelles", disait mon ami Boileau – sa prestance, sa bonne mine, et ses manières gracieuses lui eussent assuré de solides lettres de crédit auprès des femmes, mais il joignait, de plus, à ces dons naturels de considérables atouts : l'art de plaire et de badiner agréablement, la faculté de feindre la passion et de persuader celles qu'il voulait séduire qu'elles seules occupaient ses pensées et son cœur. Si cet arsenal ne se révélait pas suffisant, le son irrésistible des pistoles et des écus abrégeait souvent la défense ou la résistance des places, dont ses informatrices lui indiquaient les points faibles. C'est dire si M. Fouquet remporta dans les alcôves plus de victoires que n'en moissonna M. de Turenne sur les champs de bataille. Pourtant, si grands que fussent les mérites que vous lui reconnaissiez, il échoua devant votre vertu. Lorsqu'il connut la disgrâce et l'emprisonnement, avant son procès que vous suivîtes avec plus de zèle et d'intérêt que les gazetiers attitrés, on découvrit la fameuse cassette où il conservait les lettres d'amour que lui avaient adressées tant de femmes et de si haut lieu. Parmi ces "poulets" se trouvaient des lettres de vous, lettres d'affaires et d'amitié, mais qui firent clabauder la cour et la ville à votre sujet. On dit que le roi qui les avait lues, y avait pris beaucoup de plaisir tant elles étaient divinement tournées et spirituelles. Votre cousin Bussy, qui s'était informé auprès du chancelier Le Tellier du caractère de votre correspondance, prit chaudement votre défense en cette affaire, et comme il était alors en froid avec vous, pour un prêt d'argent que votre oncle l'abbé vous avait incitée à lui refuser, ses propos n'en eurent que plus de poids.

Pour moi, qui ne l'ai jamais aimé, je reconnais que vous lui fûtes, pour une fois, hautement redevable. Il imposa même silence en société à son beau-frère Rouville, qui lui avait fait remarquer combien il était étrange qu'il s'instituât votre avocat après avoir été précédemment votre accusateur. “Il se peut, mais je n'aime le bruit que lorsque je le fais moi-même”, rétorqua avec hauteur M. de Bussy, et nul ne se permit plus de colporter des médisances à votre encontre. Entre M. Fouquet et vous, il n'y eut donc jamais, de votre part, que de l'amitié et de l'estime, et j'avoue qu'il me plaît que vous lui ayez été fidèle dans le malheur, au mépris de votre intérêt. C'est un trait qui vous fait honneur, et devant lequel je m'incline très bas, que la force de vos affections, loin de s'affaiblir, se soit toujours accrue envers vos amis frappés de disgrâce, comme ce fut le cas du surintendant, du cardinal de Retz, de M. de Pomponne, de tous les Arnauld et de la famille janséniste en général.

Tenez, puisque je citais M. de Turenne, en voici un autre, et non des moindres, qui, tout couvert de lauriers qu'il fût, se rendit à discrétion dès lors qu'il eut le privilège de vous approcher. Lui qui se piquait d'être indifférent au beau sexe, vint, vit et fut vaincu, à rebours d'un autre grand capitaine, de l'Antiquité celui-là. Mais M. de Turenne venait de se marier et vous évitâtes avec soin tout tête à tête compromettant avec ce héros que vous teniez, avec le cardinal de Retz, pour les deux plus grands hommes de votre temps.

En ai-je fini avec vos soupirants de cette époque ? Que nenni ! Je ne m'attarderai pas sur les ducs de Noirmoutier et de Lesdiguières qui ne se mirent sur les rangs que peu de temps. Parlons un peu, maintenant, du cavalier pour lequel, sans doute, vous eûtes le plus d'inclination, je veux nommer le comte du Lude – qui n'était encore ni duc ni grand maître de l'Artillerie.

Vous dîtes, un jour, à ma sœur – c'était bien des années plus tard – que vous brodiez des L en pensant à lui. M. du Lude compensait un visage assez laid par une belle taille, des manières courtoises, une discrétion de bon aloi, et une merveilleuse facilité à verser des larmes, qui faisait croire à un cœur sensible et passionné. Il vous fit une cour assidue pendant longtemps, mais alors que vous étiez sur le point de céder à sa flamme, la longue résistance que vous lui auriez opposée aurait fini par le lasser, à ce que prétend, du moins, M. de Bussy dans son *Histoire amoureuse des Gaules*, et ce contretemps vous aurait sauvée. Quand vous ne voulez pas ce qu'on veut, Madame, vous disait non sans dépit votre cousin, il faut bien vouloir ce que vous voulez, et vous aimer à votre mode.

Celle-ci était de concilier la sagesse et le monde, la vertu aimable et la coquetterie sans risques, puisqu'aux hommes vous vous contentiez d'accorder, et encore, de l'estime au lieu de l'amour. Ce à quoi vous forçâtes tous vos soupirants, à commencer par Bussy lui-même, le laissant sur le pied d'une amitié amoureuse, à quoi il finit par se résigner, pour le plus grand profit de votre correspondance. Car je dois admettre que c'est avec lui que vous fîtes le plus étincelant assaut de verve et de brio, tant le rabutinage, cette escrime de l'esprit, vive et malicieuse, vous était naturel à l'un comme à l'autre. Vous vous entendiez à demi-mot, vous aimiez le rire et la joie, et jusqu'aux propos lestes et même gaillards, à condition qu'ils n'offensent pas l'honnêteté. Si j'aime à reconnaître cette tacite complicité entre vous, c'est que vous m'avez transmis ce penchant en même temps que cette humeur badine et que nos lettres comme nos entretiens furent marqués par des épanouissements de rate comme je n'en connus avec nul autre qu'avec vous, ma mère.

Mais j'en reviens à vos martyrs. Le dernier en date, fut M. de Luynes, demeuré veuf, et dont, vingt ans plus tard, en votre âge mûr, vous refusâtes la proposition de mariage, étant désormais trop habituée au confort de votre situation. Pour moi, je ne saurais trop vous remercier, ma très chère Madame, d'avoir refusé les avances de la Fortune et d'être restée la marquise de Sévigné.

Ma petite sœur, en revanche, vous en sut moins gré, peut-être à cause de l'excès de votre intérêt pour sa personne et de la manière dont vous vous interposiez sans cesse entre elle et son mari. Je n'aurais pas aimé être à la place de M. de Grignan, je puis vous le confier, et j'admire le seigneur Matou d'avoir été de si bonne composition et de n'avoir jamais montré ses griffes. Dans le fond, ma mère, vous étiez sans doute davantage faite pour l'amitié que pour l'amour. J'en veux pour témoins vos plus proches amis, Mme de La Fayette, M. de La Rochefoucauld, le cardinal de Retz, M. de Pomponne, M. de Chaulnes, la princesse de Tarente, qui ne purent que se louer de la fidélité et de la solidité de vos sentiments. Hormis ma sœur, qui put, en revanche, se flatter de vous avoir inspiré une durable passion ?

Avec moi, c'est de l'amitié que vous eûtes, bien plus que de l'amour maternel, à l'exception de quelques circonstances où je risquais ma vie, et où vos larmes et vos inquiétudes furent celles d'une mère ordinaire. C'est un honneur, sans doute, que d'avoir été le fils d'une femme telle que vous, mais c'est un privilège dont, souvent, je me serais volontiers dispensé, pour le bonheur tout uni d'avoir une mère aux affections banales. La radoterie de l'amour maternel, ce n'est pas avec moi que vous l'eûtes ; je m'y suis accoutumé, certes, mais durant ma jeunesse, j'aurais sans doute aimé que l'absence d'un père fût réparée par un surcroît de tendresse de votre part, comme ma sœur en eut le bénéfice.

Allons, ces jérémiades sont-elles bien dignes d'un homme d'épée ? N'écoutez pas, ma très chère mère, ces regrets du "petit *frater*", je vous assure qu'il s'est fort bien consolé de n'être que celui qui vous distrayait le mieux, en l'absence de votre fille.

Cependant, ma petite sœur, pour citer un bélître de poète de cour, "entrait dans l'âge où l'on commence à distinguer les loups d'avec les bergers". L'éclat de sa beauté, la vivacité de son esprit, et jusqu'à sa réserve, lui attiraient les hommages des blondins de la cour, sans qu'elle parût les remarquer. Il semble, toutefois, qu'elle ait eu quelque inclination pour le beau M. de Villeroi, dit "le Charmant", qui faisait tourner bien des têtes féminines, blondes ou brunes, et de tous âges. Mais, à votre image, Maguelonne se lassait aussi peu d'être sage que belle, au détriment du genre humain. Si fière que vous fussiez de faire parade de sa beauté, et même si vous souhaitiez garder ma chère sœur le plus longtemps possible auprès de vous, vous commenciez pourtant de vous inquiéter qu'elle n'attirât point de prétendants. Ce qui ne laissait pas de faire jaser, à en croire Benserade qui, à travers votre fille, vous incriminait, ma mère :

L'ingrate foule aux pieds Hercule et sa massue
quelque soit l'offrande elle n'est pas reçue ;
elle verrait mourir le plus fidèle amant
Faute de l'assister d'un regard seulement.
Injuste procédé, sotte façon de faire,
Que la pucelle tient de madame sa mère...

Étiez-vous si attachée à ma sœur que vous ne pouviez supporter l'idée d'être séparée d'elle par un importun de mari ? D'aucuns le pensèrent, et moi-même, je l'avoue, à voir s'évanouir l'une après l'autre les espérances de mariage qui s'offrirent. Il y eut, pourtant, le jeune duc de Caderousse, Provençal de belle prestance, riche et spirituel, mais cet excès de présomptions favorables vous le fit écarter ; vint ensuite M. de Mérinville, fils du lieutenant-général de Provence, mais des traverses empêchèrent l'affaire de se conclure. Force est de reconnaître que vos préventions n'étaient pas si mal fondées car Caderousse devint un fort mauvais sujet, et Mérinville fut, plus tard, chassé de l'armée pour son indolence et sa négligence à l'égard de ses devoirs. Un certain comte champenois se mit ensuite sur les rangs, mais vous l'écartâtes tant il éclatait de sottise et de suffisance.

Trois échecs et mat, cela n'était pas rien et vous confessiez que faire en vain les honneurs de ma petite sœur vous donnait des courbatures. Enfin, vint le gendre que vous souhaitiez. Ce n'était certes pas un jouvenceau et il avait déjà, bien qu'il n'eût pas encore atteint la quarantaine, tué deux épouses sous lui, mais il portait un très grand nom, avait fait une honorable carrière à l'armée, et était en droit d'aspirer aux plus hautes charges. Il se nommait François de Castellane Adhémar de Monteil comte de Grignan, et était lieutenant-général en Languedoc. Ses ancêtres avaient eu rang de souverains en Provence, avaient battu monnaie, et ne rendaient allégeance qu'à l'empereur romain germanique. C'était un grand homme, fort bien fait, ingrat de visage, et qui sentait fort ce qu'il était, d'une politesse raffinée, d'un jugement sûr, qui était introduit dans le meilleur monde et en avait les usages. Comme il avait épousé en premières noces Angélique-Clarice d'Angennes, fille de la divine Arthénice, il avait le goût des belles-lettres, aimait la musique et chantait agréablement et, surtout, il possédait au plus haut degré l'art de la conversation.

Dans cette affaire, l'entremetteur, si j'ose dire, fut l'homme du monde le moins fait pour cet office, je veux parler de M. de Brancas, qu'on surnommait "le Distrait" ou "le Brouillard" et qui fut le modèle du Ménalque des *Caractères* de M. de La Bruyère. Il était de vos amis et de la parentèle de M. de Grignan, mais il avait l'esprit si dérangé que je n'eus pas été surpris s'il avait demandé pour Grignan votre main au lieu de celle de ma sœur.

Vous souvenez-vous de ce jour qu'il vint vous voir à Livry, où j'étais alors avec vous ? Il entra, rasé à moitié, l'épée mise du mauvais côté, les bas rabattus sur ses talons et, me croyant votre laquais, me confia ses pantoufles qu'il avait confondues avec ses gants et son bonnet de nuit qu'il avait coiffé en guise de chapeau. Puis, il salua notre oncle l'abbé, qu'il prit pour un médecin, en lui demandant s'il pouvait le saigner, car à cette heure il se sentait embarrassé et pesant. Enfin, il se fit déchirer les chausses par votre petite chienne sur la queue de laquelle il avait marché par mégarde et auprès de laquelle il s'excusa en ces termes : “Tout de bon, pardonnez-moi, Monsieur, je ne voulais pas vous offenser !” J'entends encore votre rire, quant à moi, n'y tenant plus, je m'allai cacher dans l'antichambre pour pouffer à mon aise.

Et dire que c'est à cet échappé des Petites Maisons que ma sœur dut son bonheur et vous-même vos chagrins ! Car si vous ne fîtes pas la fine bouche sur ce parti, vous ne pouviez alors soupçonner que M. de Grignan serait amené à quitter Paris pour la Provence et que sa femme serait heureuse de l'y suivre, vous laissant seule sur votre île de l'Hôtel Carnavalet, ou dans vos retraites provinciales de Livry et de Bretagne. Vous étiez si contente de marier Maguelonne que vous vous abstîntes de demander des éclaircissements sur l'état des finances du marié, plus chargé de dettes qu'un chien errant n'est couvert de puces. Le cardinal de Retz, qui n'avait pas de rivaux dans l'art d'amonceler les pertes, ne manqua pas de pousser les hauts cris à cette nouvelle, s'inquiétant fort de ce que serait le destin de celle qu'il appelait “la petite”, mais vous passâtes outre, avec une superbe indifférence, dont vous pleureriez quelques années après, en découvrant le gouffre ouvert sous les pieds de votre fille. Ah, ma mère, telle fut la rançon de votre vanité qui vous fit pâmer au nom des Adhémar ! Pour moi, je ne fus pas même consulté, quoique chef de famille depuis la mort de mon père, et je n'appris le complot qu'une fois le contrat signé. Il est vrai que j'avais alors d'autres mirages en tête que le mariage de ma sœur, pour lequel je donnai procuration à l'abbé de La Mousse afin qu'il me représentât.

Car cette année-là, se présenta à l'improviste une glorieuse occasion de faire montre à la fois de ma valeur guerrière et de l'ardeur de ma foi. Par dépit de n'avoir été compris dans la promotion des maréchaux de France que fit le roi, M. de La Feuillade, l'un des courtisans les plus en vue, entreprit de monter une expédition militaire en Candie afin de secourir les Vénitiens assiégés par les Turcs. Ce La Feuillade, qu'on appelait alors le duc de Roannez, était une curieuse espèce de Don Quichotte : bien fait de corps et laid de visage, le teint bilieux et bourgeonnant, mais avec des traits agréables, distingué dans ses manières, beau parleur quand il voulait donner idée de son mérite, libéral, poli, obligeant avec ses égaux, hautain et fier avec les indifférents, galant et insinuant avec les femmes, dominé par l'ambition et l'amour du plaisir, sans suite dans les idées, sans profondeur dans ses vues, recherchant à toute force l'éclat et la célébrité, et se lançant pour y parvenir dans les entreprises les plus chimériques. De là ses campagnes chevaleresques en Hongrie et en Candie, et, à son retour, ce voyage en Espagne pour appeler en duel un vieux gentilhomme tout cassé, M. de Saint-Aunay, au motif qu'il aurait mal parlé du roi, et enfin cet acte de munificence sans égal qui lui fit édifier une somptueuse statue de notre roi sur l'emplacement de l'hôtel de La Ferté, statue éclairée par des cierges comme l'autel d'une divinité.

Le roi, que le pape poussait à cette entreprise en l'honneur de la chrétienté, lui avait donné son agrément pour recruter une petite armée, parmi laquelle le comte de Saint-Pol, fils secret de M. de La Rochefoucauld et de Mme de Longueville, les ducs de Caderousse et de Château-Thierry. En raison de notre bonne entente officielle avec la Sublime Porte, l'expédition ne pouvait se faire sous le drapeau fleurdelisé, aussi ce fut sous l'étendard de Malte. Dès que j'en eus connaissance, je désirai fort, n'ayant servi jusque-là qu'en tant que volontaire dans le régiment de Turenne, m'enrôler dans cette croisade. Au vrai, la conservation des intérêts de la Sérénissime me touchait assez peu, mais bien l'ambition d'acquérir de la gloire et de l'honneur, pour le nom français et pour le renom des Sévigné.

Au collège de Clermont, et surtout auprès de vous, j'avais trop lu ou écouté les tirades du grand Corneille pour ne pas brûler de rivaliser avec le Cid. Maures ou Turcs, à mes yeux, ne différaient guère et n'ayant jusque-là fendu de têtes d'infidèles qu'au jeu de la quintaine, il me tardait de déployer mon habileté contre de vrais et féroces janissaires, que j'imaginais barbus et moustachus, l'air fourbe, et la bouche cruelle. Pourtant, je me gardai de vous en parler d'abord, me doutant bien que je n'aurais pas votre bénédiction, mais j'allai voir M. de La Rochefoucauld, à qui cette noble cause fit venir les larmes aux yeux, et qui me promit d'en parler favorablement à M. de Saint-Pol, l'un des plus accomplis cavaliers de France, et qui devait, plus tard, succéder à son frère à demi idiot, comme duc de Longueville.

Par devoir envers notre parent, le cardinal de Retz, je lui rendis visite à son abbaye de Saint-Denis pour solliciter sa permission. Son goût pour les entreprises un peu folles et pour les défis le fit s'enflammer pour mon dessein et le porta à m'encourager de bon cœur. Il tâcherait par ses accointances avec le Vatican d'avoir des nouvelles de l'expédition afin de vous en instruire. Il dirait aussi, me confia-t-il en souriant, des messes pour mon salut temporel, mais il savait ce que c'était que d'être jeune, glorieux, et impécunieux, aussi m'ouvrit-il sa bourse, dont il me pria d'user sans vergogne, afin de m'équiper, ne pouvant mieux me prouver son affection.

Pour faire bonne mesure, et parce qu'il était le plus grand capitaine de ce temps, je demandai aussi l'agrément de M. de Turenne, qui, avec le zèle d'un nouveau converti, avait persuadé le roi de la nécessité de cette croisade. Il me prodigua maints conseils et me dit, quand je pris congé de lui :

"Revenez-nous couvert de gloire, mais surtout sain et sauf, faute de quoi je perdrai à jamais l'estime et l'amitié de Madame votre mère, ce qui me serait un sensible déplaisir !"

Nanti de ces sauf-conduits, je me présentai à M. de La Feuillade, qui m'accueillit à bras ouverts. Il avait été compagnon d'armes, mais aussi de débauche, de notre cousin Bussy-Rabutin, et se réjouissait d'une recrue de mon mérite. Nous serions, me dit-il, six cents volontaires répartis en quatre brigades. Pour ma part, je serais affecté à celle du comte de Saint-Pol, qui comptait une centaine d'officiers et de soldats, sans compter la quarantaine de gentilshommes attachés à sa maison. J'étais de ceux-là, grâce à la recommandation de M. de La Rochefoucauld. Une fois mon équipage monté, je pris la route pour rejoindre le corps des volontaires à Lyon, de là nous gagnâmes Toulon, où nous devions embarquer le 25 septembre de 1668.

Pour la première fois, je vis une mer sans marée, et un automne qui ressemblait à l'été. L'arsenal et le port me firent grande impression, mais non les gens de mer avec lesquels nous eûmes une rixe où trois d'entre nous périrent. Sa Majesté avait fourni trois navires, *Le Duc*, *La Sirène* et *L'Escurial*. Bien que Breton, je n'étais nullement accoutumé aux vaisseaux et à leur manière de labourer la mer, tanguant et roulant des hanches comme de grosses maritornes, et, comme bon nombre de mes compagnons d'armes, je rendis tripes et boyaux par-dessus bord, me jurant qu'on ne m'y reprendrait pas. Au large de la Corse, nous essuyâmes une tempête comme je ne soupçonnais pas que la Méditerranée, ce grand lac d'eau salée, en pût connaître. Nous fîmes relâche à Malte afin de nous approvisionner en vivres fraîches et en eau. Dans son palais de La Valette, le Grand Maître, sous l'étendard de qui nous étions censés combattre, nous réserva le meilleur accueil, et me dit d'obligeantes paroles, dont je ne crus pas un mot, sur feu notre oncle, le grand prieur de France, Hugues de Rabutin, que mon père aimait tant pour ses manières de pirate.

Un mois après notre embarquement nous paraissions en vue de l'île de Candie, sans avoir rencontré de navires ennemis. La ville était ceinte de redoutables fortifications que la Sérénissime République avait renforcées depuis deux ans, en conséquence de quoi elle avait résisté à tous les sièges, alors que la plupart des places fortes de l'île étaient tombées aux mains des Turcs. La garnison, de quatorze mille hommes d'infanterie était tombée à sept mille, tant les combats avaient été meurtriers, tandis que la population n'excédait pas quatre mille individus, obligés – les femmes comme les hommes – de porter les armes et de concourir à la défense de leur cité sous peine de la vie.

Le capitaine-général des troupes de la Sérénissime était un Français, Alexandre du Puy-Monbrun, marquis de Saint-André, qui avait servi sous le roi Gustave-Adolphe de Suède, puis sous le duc de Saxe-Weimar. Il connaissait M. de La Feuillade pour s'être trouvé avec lui à la bataille de Saint-Gothard contre les Turcs. Pour autant, ses sentiments à notre endroit étaient rien moins qu'amicaux, car il était de la religion réformée et avait fait allégeance au Sénat de Venise, qui l'avait engagé. Tout comme lui, la plupart des officiers vénitiens jetaient des regards torves sur ces paladins naïfs venus cueillir des lauriers auxquels eux-mêmes avaient renoncé. Nous débarquâmes, les jambes en coton et le cœur au bord des lèvres, à cause du mal de mer dont nous avions presque tous souffert, et l'on nous accorda un jour de relâche pour nous remettre en état, puis notre général nous passa en revue.

Nous avions revêtu nos uniformes tout neufs, nos cuirasses et nos armes resplendissaient au soleil et les habitants de Candie qui étaient venus en masse nous applaudissaient comme leurs sauveurs. L'air embaumait les senteurs de garrigue, de figuier et de myrte, et dans un ciel immuablement bleu le soleil dardait des rayons brûlants comme au plus fort de l'été. Les belles, derrière leurs éventails, nous lançaient des œillades auxquelles en bon Français nous répondions par des sourires conquérants en retroussant martialement les pointes de nos moustaches, pour ceux, du moins, qui en avaient. Imprégné de l'Arioste comme je l'étais, grâce à vous, ma chère mère, je me voyais en nouveau Renaud promis à des aventures héroïques et galantes.

Cependant, au lieu de courir sus aux infidèles comme nous nous l'étions imaginé, flamberge au vent, avec la *furia francese* bien connue, qui emporte tout sur son passage, nous découvrîmes, avec chagrin, que la ville était encerclée par un réseau de tranchées et que la guerre que se livraient Turcs et Vénitiens consistait à poser des mines et des fourneaux, et à investir les tranchées adverses. Ces boyaux étaient profonds, recouverts de bois et de terre, avec des ballots de laine par-dessus, et ceux d'entre nous qui tenaient des propos méprisants sur la qualité guerrière de nos ennemis furent contraints de reconnaître qu'ils étaient aussi expérimentés dans l'art des sièges et des fortifications que les meilleurs ingénieurs de chez nous.

Alors que notre chef avait réclamé le poste le plus exposé, le provéditeur Morosini nous affecta au bastion de San Andréa, ou du moins ce qu'il en restait, et l'on nous fit demeurer dans des caponnières, logements creusés profondément dans le sol, recouverts de traverses de bois puis de terre, d'où partaient des galeries à la rencontre de galeries ennemies. Là, des poseurs de mines se battaient contre d'autres poseurs de mines à coups de piques armées de crochets, en s'efforçant d'arracher ces machines meurtrières avant qu'elles ne soient allumées. Les tranchées étaient si proches les unes des autres que l'on entendait les ordres donnés par les pachas et les prières des mahométans. Il arriva même cette chose étrange que, dans les intervalles des combats, des échanges de bons procédés se produisirent entre chrétiens et Turcs, les premiers offrant du vin, qui était en abondance dans la ville, les seconds fournissant en contrepartie des fruits et du raisin, denrées des plus rares.

Tout au long du mois de novembre, nous nous épuisâmes dans cette guerre de taupes, où les nôtres mouraient sans gloire et sans honneur, pour le gain de quelques pieds de terrain. Lorsque nous ne montions pas la garde dans les tranchées ou les redoutes, nous n'étions pas pour autant à l'abri, car ces maudits Turcs bombardaient sans cesse la ville, tant de jour que de nuit – à telle enseigne que Candie ressemblait à l'une de ces cités antiques ruinée par les siècles, où l'on devine l'emplacement des maisons, et où les rues sont à peine praticables. Nous marchions habituellement le nez en l'air, au risque de trébucher dans un trou ou sur un tas de pierres, afin de nous garer des boulets et des bombes, qui risquaient à tout moment de nous tomber sur la tête.

Accoutumés à ces divertissements, les habitants vaquaient à leurs occupations habituelles avec une insouciance ou un fatalisme que j'admirais, et ne s'émouvaient pas à voir emporter le bras ou la jambe d'un passant par un boulet. Bien avant nous, ils entendaient le sifflement des bombes et nous prévenaient obligeamment en criant *Guarda la bomba !* Avec une discourtoisie indigne de troupes civilisées, les artilleurs turcs choisissaient, comme exprès, le moment du dîner ou du souper pour nous servir en guise d'entremet quelques bombes qui n'étaient nullement glacées, hélas, nous forçant à nous lever en hâte ou nous jeter à terre. À ma grande honte, je n'avais, depuis notre débarquement, accompli aucune action d'éclat, et je me demandais chaque jour ce que j'étais venu faire dans cette galère.

Au début du mois, ma brigade, qui se morfondait dans la redoute San Andréa, fut relevée par celle de Château-Thierry, qui fut attaquée par l'ennemi sur les neuf heures du soir. Les Turcs avaient fait exploser une mine qui détruisit un ouvrage, après quoi ils montèrent à l'assaut en criant comme des forcenés le nom d'Allah, mais ils furent repoussés avec vigueur. Malheureusement, ma brigade venait de regagner ses cantonnements, et nous ne fûmes pas appelés en renfort. Au cours des deux semaines suivantes, nous fîmes bien quelques sorties où nous eûmes l'occasion de croiser le fer avec les mahométans, et il nous apparut combien ils étaient bons et valeureux soldats, courant à pied aussi vite que des lièvres, et témoignant d'un grand mépris du danger et de la vie. Nous y perdîmes du monde, mais l'ennemi subit des pertes bien plus importantes que les nôtres, et quelques-uns d'entre nous se signalèrent en ramenant un prisonnier ou la tête d'un pacha.

Je dois à la vérité de dire que l'on ne faisait aucun quartier, tant du côté chrétien que du côté des Turcs, et les actes de barbarie étaient équitablement partagés entre les deux camps. Pour la raison, peut-être, qu'ils subissaient les assauts des mahométans depuis plus de vingt ans, les soldats vénitiens se montraient des plus féroces. À l'explosion d'un de nos fourneaux qui enterra cinq janissaires, il s'en trouva un sixième qui retomba tout vivant parmi le corps de garde. Bien qu'il fût environné de deux cents des nôtres, il s'élança, le sabre à la main, pour mourir en entraînant avec lui le plus grand nombre de chrétiens. Il fut aussitôt mis en pièces, on lui coupa la tête, que l'on jeta vers la tranchée adverse, tandis que son corps, taillé en morceaux, fut mis à rôtir ! J'ai ouï dire, aussi, que les plus beaux baudriers portés par les officiers de la République étaient en peau de Turc tannées. Mais je ne pus vérifier s'il s'agissait ou non de rodomontades. Telle fut, ma chère mère, ma première expérience de la guerre, et pour un dépucelage il faut avouer que je ne le trouvai pas des plus plaisants !

Cependant, l'inaction forcée, la mésentente entre notre chef et le commandement vénitien, les misérables escarmouches dans lesquelles on nous engageait, les maladies qui nous décimaient, et l'impatience d'accomplir enfin quelque action digne de nous, nous poussèrent bientôt à réclamer à cor et à cri de M. de La Feuillade qu'il convainquît les Vénitiens de nous laisser faire une sortie générale. Cette proposition n'eut pas l'heur de plaire à ces excellences, qui jugeaient malséante notre ardeur belliqueuse. Les Turcs, selon eux, étaient bien trop supérieurs en nombre – de quatre à cinq fois – et trop bien retranchés, sans compter qu'ils disposaient d'une puissante artillerie, pour qu'une poignée de combattants, même appartenant à l'élite de la noblesse française, puisse les déloger. Et même si nous parvenions à nous emparer de leurs premières défenses nous ne serions pas assez pour résister à une contre-attaque. Lors de la dernière offensive qu'ils avaient menée, dirent-ils, leur infanterie avait perdu six cents hommes sur les huit cents engagés, et il était préférable de ménager le sang des défenseurs.

Nonobstant, notre général se montra si énergique qu'il parvint à emporter l'assentiment des Vénitiens. Le provéditeur, M. Morosini, un grand homme, de bonne mine, aussi poli que fourbe, fut si touché de notre volonté d'en découdre qu'il nous accorda une centaine d'hommes à répartir entre nos brigades. Le jour de l'attaque fut fixé au 16 décembre. Il était temps car nos effectifs fondaient comme neige au soleil : sur les six cents que nous étions au départ de Toulon, il ne restait que quatre cent cinquante hommes, sans même avoir livré bataille. Au jour dit, à deux heures de la nuit, nous fûmes rassemblés et les ordres furent donnés. Les Candiotes, pour nous faire honneur, étaient dans la rue ou sur les remparts, et nous prodiguaient encouragements et bravos, les femmes, avec lesquelles quelques-uns d'entre nous avaient déjà formé des liaisons, étouffaient des sanglots dans leurs mouchoirs. J'étais au comble de la joie, mais aussi de l'appréhension.

Comment allais-je me comporter dans une vraie bataille ? Serais-je digne du sang des Sévigné et des Rabutin ? Je n'avais connu jusqu'alors que les exercices de l'académie, et quand j'avais accompagné l'armée comme volontaire, je n'avais pas pris part au combat, mon corps étant à l'arrière-garde. C'est une chose que de combattre au grand soleil, étendards déployés, sous le regard et dans la proximité de ses camarades, au son des tambours, des fifres et des trompettes, c'en est une autre que de sortir nuitamment et en silence, à la manière des enfants perdus, pour aller s'étriper dans l'obscurité avec des ennemis de fort méchante humeur pour avoir été réveillés dans leur sommeil, et qui ne se battent pas de la manière à laquelle vous êtes accoutumés.

Car si les Turcs connaissaient comme nous l'usage des canons et des mousquets, ils n'avaient pas renoncé aux arcs et aux flèches, armes antiques dont nous fîmes peu de cas au début, mais dont nous ne tardâmes pas à apprendre à nos dépens combien elles peuvent être meurtrières. Les pointes en étaient barbelées comme des hameçons, et difficiles à extraire des blessures, d'autres, en forme de langue de serpent, en retombant de haut, étaient à même de percer un casque. Dans les combats au corps à corps, nos adversaires paraient merveilleusement les coups de pointe ou de taille à l'aide de boucliers ronds, et leurs sabres, de bon acier damas, étaient bien plus efficaces que nos épées, de sorte que nous abandonnâmes celles-ci au profit des espontons, qui sont des demi-piques terminées par une pointe très aiguë, que les Vénitiens nous procurèrent. Leurs arsenaux étaient bien fournis et nous n'avions que l'embarras du choix, mais il faisait si chaud que nous ruisselions sous les cuirasses, les casques et les cuissards, auxquels nous renonçâmes assez vite, pour être plus à l'aise, mais au détriment de notre protection.

La veille de la bataille se passa en dispositions pieuses et chacun d'entre nous eut à cœur de mettre sa conscience en ordre. L'aumônier qui accompagnait M. de La Feuillade, le père Paul, un brave capucin à l'esprit exalté qui croyait que revivait en lui l'ardeur évangélique de Pierre l'Ermite, ne suffisait plus à nous recevoir en confession, aussi nous fallut-il recourir aux chapelains des chevaliers de Malte et aux religieux vénitiens. Par bonheur, nous étions si jeunes que nous n'avions encore eu ni le temps ni l'occasion d'offenser fortement Notre Seigneur, de sorte que les absolutions étaient vite données ! Pour ma part j'avais surtout sur la conscience le désir de gloire qui, plus encore que la piété, m'avait déterminé à vous quitter pour courir l'aventure. Je dois avouer que j'avais perdu mon "innocence de colombe", comme dirait plus tard Ninon à mon sujet, dans les bras d'une brune et souple Vénitienne, qui se consola ainsi de la perte de son mari dans une sortie contre les Turcs, et à qui ma bonne mine, mes yeux bleus et ma blondeur avaient inspiré un tendre intérêt.

"Ah, *piccolo franceze*, m'avait-elle déclaré avec un délicieux zézaiement, ze m'en voudrais éternellement si tu perdais la vie, après être venu de si loin pour nous défendre, sans avoir connu les douceurs de l'amour ! Rezoins-moi cette nuit, ma camérière t'ouvrira la porte et ze te promets un avant-goût du Paradis."

Je passai ma première nuit d'amour dans des extases et des embrassements renouvelés, découvrant sans me lasser cette suave géographie du corps féminin auquel, dans les années qui suivirent, je devais faire force pèlerinages, de sorte que je manquai à l'appel de ma compagnie, et que je fus puni par deux jours de corvées. Je m'empressai de confesser mon premier péché de paillardise au père Paul, qui se contenta de rire, et je compris par ses questions qu'il craignait plutôt que je ne fusse tombé dans le péché sodomite, si fréquent aux armées, et dont les Italiens ont la réputation d'être friands, réputation non usurpée comme je m'en aperçus, au nombre de bardaches qui escortaient les officiers de la Sérénissime ou encombraient les antichambres de leurs fonctionnaires. Ce fut, plus tard, l'une des raisons pour lesquelles, à votre dépit, je me déplus à la cour, mais j'en reviens à mon récit.

Les heures qui précédèrent l'offensive furent les plus éprouvantes que j'eusse connues jusqu'alors, tant l'attente met les nerfs à rude épreuve. Pour tromper mon émotion, je vérifiai pour la énième fois l'amorce de mes pistolets, aiguisai mon esponton, et fis parler de ses campagnes mon valet d'armes, qui était un ancien soldat du régiment de Navarre, plein d'expérience et de ressources. Je ne manquai pas de penser à vous, à vous, ma chère mère, à ma petite sœur, bref, à tous ceux que j'aimais et à qui ma mort ferait peine, et je priais Dieu de vous épargner cette douleur dont je serais seul responsable.

Par une nuit sans lune, nos quatre brigades sortirent de la ville et l'on nous posta entre le rempart et le fossé, nous enjoignant de garder le silence jusqu'au lancer de grenade qui devait donner le signal de l'attaque. Malheureusement, les Turcs avaient été prévenus, sans doute par un déserteur vénitien, car le Grand Vizir, durant le siège, avait prodigué l'or pour attirer des traîtres dans son camp, et ce fut leur artillerie qui déclencha l'offensive. Ainsi, M. de La Feuillade se trouva forcé de précipiter l'action, et c'est sous un déluge de feu que nous escaladâmes le fossé pour nous lancer à l'assaut des tranchées ennemies. Dans le rang subalterne qui était le mien, je ne compris rien aux diverses péripéties du combat. J'étais dans la situation d'un chasseur novice qui assiste à son premier laisser-courre ; l'animal de chasse a été lancé, les chiens ont bien empaumé la voie, puis ils tombent en défaut, et l'on ne sait si le cerf a cherché le change, ou s'il a doublé ses voies. Appuyés par des bien-allers les chiens quêtent, tandis que des cavaliers font les grands devants et que d'autres font les arrières, et jusqu'à l'hallali le veneur "jeunement" suit le courre sans comprendre le sens de l'action de chasse.

Ainsi fis-je jusqu'à la retraite, qui ne fut pas, hélas, la retraite prise. L'obscurité, la fumée, le tonnerre des canonnades et des mousqueteries ajoutaient encore à la confusion générale. Je me souviens avoir couru sous le feu ennemi, avoir chuté, m'être relevé, avoir sauté dans une première tranchée, et m'être trouvé soudain face à un gigantesque janissaire, ou du moins me parut-il ainsi, qui brandissait un sabre en vociférant. J'esquivai le premier coup et déchargeai mon pistolet sur lui, il tomba à la renverse, je l'enjambai et continuai de progresser, trébuchant sur les cadavres, tirant des coups de pistolet ou usant de mon esponton comme d'un épieu à l'hallali d'un vieux sanglier.

Par des hourrahs, je compris que la tranchée avait été nettoyée, et nous poursuivîmes notre progression jusqu'à une redoute garnie de trois rangs de canonnières, que nous emportâmes avec l'aide de la brigade de Château-Thierry. À un moment je me heurtai à l'un des nôtres que je ne reconnus pas de prime abord, c'était M. de Saint-Pol, le visage noir de poudre et de poussière, la casaque couverte de sang. Je lui demandai s'il était gravement blessé :

"Ce n'est rien, me répondit-il, ce n'est que le sang de ces coquins ! Nous avons pris plusieurs redoutes, mais les renforts turcs arrivent en nombre, et nous ne tiendrons pas longtemps !"

Ce qui restait de notre troupe rallia et nous nous enfonçâmes dans les lignes ennemies, d'une façon qui me parut des plus inconsidérées car nous n'étions plus en liaison avec les autres. Par bonheur, nous joignîmes peu après la brigade Beauvilliers en avant de laquelle marchait le père Paul qui brandissait un immense crucifix en chantant à pleins poumons le cantique *Vexilla Regis*, entrecoupé d'exhortations à combattre et mourir pour le Roi du Ciel. Ce diable d'homme, révérence gardée, nous galvanisait si bien que nous étions assurément voués à accroître la milice des martyrs, quand surgit soudain notre général, en habit de soie maculé, un fouet de chasse à la main pour toute arme. Il courait d'un bout à l'autre de la ligne de front pour modérer l'ardeur de ses troupes et rétablir la discipline, car en lointains descendants des Gaulois, au lieu de coordonner nos efforts, nous cherchions d'abord l'exploit individuel et c'était partout une succession de combats singuliers. Entre-temps, les Turcs s'étaient aperçus que nous n'étions qu'une poignée d'hommes et contre-attaquaient avec impétuosité.

Désespéré de voir que ses volontaires tombaient les uns après les autres, le duc s'égosillait auprès de ses lieutenants pour faire rompre le combat.

S'apercevant que le principal fauteur de troubles n'était autre que son aumônier qui, indifférent aux balles et aux flèches, poursuivait sa marche en criant : “En avant, mes enfants, sus aux infidèles, Dieu est avec vous ! Il vous ouvrira toutes grandes les portes du Paradis !”, M. de La Feuillade empoigna le digne capucin par sa ceinture de corde, et lui enjoignit de faire demi-tour :

“Au nom de Dieu, mon révérend père, il faut rompre les chiens ou vous allez nous faire tous massacrer !

– N'importe, mon fils, nous irons jouir de la vie éternelle ! repartit le capucin exalté, tirant après lui notre chef, comme un portefaix le ferait d'un sac de farine.

– Nous ne sommes pas si pressés d'aller en Paradis, mon père, il nous faut retraiter, et vite !”

Comme notre enragé demeurait sourd à ses objurgations, notre chef fit un signe énergique à son piqueux qui comprit et sonna, à s'en éclater la jugulaire, la fanfare de la retraite. Car ce fou de La Feuillade menait ce combat comme s'il eût été à la chasse, et s'accompagnait d'un certain La Brisée, qui ne se séparait jamais de sa trompe.

“Tiens donc, entends-tu, me corna dans les oreilles mon ami Xaintrailles, ce n'est pas aujourd'hui que nous mettrons le Turc aux abois !”

Nous battîmes donc en retraite, mais en bon ordre, nous retournant de temps à autre pour charger l'ennemi qui, prudent, se gardait de nous souffler au poil, car il avait perdu du monde dans cette affaire et connaissait notre valeur.

Les Candiotes nous reçurent avec des acclamations, tant nous nous étions battus avec rage, mais l'on vit bien que les Vénitiens, qui avaient désapprouvé cette sortie, n'étaient pas si mécontents d'avoir eu raison. Certes, ils ne le manifestèrent pas de façon trop éclatante, et nous félicitèrent même de notre vaillance, mais en aparté, ils ne se privèrent pas de commenter avec aigreur notre échec, qui compromettait gravement les chances de desserrer l'étau des mahométans. Dans la bataille cent vingt des nôtres étaient tombés, en dignes héritiers des croisés, et nous comptions une cinquantaine de blessés, dont M. de La Feuillade qui avait reçu trois blessures, démentant d'irréfutable façon les rumeurs qui couraient sur son courage.

Mon escadron fut celui qui montra le plus de preuves de bravoure mais qui perdit le plus de monde, sans doute aussi par défaut de discipline. Dans la journée, les Turcs vinrent décapiter les corps de nos camarades, sous les huées des Candiotes. Du haut des remparts nous vîmes, avec horreur et fureur, que l'on exposait leurs têtes coupées sur des piliers devant la tente du Grand Vizir. Au soleil couchant, la chevelure blonde du marquis d'Oradour – qu'il avait fait tresser la veille de la bataille – et que les Turcs avaient hissée sur un pilier dominant tous les autres, brillait comme un buisson ardent. Pour ma part, je n'avais que des contusions et quelques estafilades qui firent s'exclamer de pitié Fiammetta, ma maîtresse vénitienne, qui eut à cœur de me faire oublier par ses caresses l'amertume de cette journée.

Après cette défaite, et la mort rapide de la plupart de nos blessés, soit faute de remèdes et de bons chirurgiens, soit à cause du climat qui envenimait les plaies où se mettait la gangrène, notre maintien à Candie ne s'imposait plus. Surtout, nous manquions de provisions et de vivres et M. de La Feuillade, qui avait financé à ses dépens l'expédition, était à court d'argent. Enfin, nous n'étions plus que cent et quatre-vingts gentilshommes sur les six cents du départ. La peste, pour comble d'infortune, vint s'abattre sur notre camp, menaçant de faire périr de male mort ceux qui avaient survécu aux combats. Nous demeurâmes encore deux mois, ne prenant part qu'aux opérations de défense de la place, puis nous prîmes congé de M. Morosini et de M. de Saint-André, secrètement soulagés de nous voir partir, mais qui firent néanmoins saluer le départ de nos vaisseaux par dix volées de canon que nous leur rendîmes. Accoudé au bastingage de *La Sirène*, je regardai, non sans émotion, s'éloigner, au-dessous du mont Ida, les murailles de Candie, cette île où, à vingt ans, j'avais découvert tout à la fois la vanité de la gloire, les misères de la guerre et les voluptés de l'amour. Six mois après notre départ, nous débarquions à Toulon et je n'eus rien de plus pressé que de vous rejoindre.

Le roi, dit-on, fut penaud de l'échec de notre croisade, mais il n'en tint pas rigueur à La Feuillade, “courtisan passant tous les courtisans passés”, ainsi que vous le qualifiâtes, et qui sut fort bien se pousser à la cour, devenant à la fin maréchal de France, colonel des Gardes et gouverneur du Dauphiné. S’il faut en croire Bussy, ce fou de beaucoup d’esprit savait assaisonner ses flatteries et trousser des romans à sa façon, et je ne doute pas qu’auprès du roi il ait tourné à son avantage une aventure où nous ne fîmes rien d’utile et qui coûta la vie à une infinité de jeunes gentilshommes de grand mérite qui auraient bien servi le roi dans les guerres qui émaillèrent son règne.

Cependant, notre monarque, à qui tout avait réussi, n’entendait pas rester sur un échec. Aussi, quelques mois après, il confia aux ducs de Navailles et de Beaufort le commandement d’une armée de six mille hommes d’infanterie, deux cents mousquetaires, et huit cents cavaliers, qui prirent notre relève. Ils ne furent pas plus heureux que nous, mais non moins impatients, et la sortie prématurée qu’ils firent dans la nuit du 24 au 25 juin après un succès initial, s’acheva sur une déroute et le plus grand désordre du monde, au cours de laquelle le duc de Beaufort, l’ancien “roi des Halles” de la Fronde, disparut sans qu’on sût s’il avait été fait prisonnier ou s’il était mort au combat. Les Vénitiens qui devaient opérer une diversion restèrent sur le rempart à regarder la bataille – soucieux, comme ils disaient, d’“économiser le sang de la République” – à moins qu’en bons lettrés ils n’aient voulu rendre hommage à Lucrèce qui assurait qu’il “est doux d’observer les immenses affrontements de la guerre, les armées rangées dans les plaines, quand on est soi-même à l'abri du danger".

Quoi qu'il en fût, leur fourberie reçut une juste punition, car ils se trouvèrent, au début de septembre, dans l'obligation de capituler et de traiter avec le sultan qui, magnanime, permit aux troupes et aux habitants de quitter Candie, avec armes et bagages. Ainsi s'acheva, par la victoire des Turcs, une sanglante guerre de vingt-sept ans, et finirent les dernières et malheureuses croisades françaises, auxquelles je pris une infime mais honorable part, n'ayant pu répondre au vœu de M. de La Fontaine :

Ô combien de sultanes prises !
Que de croissants dans nos églises !
Quel nombre de turbans fendus !
Tête et turban, bien entendu...

Quand j'eus le bonheur de frapper enfin à votre porte, vous eûtes la surprise de découvrir que le "petit *frater*" était devenu un homme. J'avais le teint hâlé par le soleil et les embruns, la taille amincie par les privations tandis que mes épaules avaient forci. J'avais l'air d'un paladin qui n'a pas seulement rompu des lances contre des moulins à vent, et il y avait apparence, sans doute, que j'avais vu la mort de près et que j'avais connu l'amour. Vous étiez si contente que je fusse revenu sain et sauf de mon expédition au Levant que vous voulûtes me bailler un signe de votre amitié. Pour doter ma sœur vous aviez dû consentir de lourds sacrifices financiers, pas moins de trois cent mille livres, dont deux cent mille livres comptant. “Je ne comprends pas, me dîtes-vous, avec cette liberté de parole que j’ai toujours aimée chez vous, pourquoi il me faut donner autant d’argent à M. de Grignan pour coucher avec ma fille !” Je me gardai de vous répondre que j’en étais bien d’accord, car vous m’auriez, à tort, suspecté de jalousie.

Cependant, et bien que je ne fusse pas demandeur, vous eûtes l’honnêteté de comprendre qu’il vous fallait faire un geste à mon égard. La carrière des armes était celle que, par tradition, j’étais destiné à embrasser, et les “caravanes” que j’avais faites en Candie, aussi éprouvantes qu’elles aient été, ne m’avaient pas dégoûté de Mars, comme je le serais après quinze ans passés à blanchir sous le harnais. Je souhaitai donc m’établir dans une charge, et comme il ne semblait pas que le roi eût la fantaisie de m’en offrir une, il fallait desserrer les cordons de votre escarcelle. À la vérité, vous n’y mîtes guère d’empressement, ce que je pouvais comprendre, au vu des dépenses extraordinaires que vous veniez de faire pour établir Maguelonne. Mais enfin, vous accédâtes à mon désir et, moyennant soixante-quinze mille livres, j’acquis, de M. de Rochefort, la charge de guidon dans la compagnie des Gendarmes du Dauphin, que le roi avait créée en 1666.

Ce corps appartenait à la Petite Gendarmerie, composée de huit compagnies attachées aux personnes de la reine et des princes du sang, et qui était chargée de la garde du roi quand il était aux armées.

Lors du service en campagne, la Gendarmerie de France, qui venait juste après la Maison du Roi, était constituée en huit escadrons de deux compagnies et chaque compagnie en deux brigades. Les effectifs d'une compagnie étaient de six officiers, autant de bas-officiers, et de soixante-quinze cavaliers, dont un porte-étendard, un fourrier et deux trompettes. J'étais le moins gradé des officiers, ce qui ne laissait pas d'être humiliant, quand je songeais qu'à vingt ans, notre cousin Bussy était déjà colonel d'un régiment. Mais la Gendarmerie avait le pas sur tous les autres régiments de cavalerie et ses officiers avaient un rang supérieur à ceux des autres troupes. Notre compagnie, qui, en campagne, escadronnait avec les Chevau-légers d'Orléans, avait son étendard de soie blanche, devise brodée, frangé d'or et d'argent, et portant un dauphin couronné de France, cantonné dans les angles de quatre autres dauphins. Les bandoulières étaient de soie bleue garnies d'argent.

Vous vous doutez de la joie que j'eus à étrenner mon uniforme : habit, doublure et parements rouges galonnés d'argent, boutons argentés, veste couleur de chamois, galonnée de même, manches en bottes et poches en travers galonnées d'argent, culotte et bas rouges, bottes à chaudron, de cuir noir, ceinturon et chapeau bordés d'argent, et cocarde noire. L'équipage de mes chevaux était de drap rouge bordé d'argent, avec le chiffre du dauphin sur les housses, brodé en argent. Pour armes, des pistolets d'ordonnance et la forte épée en usage dans la cavalerie lourde. Appartenir à l'une des seize compagnies de la Gendarmerie me donnait accès à la cour et vous autorisait à concevoir pour moi une carrière des plus prometteuses. J'étais donc heureux que votre amour-propre de mère fût satisfait.

Le capitaine-lieutenant de la compagnie n'était autre que mon cousin, Philippe-Auguste Le Hardy, marquis de La Trousse, avec qui je ne tardai pas à avoir les plus mauvais rapports. C'était un homme à cheval sur le règlement, intransigeant sur la discipline, rude et sévère d'aspect, fort brave au combat et qui s'entendait bien en fait de guerre, non dénué d'esprit au demeurant, mais imperméable à la fantaisie et à la raillerie. Par bonheur, j'avais pour sous-lieutenant l'aimable marquis de La Fare, alors bien en cour, avant qu'il ne s'attirât l'animosité de M. de Louvois, à qui il disputait les faveurs d'une dame de haut parage. La Fare était de trois ans plus âgé que moi, il avait participé en tant que volontaire à la bataille de Saint-Gothard contre les Turcs sous les ordres de M. de Coligny et de M. de La Feuillade, mais, à la suite d'un duel qu'il avait eu à Vienne, il dut attendre l'année suivante pour revenir à la cour. À l'âge de dix-huit ans, il avait été présenté au roi et il eut le bonheur de plaire à Sa Majesté par une figure plaisante, une humeur et des manières douces, un esprit orné, de sorte que peu de gens furent mieux reçus en ce pays. Sans les demander, il obtint les petites distinctions et les agréments que d'autres n'auraient pas eus en les demandant et c'est ainsi que le roi lui donna le guidon de la compagnie de gendarmes qu'il avait formée pour le dauphin, d'où il était monté, en peu de temps, à la sous-lieutenance. Je m'entendis à merveille avec La Fare, car il était aimable, insouciant, avait comme moi l'amour des lettres, se piquait de poésie, et s'il était sans peur et sans reproches le jour de la bataille, il comprenait fort bien l'ennui d'être à l'armée en temps de paix, de sorte qu'il me couvrit souvent, quand lassé de la monotonie du service par quartiers, je sollicitais un congé pour aller rejoindre quelque maîtresse ou vous retrouver à Paris ou en Bretagne.

Mais il se fait tard, ma mère, et je dois me rendre à Vitré demain, je vais donc vous souhaiter le bonsoir, en espérant que votre santé sera meilleure quand je reviendrai. »

Il n'a que peu dormi. Les soucis, bien sûr, et puis, avec les années, ses blessures se rappellent à son souvenir. Le serein du soir et la rosée du petit matin réveillent la douleur de son talon et des maux de tête l'assaillent plus souvent qu'autrefois. Il s'est levé, sans bruit, pour ne pas troubler le sommeil de sa femme, est passé dans l'antichambre pour s'habiller. Le fidèle, le précieux Larmechin, son valet de chambre, qui fut le témoin de ses extravagances de jeunesse, qui prit soin de lui quand il était malade ou blessé, qui lui ouvrit même sa bourse quand il était à court de pistoles, était déjà levé. Charles l'a prié de passer aux écuries pour qu'on lui selle un cheval. Il a besoin de se dépenser après les heures passées devant sa table à écrire, et puis, comme son cher Montaigne, ce n'est qu'à cheval qu'il réfléchit ou songe le mieux. Comprimé dans sa botte, son talon lui fait mal et il claudique un peu jusqu'à la cuisine, où Louison l'accueille, faussement bougonne :

« Ast'heure, qu'est-ce vous faites dans mon domaine, not' maît' ? Retournez donc dans la grande salle, je vas vous apporter un en-cas !

– Fais ce que tu as à faire, Louison, et ne t'occupe pas de moi. Je ne suis pas manchot, je peux encore me servir moi-même ! Fais-moi juste chauffer un peu de lait pour mon café, je vais me couper du pain. »

La miche est encore chaude, à peine sortie du four. Avec la pointe du couteau il trace un signe de croix sur la croûte puis se découpe deux tranches, sur lesquelles il étale une couche de beurre salé. Une tartine à la main il se rapproche de la grande cheminée, tire à lui un banc, s'assied, tend les jambes vers les braises. Il mord dans le pain tiède et s'amuse de constater qu'il marque encore ses dents dans ses beurrées, comme dans sa jeunesse. Il se souvient que sa mère s'en réjouissait autrefois, y voyant un signe de bonne santé, et se moquait de sa rusticité : elle-même parsemait ses tartines de fines herbes et de violettes, et lui, la plaisantait sur ses « beurrées à la mode d'Arthénice ».

« Ah, maman mignonne, que ne suis-je garde-malade auprès de vous ! »

Il retourne à la table, boit à petites gorgées son bol de café au lait, puis :

« Merci, Louison, je vais faire un tour à Vitré, si je ne suis pas revenu pour huit heures, dites à Madame de souper sans moi. Ah, j'oubliais, demande à

Beaulieu de tuer deux des vipères que j'ai fait livrer du Poitou. Qu'il leur tranche la tête, les écorche et les découpe en tronçons. Tu m'en farciras un poulet pour le dîner de demain. Et ne me regarde pas comme si j'étais un possédé, c'est un remède que je tiens d'un des meilleurs médecins de Paris, et qui réussit fort bien à me rafraîchir le sang ! »

Il a plu durant la nuit et le talon de ses bottes s'enfonce un peu dans le sable humide de la cour. Il lève la tête vers le ciel, d'un bleu couleur de fleur de lin et sourit : il ne pleuvra pas d'ici la fin de la matinée. Sur le chemin des écuries, il croise le favori de sa mère, Pilois, qui l'arrête pour lui demander des nouvelles de « Madame », et la visible émotion du vieux jardinier lui réchauffe le cœur.

« Ah, Monsieur, nous prions tous pour que Madame retrouve la santé et qu'elle revienne aux Rochers. Six ans qu'elle est pas venue ! Dame, elle sera bien contente de voir comment ses arbres ont grandi, et que le labyrinthe est enfin fini. V'là vingt-sept ans de ça qu'on l'a commencé sous sa direction. Pour sûr qu'el' s'ra contente de s'y promener !

– Je lui écrirai tout cela, Pilois, je suis certain qu'elle y prendra plaisir. Vous savez qu'elle ne manque jamais de me demander comment vous allez, vous et votre famille, et comment vont ses plantations. À plus tard, mon ami. »

Raclements de sabots sur le grès des stalles ; odeur forte du crottin mêlé à celle du foin : à l'approche des écuries, il se rappelle ses quartiers d'hiver en Lorraine, en Allemagne et dans les Flandres, quand son seul plaisir, avec la lecture de Virgile, d'Horace et de Montaigne, était de monter ses chevaux au petit matin. Il pénètre sous la voûte des écuries, respire à pleins poumons le parfum familier, qu'il a toujours préféré aux remugles puants des escaliers et des couloirs de Saint-Germain, du Louvre, de Fontainebleau et de Versailles. Il se demande même s'il ne le préférait pas à l'*odor di femina*... Il avise Joseph qui, la fourche à la main, transporte une botte de foin :

« Bonjour, Joseph, quel cheval m'as-tu préparé, aujourd'hui ?

– L'Arrogant, M'sieur le marquis, il pète le feu, passez-moi l'expression, il faudrait le travailler un peu dans le manège, avant de prendre la route. Vot' cheval gris a une enclouure, vous pourrez pas le monter avant deux semaines. Est-ce que je dois faire atteler les frisons, pour Madame, dans l'après-midi ?

– Non, Madame ne sortira pas aujourd'hui, tu peux laisser les carrossiers au repos. Au fait, la jument a-t-elle pouliné cette nuit ?

– Pas encore, M'sieur, ce sera pour demain ou après-demain, pour sûr.

– Bien, je rentrerai ce soir, n'oublie pas d'avoiner l'Arrogant à mon retour, il en aura besoin. Sors-le dans la cour, maintenant. »

L'Arrogant est un étalon limousin, un bai brun de cinq ans, près du sang, qui piaffe et encense, au bout de la longe. Il est déjà sellé et bridé. Charles flatte l'encolure, lui parle doucement, et le cheval dresse l'oreille, se calme. Le cavalier resserre d'un cran la sangle de la selle, prend les rênes et une poignée de crins dans la main gauche, chausse l'étrier et, empoignant l'arçon de derrière, s'enlève. Dieu merci, il peut encore se mettre en selle sans l'aide d'un montoir, à rebours de bien des hommes de son âge, aux articulations raides et à l'embonpoint encombrant. L'Arrogant s'ébroue de gaieté et encense violemment ; lui aussi a besoin d'exercice.

Charles le dirige vers le manège et commence à le travailler, d'abord au pas, puis au trot. À l'Académie, il fut, dans son adolescence, formé par un élève de M. de Pluvinel, duquel il a retenu que la douceur, mieux que la coercition, vient à bout des résistances ou des défenses du cheval, et il s'est félicité d'avoir presque toujours achevé lui-même le dressage de ses chevaux d'escadron. D'avoir des montures à sa main, sûres, obéissantes, aux allures franches, accoutumées, par le manège, aux voltes et aux pirouettes, aguerries aux bruits de la guerre, lui a sauvé la vie en quelques rencontres. Avant de quitter le manège, il met l'Arrogant au galop sur un cercle large, à main gauche, en tenant le cheval un peu plié à droite et uni sur le pied droit, et termine par une série de serpentines, renversant les épaules, sans changer de pied à chaque portion de cercle, leçon grâce à laquelle ses chevaux de guerre et de chasse ont toujours eu le pied et les jambes assurés. C'est bon, il peut maintenant prendre la route de Vitré. Au petit galop cadencé, le cavalier et sa monture s'éloignent sous les arbres qui se penchent sur la grande rabine.

Quand il s'était retiré sur ses terres, le seigneur des Rochers pensait mener une vie paisible, vouée à la lecture, à la conversation, à l'embellissement de son jardin, et à l'économie domestique.

Chercher des lieux secrets où rien ne me déplaise
Méditer à loisir, rêver tout à mon aise,
Employer toute une heure à me mirer dans l'eau,
Ouïr comme en songeant la course d'un ruisseau,
Écrire dans les bois, m'interrompre, me taire,
Composer un quatrain sans songer à le faire.

Comme ils seraient heureux ces travaux et ces jours, à la mode de Virgile et de Théophile…

Il ne lui était pas venu à l'esprit que cette existence pourrait ressembler, comme sa mère le lui avait prédit, à celle d'un quelconque M. de Sottenville ou même de Georges Dandin. Aussi avait-il un peu déchanté quand il s'était immergé dans les comptes de ses fermiers du Buron, de Bodégat, de Sévigné et des Rochers. Quelle corvée que de vérifier la rentrée des droits féodaux en boisseaux de blé ou en quarts de poule ! Quel ennui que de chercher un honnête tenancier pour remplacer les coquins qui font leurs affaires avant les vôtres ! Quelle illusion que s'imaginer qu'on possède du bien quand on a des terres ! Et puis, alors qu'il commençait de s'habituer à cette existence tranquille et terne, le service de Mars l'avait brusquement requis. Une fois encore, Guillaume d'Orange s'était employé à lui mettre des bâtons dans les roues. L'ingrat, ayant débarqué en Angleterre, avait fait décamper son beau-père, Jacques II Stuart, et, en février de 1689, s'était fait proclamer roi. Et la guerre s'était rallumée, dite de la Ligue d'Augsbourg. Face au péril, le roi avait battu le rappel du ban et de l'arrière-ban. Sur ses ordres, gouverneurs et intendants s'étaient activés à lever des régiments de milice provinciale pour défendre les frontières et les côtes. L'ancien sous-lieutenant des Gendarmes-Dauphin eut beau raser les murs et se faire tout petit dans l'espoir qu'on l'oublierait, la noblesse de la vicomté de Rennes et de la baronnie de Vitré, d'une voix unanime, l'élut pour colonel. Devoir rendosser le harnois et revenir au service par cette petite porte le fit enrager. Mais comment se dérober à ce choix malgré tout flatteur ? Pestant et jurant, M. de Sévigné s'en fut instruire ses nouvelles recrues, tandis que sa digne mère se lamentait sur les dépenses pharaoniques suscitées par cette promotion militaire imprévue. Car, bien sûr, c'était à ses frais que le colonel du ban et de l'arrière-ban devait, à Rennes puis à Dol, traiter ses officiers, nourrir et équiper son régiment. Ces ruineux débours se révélèrent inutiles car les troupes du roi Guillaume ne débarquèrent pas, et le régiment de noblesse fut dissous. Mais ce retour à la vie active lui avait redonné le goût de servir. Quarante ans, c'était un peu jeune pour planter ses choux et relire les Saintes Écritures… Aussi, après qu'il eut digéré le dépit de n'avoir pas été choisi pour la grande députation, chargée de porter au roi le don gratuit des États de Bretagne, il avait acquis, en l'an 1693, la nouvelle charge de lieutenant du roi en Pays nantais. Voila pourquoi, depuis deux ans, il quitte souvent ses chers Rochers pour vaquer aux devoirs de sa charge, et courir d'un bout à l'autre de la basse Bretagne, comme il n'avait cessé, autrefois, de trotter d'une frontière à l'autre. Baste, « tu l'as voulu, Georges Dandin ! » se répète-t-il, quand il lui faut se mettre en route, alors qu'il préférerait, parfois, rêvasser en son jardin.

Aux Rochers, le 4e d'avril 1696

« Bonjour, maman mignonne, je suis revenu de Vitré, où j'ai été assailli de demandes de vos nouvelles – à mon grand plaisir, j'ai constaté combien vous êtes aimée en ce pays que vous avaliez, ô ingrate, comme “un calice” – et je reprends la plume là où j'avais laissé mon récit.

À peine étais-je entré en possession de ma charge, que je dus rejoindre ma compagnie qui prenait ses quartiers d'hiver à Nancy, après l'annexion, que fit le roi, de la Lorraine. C'était une ville étrangère, où je souffris autant du froid que du manque de conversation. J'y nouai pourtant une intrigue avec une jeune personne que le prestige de l'uniforme ne laissait pas de marbre et qui m'aida à réchauffer mon lit autant qu'à tromper l'ennui de la vie militaire en temps de paix. Avec les mirabelles, petites prunes bigarrées et sucrées, dont messieurs les Lorrains faisaient un alcool fort buvable, et la lecture de l'Arioste, ce petit bec assez mignon fit que je supportai sans contrariété excessive mon éloignement de Paris et de votre personne.

La guerre ne se décidant pas, je demandai un congé et je regagnai la capitale en février de 1671, au moment où ma sœur, après avoir mis au monde son premier enfant, s'apprêtait à rejoindre M. de Grignan, établi depuis plusieurs mois dans son gouvernement de Provence. Vous aviez fait tout ce qui était en votre pouvoir pour retarder ce départ, arguant de toutes les raisons du monde, bien sûr les meilleures, mais il fallait bien qu'enfin Maguelonne vous quittât. J'assistai au départ de Mme de Grignan et fus témoin de votre désespoir, de vos larmes, et même de l'accès de folie qui vous saisit, où vous fûtes sur le point de vous jeter par la fenêtre du premier étage de la rue de Thorigny. Dieu merci, M. d'Hacqueville, après avoir mis Mme de Grignan dans son carrosse, et tandis que je montais à cheval pour lui faire un bout de conduite, comprit tout, grimpa quatre à quatre les degrés de l'escalier et vous prit à bras-le-corps pour vous retenir. Bien sûr, je compatis à votre peine, mais au fond de mon cœur, ce n'est pas sans tristesse que je constatai la disproportion de sentiments dont vous fîtes preuve entre mon embarquement pour Candie et le départ de ma sœur pour la Provence. Ce jour-là, sans doute, lorsque vous allâtes vous réfugier au couvent des Filles de Sainte-Marie du Faubourg Saint-Antoine, et que vous pleurâtes cinq heures d'affilée, à ce que me dit votre chambrière, qui pensait vous voir mourir d'affliction, je compris que l'unique occupation de votre vie, celle qui vous abandonnerait à toute la joie, à toute la douleur, à tous les agréments, à toutes les consolations, à toutes les mortelles inquiétudes, du monde, serait l'amour pour votre fille, et que je ne serais jamais que second dans l'ordre de vos affections.

Je pris sur moi, cependant, de n'en rien laisser paraître et de vous distraire de toutes les façons. La cour était alors à Vincennes, et les divertissements ne manquaient pas. C'était un tourbillon perpétuel de ballets et de mascarades et chacun, pour faire bonne figure, se ruinait en costumes et en déguisements. C'est en ce début d'année que la rivalité entre le vieux Corneille et le jeune Racine atteignit son comble avec la querelle des deux *Bérénice*, pièce qui joua un certain rôle dans ma vie, à votre sensible mécontentement. Pour ma part, je pris plaisir à paraître en société, où je constatai l'effet de ma bonne mine, m'attirant la jalousie des hommes et la bienveillante attention du beau sexe.

Ainsi me trouvai-je, un certain jour de mars de 1671, à un concert donné chez Mlle Raymond, la fameuse cantatrice, en compagnie d'un essaim de beautés, parmi lesquelles Mme de La Sablière, Mlle de Fiennes, Mme de Salins, Mme de Montsoreau. On y donnait une symphonie de compositeurs à la mode, les Camus et Ytier, et la musique me disposa à de tendres pensées. J'étais dans ces inclinations rêveuses quand je fus présenté à la fameuse Mlle de Lenclos. Je n'étais pas à mon avantage car je portais ce soir-là une grande perruque brune qui me rendait effroyable, mais, malgré tout, je ne laissais pas de paraître un gracieux cavalier et de bon air. Mon cœur battit la charge quand je saluai Ninon, car je ne pouvais me défendre de penser qu'elle avait été la première passion de mon père, et la cause de votre premier chagrin de femme.

Cette Circé méritait bien sa réputation. Ce n'était pas tant que sa beauté surpassât celle des autres femmes – elle était d'une taille supérieure à la moyenne, le teint d'une brune, la chevelure noire et abondante, des yeux de feu, une physionomie mobile qui reflétait les sentiments qui agitaient son âme, une bouche petite et vermeille qui, lorsqu'elle souriait, découvrait des dents d'une parfaite blancheur, la gorge faite au tour, des bras et des mains admirables et je m'arrêterai là pour le blason de ses charmes, me contentant de dire que ses appas secrets passaient ceux qu'elle permettait de voir – mais elle possédait par-dessus tout ce qui ne se peut décrire : une irrésistible séduction. Peu de femmes résistent aux années, Mlle de Lenclos ne s'en était pas laissé accabler, et à cinquante ans, damait le pion à des beautés de trente ans. Par elle, la nature a fait voir qu'il est possible de ne vieillir pas. J'aurai tout dit en disant que la déesse de l'amour s'était réincarnée en Ninon, qui joignait à la voluptueuse beauté de Phryné la philosophie d'Épicure.

À l'énoncé de mon nom, Mlle de Lenclos témoigna quelque émotion, me parut-il ; elle me regarda d'un air étrange, et un peu plus longtemps que la politesse l'exige. Plus tard, alors que j'étais dans une discussion animée avec MM. de Charleval et d'Elbène, deux de ses amis, je surpris son regard posé sur moi, et ce regard ne me sembla pas empreint de la seule curiosité. Quand je pris congé de la compagnie, je ne manquai pas d'aller la saluer, avec un respect nuancé d'intérêt et tempéré d'un soupçon d'impertinence, car j'entendais montrer que je n'étais plus un écolier à l'enseigne de Vénus. Mlle de Lenclos qui ne pensait pas qu'avouer ses passions pût faire tort à ses vertus, inclina la tête et dans un sourire éblouissant me dit :

"Maintenant que j'ai l'honneur de vous connaître, Monsieur, peut-être aurai-je le plaisir de vous voir chez moi, rue des Tournelles. J'ai coutume d'y recevoir mes amis le mercredi."

Il y a de certaines choses qu'on n'entend jamais quand on ne les entend pas d'abord, m'avez-vous appris, ma très chère Madame, et pour le coup j'entendis très bien ce que Ninon désirait que j'entendisse. Après bien d'autres, je connus à mon tour le chemin de la rue des Tournelles, et la faveur de la "chambre jaune" où la moderne Léontium célébrait le culte du plaisir. Et plus encore, celui de la sagesse, une sagesse toute profane, certes, et qui étonnait ou scandalisait parce qu'elle était professée par une femme. Mlle de Lenclos, qu'on ne s'y méprenne pas, n'était pas une courtisane, mais une philosophe, qui n'étant nullement assurée de connaître l'indicible bonheur du Paradis dans une autre vie, avait entrepris, à un âge encore tendre, de bâtir son paradis en ce monde. Elle avait eu d'instinct la science de l'amour, de ses détours, de ses refuites. C'est par degrés qu'elle asservissait ses amants, sachant à merveille se faire désirer, et n'accordant ses faveurs que petit à petit.

J'étais alors un béjaune, quoique je m'en défendisse, à peine déniaisé, et Ninon se mit dans la tête d'entreprendre mon éducation amoureuse. Je ne fus pas, hélas, le plus doué de ses élèves. Non pas que le zèle me manquât, mais la Nature ne m'avait pas aussi généreusement pourvu que mon père, à ce qu'elle m'apprit. Je ne sais, au vrai, ce qui la détermina à m'élire pour son favori de quelques semaines. Le “sexe au teint de rose” m'avait suffisamment montré ou laissé comprendre que j'avais la chance de n'être ni laid ni disgracié pour que je le crusse, mais ce privilège ne comptait pas beaucoup aux yeux de Mlle de Lenclos, qui attachait davantage de prix à d'autres qualités, plus essentielles. Que je fusse le fils d'un homme qui l'avait aimée et qu'elle avait aimé, vingt ans auparavant, l'avait peut-être incitée à renouveler l'aventure, par l'effet d'une curiosité un peu trouble. L'idée me vient maintenant qu'elle avait sans doute un autre motif : la secrète rivalité qui l'opposait à vous. Votre réputation d'esprit et de sagesse, qui avait grandi depuis votre veuvage, ne laissait pas de l'irriter, et elle désira, peut-être, vous humilier en séduisant votre fils comme elle avait ensorcelé votre mari, se doutant bien que vous ne goûteriez pas plus l'une que l'autre de ses victoires.

Tandis qu'elle m'initiait aux leçons de l'Arétin, elle faisait le siège de ma "simplicité de colombe", s'efforçant de me persuader de la vérité des principes de la philosophie, et de la pernicieuse illusion de la religion. Mais autant je me prêtai de bonne grâce aux figures amoureuses qu'elle m'enseignait, autant je regimbai devant le libertinage spirituel qu'elle me voulait voir adopter, ce dont elle s'irritait, prétendant que tout le sel de la famille était passé chez ma sœur. Rien n'était plus piquant que ces disputes nocturnes, lorsque Ninon, étendue à mes côtés, à demi nue, sous le dais de son lit, discourait de physique et d'éthique, se plaisait à me persuader que le plaisir n'est pas ennemi de la vertu, et me commentait, en les détournant à son profit, non sans malice, *Le Traité de la philosophie d'Épicure* de M. de Gassendi, ou *Théophraste rendu à la vie.*

"J'aimerais vous convaincre, me disait-elle, que le plaisir est au principe et au terme d'une vie heureuse, et qu'il se confond avec le bonheur. Mais les épicuriens distinguent deux sortes de plaisir, l'un qui est immobilité, repos, absence de trouble et de douleur, l'autre qui est mouvement, joie et gaieté, et remue agréablement les sens. Épicure et ses disciples opinaient que le premier de ces plaisirs conduit au bonheur, que la tempérance et la sérénité, bien plus que les plaisirs des sens, procurent au sage une vie agréable. Je n'en disconviens pas, et j'entends bien privilégier ce plaisir stable quand je serai parvenue à un âge où mes sens, devenus misérables, les impressions que font sur eux les objets qui plaisent me trouveront insensible. Mais, à cette heure, je me garde de les vouloir mortifier, et je m'assigne pour but le plaisir qui réside dans le mouvement. Ce faisant j'obéis à la nature qui ne veut pas seulement que notre corps fuie la douleur et notre esprit les émotions, mais aussi qu'ils connaissent, l'un comme l'autre, de ces douceurs qui assaisonnent et agrémentent le souverain bien. Jeune, me disait-elle encore, je n'admirais que l'esprit, moins attachée aux intérêts du corps que je ne devais l'être. Aujourd'hui je répare autant qu'il m'est possible le tort que j'ai eu, ou par l'usage que j'en fais, ou par l'amitié que j'ai pour lui, et le plus grand péché me paraît être l'abstinence des plaisirs."

Plus sensible, quant à moi, à l'agrément de ses charmes qu'aux charmes de ses discours, je lui donnai raison en lui renouvelant des preuves de ma tendresse, ce qui la faisait s'exclamer, avec une moue adorable :

"Ah, Charles, je m'aperçois, avec regret, que mon corps vous est plus cher que mon esprit !"

Ce printemps de 1671, que je vouai à une licence effrénée, ce n'est pas sans vergogne que je me le remémore, tant j'ai encore le souvenir des justes remontrances que vous me fîtes. Je jetai ma gourme comme un poulain échappé de l'écurie et qui découvre l'ivresse de la liberté. Dans le salon de Ninon j'entrai en relations avec M. Boileau et son inséparable ami, M. Racine, lequel, à son tour me présenta à M. de La Fontaine. Ces trois poètes étaient sensiblement mes aînés, de trente ans pour M. de La Fontaine, de quinze ans pour Boileau et de douze ans pour Racine, mais ils eurent l'indulgence de bien vouloir m'admettre parmi eux et de me laisser participer à leurs entretiens.

Despréaux, car c'est ainsi que se faisait appeler l'auteur des *Satires*, était déjà le "législateur du Parnasse", admiré pour son art poétique et redouté pour son esprit railleur qui n'épargnait aucun des ridicules du temps. Malgré sa réputation, c'était le meilleur cœur du monde, généreux et délicat, et point encore affligé de ce dégoût des hommes qui le fit se retirer sur la fin de ses jours dans sa petite maison d'Auteuil. Alors qu'il n'était qu'un jeune garçon il avait été victime d'un accident qui le rendait impropre au service de Vénus, et qui eût aigri tout autre caractère que le sien. La Muse, qui est "bien meilleure fille que vos catins de bourdeaux ou de ruelles", plaisantait-il, le consolait de cette infirmité, qui ne l'empêchait pas de lutiner les filles quand il nous accompagnait dans quelque lieu d'honneur. C'est à Despréaux que je dus l'amour des vrais poètes et le dégoût des rimailleurs de cour qui pondaient de fades alexandrins pour les ballets du roi ou lui prêtaient leur plume pour séduire les filles d'honneur de la reine. Le poète me fit même l'honneur d'insérer dans son *Dialogue des héros de roman* une scène que j'avais écrite après une dispute que nous avions eue sur ce sujet. Comme ce ne fut pas le meilleur ouvrage sorti de sa plume, je doute que la postérité en garde mémoire, et mon seul titre à être connu de nos arrière-neveux sera, mon illustrissime mère, d'avoir été votre fils et, peut-être, le frère de Mme de Grignan, ce qui ne me chagrine point, tant fut grande mon affection pour vous.

M. Racine était d'une tout autre trempe que Despréaux, qui mêlait à son génie beaucoup de fierté, de cautèle et d'ambition, sans compter la souplesse du courtisan. Il était bel homme, noble de manières, fort galant et empressé auprès du beau sexe. Si grand était son désir de surpasser ses rivaux qu'il ne reculait pas devant l'ingratitude et l'intrigue. Quand je le connus, il venait de rompre, d'injurieuse façon, avec ses maîtres de Port-Royal et notamment M. Nicole, qui l'avait offensé en qualifiant les auteurs de théâtre d'empoisonneurs publics. Si violente fut la réponse du poète que Despréaux s'évertua, en vain, à le persuader d'en adoucir les termes. Ah, certes, le Racine que je connus ne ressemblait en rien à l'homme qui, revenu plus tard à la religion, écrivait, à la demande de Mme de Maintenon, des pièces édifiantes pour les demoiselles de Saint-Cyr et ne reculait point devant l'hyperbole pour chanter les exploits du roi.

M. Racine fut l'un des rares sujets de dispute que nous eûmes, ma chère mère, vous en souvenez-vous ? Depuis votre jeunesse, vous en teniez pour Corneille, et prétendiez que l'attrait des pièces de son rival reposait tout entier sur le talent de ses interprètes. Il ne dépassera jamais son *Andromaque*, tranchiez-vous avec dédain. Je me récriais et vous récitais de ses vers qui, à mon sentiment, l'emportaient par une qualité musicale et une harmonie jusqu'alors inconnue. Et qui mieux que l'auteur de *Bérénice* sut peindre les tourments de l'amour et les excès de la passion ? Pour ce seul motif, ma mère, vous eussiez dû ne pas lui chicaner votre estime, ne pensez-vous pas ?

Si puissant était l'attrait que la conversation de ces messieurs exerçait sur moi, que je désertai les salons au profit de *La Pomme de pin*, de *La Croix blanche* et de *La Croix de Lorraine*, où nous vidions force chopines, car pour être des fleurons du Parnasse ces messieurs, et particulièrement Despréaux et La Fontaine, ne dédaignaient pas la dive bouteille. Puis nous allions souper de compagnie avec quelques comédiennes de l'Hôtel de Bourgogne, dont l'humeur était rien moins que farouche. Pour mon bonheur et mon malheur, se trouva parmi elles, un certain soir, Mlle Desmares dite la Champmeslé, que j'avais admirée quelque temps auparavant dans le rôle de Bérénice à l'Hôtel de Bourgogne.

Quelques années auparavant, M. Racine avait eu la douleur de perdre en Mlle du Parc, qui avait brillé dans les pièces de M. de Molière, une maîtresse adorée. Son cœur était donc libre et il s'éprit d'une jeune comédienne du roi, qu'il vit sur scène dans le rôle d'Andromaque ; elle n'était autre que la Champmeslé. Marie, tel était son prénom, avait alors vingt-neuf ans, bien qu'elle n'en avouât que vingt-sept ; elle avait été mariée, toute jeunette, à un comédien dont elle devint veuve et s'était remariée au sieur Chevillet dit de Champmeslé, un assez triste sire, qui jouait dans la même troupe qu'elle, en province. Elle n'était pas ce que l'on peut appeler un canon de beauté. Petite de taille, mais bien tournée, brune, malgré ses origines normandes, elle avait des yeux ronds de tourterelle, des traits irréguliers, et une cervelle de linotte, mais elle compensait ces travers par un air gracieux, une adorable naïveté, une voix admirable, des gestes harmonieux, et une merveilleuse aptitude à se couler dans les rôles des héroïnes de tragédie, sans pour autant en comprendre toutes les finesses. Avant de passer contrat avec la troupe de l'Hôtel de Bourgogne, l'"Enchantrice", comme la nommaient les gazetiers, s'était fait applaudir dans des pièces de MM. Quinault, Boyer, Hauteroche et Champfleury, que par son seul talent elle élevait fort au-dessus de leurs mérites. La tendre Marie, qui jouait si bien les amoureuses sur scène, n'avait rien d'un dragon de vertu : pardonnez-moi si, pour dépeindre celle que vous surnommâtes longtemps, par plaisanterie, votre "belle-fille", je cite un vers assez leste de Saint-Amant :

elle avait les yeux pleins de larmes et le feu toujours au c…

Si je n'avais pas le prestige du poète, je ne manquais ni de prestance, ni de jeunesse, ni d'autres avantages dont ne pouvait se prévaloir M. Racine, si bien que la demoiselle, qu'il couvait déjà d'un œil jaloux, encore qu'il ne fût aucunement maître de la place, ne manqua pas de me laisser entendre que j'étais joli garçon et assez de son goût. J'étais alors sous les lois de Ninon, mais je connaissais l'inconstance de ma maîtresse dans ses amours, dont M. de Saint-Évremond fit une chanson :

Dans vos amours on vous trouvait légère,
En amitié toujours sûre et sincère ;
Pour vos amants les humeurs de Vénus,
Pour vos amis les solides vertus.
Quand les premiers vous nommaient infidèle.
Et qu'asservis encore à votre loi,
Ils reprochaient une flamme nouvelle,
Les autres se louaient de votre bonne foi.
Tantôt c'était le naturel d'Hélène,
Ses appétits comme tous ses appas ;
Tantôt c'était la probité romaine,
[...] Que cette diversité ne surprenne point.
L'indulgente et sage Nature
A formé l'âme de Ninon
De la volupté d'Épicure
Et de la vertu de Caton.

Comme je n'ignorais point que mon règne de favori serait de courte durée, je ne me crus pas tenu à la fidélité et je poussai mon avantage auprès de la Champmeslé, qui, bientôt, n'eut rien à me refuser. Je l'avais attaquée par la brèche poétique, lui adressant des lettres si passionnées, si enflammées, qu'elle devait se croire, tout de bon, Andromaque ou Bérénice à la ville. À dire le vrai, j'offrais aussi à souper à la demoiselle, à Racine et à Despréaux plusieurs fois par semaine, ce qui, à cause de la dévotion que vous aviez pour la "sainte économie", vous faisait pousser les hauts cris.

Plus encore que mes fredaines de garçon, je me demande si les sermons que vous-même et Mme de La Fayette me prodiguèrent alors n'avaient pas pour principal motif le dérèglement de mes dépenses. Toujours est-il qu'à me dépenser, d'une tout autre manière, entre mes deux maîtresses – une mûre beauté à qui l'âge, loin d'ôter l'appétit des plaisirs paraissait plutôt le décupler, et une jeune héroïne de théâtre naturellement ardente au déduit – le jouvenceau que j'étais connut la plus cuisante des défaites. Pour le dire le plus honnêtement possible, il se trouva qu'un certain soir, après avoir, dans l'après-dînée, bravement servi la célèbre "dame de volupté", et m'être pâmé au mouvement lascif de sa sarabande amoureuse, comme je désirais faire honneur aux charmes de la comédienne, "mon dada demeura court à Lérida". Pour un hardi cavalier des Gendarme-Dauphin se trouver ainsi démonté était une aventure des plus nouvelles, et qui me mit dans un cruel embarras. La demoiselle ne s'était jamais trouvée à pareille fête avec un galant qui n'avait pourtant rien d'un barbon. Avec les plus tendres inflexions, sa voix sans égale s'évertuait tantôt à me rassurer sur une défaillance passagère, tantôt à réveiller un désir pour le moins assoupi. Las, à rebours de la chanson de Saint-Évremond :

Le charme de vos paroles
Passait ceux des Espagnoles,
À ranimer tous les sens
Des amoureux languissants.
[...]
Que votre art serait beau,
qu'il serait admirable,
s'il me rendait un Jason,
Un Argonaute capable
De conquérir la Toison,

les roucoulades de la tragédienne restèrent sans effet ! Oserais-je le dire ? Là où la voix sublime de la Champmeslé révéla ses limites, sa main, quoi qu'elle ait pu faire, ne put davantage ranimer ma flamme. Et j'eus beau me réciter, in petto, les stances de votre ami Saint-Pavin :

Mais ne t'en afflige pas,
Mon amour, et tes appas
peuvent la faire renaître,
Viens, approche, je t'attends ;
Elle revient, je la sens,
Je t'en veux faire le maître,

je dus déclarer forfait pour l'amoureuse lice et sortis en déroute, persuadé d'avoir été l'objet de quelque maléfice.

La petite “Chimène” ne me pardonna pas l’offense, clama qu’elle voyait bien que je ne l’aimais plus et, peu après, s’en fut chercher consolation ailleurs. M. de Revel se présenta, qu’elle agréa quelque temps, puis vint le règne de M. Racine qui eut longtemps ses faveurs, avant que M. de Clermont-Tonnerre ne le déracinât, auquel succéda, je crois bien, mon ami La Fare.

Une disgrâce n’arrivant jamais seule, je reçus, dans le même temps, mon congé de Ninon, à qui mon aventure avec la Champmeslé n’était pas restée inconnue, et qui prétendit se lasser d’aimer sans être aimée. Mon père avait été trois mois son favori, je ne fus que trois semaines l’objet de son caprice. À mon dépit, Mlle de Lenclos n’avait pas trouvé en moi un nouveau Soyecourt, si légendaire sous le rapport de la virilité, et me déclara tout de go que je n’égalais point M. de Sévigné, ni pour la vaillance au déduit ni pour l’intrépidité libertine, bref que j’étais un “corps de papier mouillé, une âme de bouillie, un cœur de citrouille fricassé dans la neige”. En un mot, digne d’être votre fils. L’avais-je davantage déçue par ma froideur et mon incapacité à satisfaire sa lubrique envie ou pour avoir résisté à son apostolat d’impiété ? Je pencherai pour la seconde de ces conjectures.

Ah, ma mère, quelle étrange chose, quel abîme que le cœur de l’homme ! Tant que Ninon me favorisait de son caprice, je ne me souciais guère de son amour pour moi, et il m’était même, parfois, à charge. Du jour qu’elle me signifia rudement mon renvoi et que je me retrouvai sur le rivage, j'en fus au désespoir, et je me lamentai comme Jérémie sur mon sort infortuné.

Dans l'extrémité de mon désarroi, je courus d'abord chez M. de La Rochefoucauld, à qui je confiai mes malheurs, sans oublier le plus humiliant. Le duc, qui m'avait connu tout enfant, et s'était toujours montré d'une infinie bienveillance à mon égard, m'écouta avec une gravité dont je voyais bien qu'elle était contrainte, et qu'il se retenait pour ne pas éclater. Malgré sa mine d'ordinaire chagrine et fière, et son humeur si mélancolique qu'il prétendait qu'à peine l'avait-on vu rire trois ou quatre fois en trois ans, il me parut que ma déroute le divertissait fort. Cependant, sa civilité et son amitié le retinrent sur cette pente et il me témoigna d'abord, en galant homme, toute la compassion que méritait mon affliction.

"Voyons, Monsieur, me dit-il, vous êtes un homme de guerre, et vous avez déjà connu la défaite devant l'ennemi, ne serait-ce que récemment, lors de votre expédition de Candie. Vous savez donc qu'il est des défaites honorables et qu'il n'y a point de déshonneur à se reconnaître vaincu après s'être bien battu. Considérez que vous êtes dans ce cas, et que si vous n'avez pas davantage emporté la place que Monsieur le Prince devant Lérida, vous vous êtes retiré avec les honneurs de la guerre, car vous aviez auparavant escarmouché avec quelque bonheur contre un ennemi considérable – je veux parler de Mlle de Lenclos – devant lequel se sont inclinés de plus rudes et expérimentés jouteurs que vous. Allons, trêve de désespoir, remettez-vous, Monsieur, il est indigne d'un honnête homme de se livrer à de telles extrémités pour un motif si bénin, et je dirais même plus, si peu honorable. Croyez-en mon expérience, on n'est jamais si malheureux qu'on croit, ni si heureux qu'on espère. En ce moment, vous êtes dans la peine car vous subissez encore l'enchantement de votre maîtresse, dans un mois vous ne verrez plus que ses défauts, et vous serez consolé."

Sur sa lancée, M. de La Rochefoucauld entreprit de me faire un petit sermon de morale, que j'écoutai avec la contrition requise. Bien que sa discrétion en matière de galanterie fût bien connue, il se laissa aller à quelques confidences sur ses amours défuntes avec Mme de Longueville, du temps de la Fronde, dont il gardait un amer souvenir, regrettant d'avoir "pour plaire à ses beaux yeux" fait la guerre au roi, et d'en avoir, au combat du Faubourg Saint-Antoine, "perdu les yeux".

Au regard dessillé de l'ancien frondeur, l'humanité n'était qu'un théâtre d'illusions et de tromperies, dont le ressort résidait dans l'amour-propre ; les plus sévères vertus n'étaient que vices cachés et n'obéissaient qu'à l'intérêt, et dans les plus belles actions il débusquait un trompe-l'œil dont seuls les innocents pouvaient s'abuser.

Malheureusement, je n'étais pas dans des dispositions propices pour goûter les rudes leçons d'une philosophie si désespérante. En l'écoutant, je songeais aux agréments de Ninon, aux séductions de cette petite merveille de Marie, et je doutais de parvenir un jour à ce détachement surhumain que me prônait l'auteur des *Sentences et Maximes de morale*.

"Voyez-vous, reprenait M. de La Rochefoucauld, il n'y a qu'une sorte d'amour, mais il y en a des milliers de copies. Il vous faut convaincre que vous êtes la dupe d'une de ces copies et que vous n'avez pas rencontré le véritable amour. Au reste, il en est de celui-ci comme de l'apparition des esprits, tout le monde en parle mais peu de gens en ont vu. À l'âge que j'ai, je me garderai toutefois de vous donner un conseil, car les vieillards n'ont la réputation d'être sages que parce qu'ils ne peuvent plus commettre les fautes qu'ils reprochent à la jeunesse, et je me contenterai de vous dire qu'on se console souvent d'être malheureux, par un certain plaisir qu'on trouve à le paraître. Ayez l'air plus abattu encore que vous ne l'êtes, promenez dans les salons ou sur le cours une mine défaite et languissante, et vous ne manquerez pas d'attirer l'attention des belles, fussent-elles les plus vertueuses, car soyez assuré qu'il y a peu d'honnêtes femmes qui ne se lassent de leur métier."

Quelque justes que fussent ces considérations, je ne laissai pas pourtant d'en tirer la conclusion que la connaissance que M. de La Rochefoucauld avait de l'amour n'était point passée de son esprit à son cœur, et que, dans la situation où j'étais, elles ne pouvaient m'être d'un grand secours. Aussi est-ce vers vous que je décidai de me tourner. Avec la finesse et la pénétration des femmes, vous aviez deviné le besoin que j'avais de m'émanciper de votre tutelle, et au lieu de me traiter en marâtre, vous aviez pris le parti de jouer les confidentes de théâtre, toujours prêtes à tout écouter et tout comprendre. J'allai donc vous trouver et, pleurant et mourant, je vous contai mon infortune, mais au lieu de l'attendrissement que j'espérais rencontrer, vous témoignâtes d'une satisfaction si vive et si entière que j'en fus tout décontenancé.

"Ah, comme je suis heureuse de vous voir tiré des griffes de Ninon, vous écriâtes-vous, en battant des mains. Cette diablesse avait gâté votre père, et c'est miracle si, faible comme vous l'êtes, vous ne vous êtes pas laissé entraîner à renier notre Sauveur, et à enfreindre tous les commandements du Décalogue ! Fi donc, comment avez-vous pu vous éprendre d'une femme si dangereuse et dont vous pourriez être le fils ? Quel chien de goût est le vôtre ! Quant à votre déroute devant la petite comédienne, vous m'en voyez ravie, car vous voilà puni par où vous avez péché, mon fils."

Une telle inhumanité de votre part, là où j'attendais mille gentillesses, me révolta, je l'avoue, et je vous reprochai, en termes assez vifs, de m'avoir donné de votre glace, cause efficiente de mes malheurs présents et peut-être futurs. Il m'eût fallu une nouvelle Médée "qui pourrait en amour rajeunir un Éson", et j'étais si meurtri de cet inopportun nouement d'aiguillette que je vous demandai de m'arranger une rencontre avec le fameux médecin Pecquet, qui avait soigné le surintendant Fouquet et accouché ma sœur de son premier enfant, afin qu'il me restaurât.

Je disais, à vous en croire, les plus folles choses du monde, comme de me faire bouillir dans un grand chaudron avec des herbes, ou de me retirer, sous le sac et sur la cendre, comme ermite dans quelque désert. Bref, c'était une scène digne de Molière, et dont nous finîmes par rire tous deux, vous de bon cœur, et moi par l'exemple de votre gaieté. Pour finir, vous m'assurâtes que tout l'empire amoureux était rempli d'histoires tragiques de cette couleur, et que vous seriez bien heureuse que cette mésaventure me retirât d'un état si malheureux au regard de Dieu. Je feignis de croire à votre bonne foi sur ce dernier chapitre, mais je ne fus pas dupe de votre pieuse exhortation, voyant bien que ces balivernes vous amusaient au plus haut degré et que vous n'attendiez que mon départ pour instruire ma chère sœur de mes tribulations et désastres galants.

Las, quand j'espérais que le rideau serait enfin tiré sur cette pièce que Molière aurait pu écrire pour partie et Racine pour une autre, la guerre reprit, dont je fus cause, par un procédé dont j'avoue qu'il ne fut pas à mon honneur. Après que la Champmeslé eut rompu avec moi, elle m'avait renvoyé ces diantre de lettres qui l'avaient si fort émue qu'elle s'était rendue à discrétion, se promettant des merveilles de mon ardeur amoureuse, mais je n'avais pas eu la délicatesse de lui renvoyer les siennes.

Pour Ninon, rompre avec un amant signifiait souvent gagner un nouvel ami, sans l'importunité de la jalousie et de la passion amoureuse, si bien que, cessant de nous retrouver dans l'arène de sa "chambre jaune", nous n'avions pas pour autant cessé tout commerce et nous nous voyions tous les jours.

Un soir que nous paraissions ensemble dans un salon, et que l'assemblée avait toute raison de penser que j'étais encore son favori en titre, elle avait tenu à la détromper – et particulièrement, les hommes qui étaient présents – en proclamant que nous étions dorénavant sur le pied d'une amitié fraternelle. Par pure curiosité, m'avait-elle dit, elle avait souhaité prendre connaissance des lettres d'amour de sa rivale et, par une indélicatesse indigne d'un gentilhomme, j'avais eu la faiblesse de les lui confier. De quelle erreur, de quelle sottise, ne m'étais-je pas rendu coupable ! À leur lecture, Ninon avait été saisie d'une si furieuse jalousie qu'elle se promit de les confier à Racine, qui attendait dans l'antichambre le moment de me succéder.

"Vous et votre maîtresse serez contents, m'annonça Ninon avec un sourire de triomphe, de voir l'usage qu'il en pourra faire dans quelque nouvelle tragédie !"

Si je pouvais comprendre que Mlle de Lenclos fût fâchée contre moi, je jugeai détestable sa conduite envers sa rivale et, ne sachant comment me tirer de ce fagot d'épines, je vins derechef vous demander conseil. Mon indélicatesse – et peut-être l'esprit de corps qui unit parfois le beau sexe contre la rustauderie des mâles – vous fit sauter aux nues.

C'était, me dîtes-vous, dans un transport d'indignation, d'un infâme que de couper ainsi la gorge à une petite créature qui n'avait d'autre tort que de m'avoir aimé, qui m'avait rendu mes lettres et ne les avait pas sacrifiées, que c'était de ma part une vilaine trahison, et basse et indigne d'un homme de qualité, et que même dans les choses malhonnêtes, il y avait de l'honnêteté à observer. Tout penaud, je ne fis pas de difficultés à entrer dans vos raisons, mais le délicat de la chose était de rentrer en possession de ces maudites lettres.

Je me rendis à nouveau chez Ninon, et, mi-figue mi-raisin, moitié par force, moitié par adresse, je les retirai de ses mains et vous les remis, afin que vous les fassiez brûler, n'ayant pas le cœur d'accomplir moi-même cet autodafé. En me confiant ce dépôt, Ninon me dit :

“Tenez, Monsieur, vous étiez dans votre tort d'accéder à ma demande, et j'étais dans mon tort de m'abaisser à cette vilaine curiosité. J'ai oublié ce que j'ai lu de ces lettres ; au reste on ne lit presque rien qui vaille la peine d'être retenu ; on ne dit presque rien qui mérite d'être écouté, et l'on n'aime jamais rien qui justifie la fidélité. Adieu, donc.”

Sur ce, je me retrouvai libre, malheureux, désoccupé, et ne sachant comment tordre le cou à l'ennui, je pris le chemin des cabarets et des tripots où j'étais assuré de faire quelque rencontre divertissante. À *La Sphère* je fus hélé par Despréaux qu'accompagnait un autre bel esprit, M. Chapelle. Celui-ci s'était fait connaître par un aimable et poétique *Voyage en Provence* avec M. Bachaumont – que j'avais lu avec plaisir lors du départ de ma sœur pour Grignan – et partageait ses loisirs entre cet asile bachique et le cabaret de *La Croix blanche*. "Quelques contes d'hôtellerie, / des lettres de galanterie, / du vin et de folles amours /" faisaient "jusqu'ici toujours sa plus heureuse rêverie". Il avait compté au nombre des proches amis de Ninon, mais son amour trop ardent pour la bouteille avait été cause qu'elle lui avait fermé sa porte.

Après quelques verres de vin clairet, ces messieurs s'enquirent des raisons de mon humeur chagrine, et ne leur ayant rien celé, ou presque, de mes mésaventures amoureuses, ils employèrent toute leur verve à me démontrer la vanité de mon désespoir. Je crois bien que Despréaux, ce jour-là, improvisa les vers dont il devait nourrir sa féroce *Satire contre les femmes* qui nous égaya fort, tandis que Chapelle, la main sur le broc, déclamait, pour me dérider, les plus gaillards couplets du *Cabinet satyrique*, se moquant des "mourants attraits" d'une "vieille ridée, proche espoir de la sépulture", chantant à tue-tête les injurieux quatrains de *Délivre-moi, Seigneur*, et finissant par la burlesque invocation de Saint-Amant dans son poème de *La Débauche*, qui fit tordre le nez à Despréaux :

Amis, il ne faut plus chômer,
Voici Bacchus qui nous convie
À mener bien une autre vie ;
Nargue du Parnasse et des Muses,
Elles sont vieilles et camuses ; [...]
Faisons pleuvoir dans notre corps
Du vin, tu l'entends sans le dire,
Et c'est là le vrai mot pour rire :
Chantons, rions, menons du bruit,
Buvons ici toute la nuit,
Tant que demain la belle Aurore
Nous trouve tous à table encore.
Loin de nous sommeil et repos...

Quand nous eûmes épuisé le charme de ce repaire de Bacchus, nous nous rendîmes bras dessus, bras dessous au cabaret de *La Pomme de pin* où nous trouvâmes M. de La Fontaine, rêvassant à son habitude, et savourant devant un pichet de vin vermeil les succès récents de sa *Psyché* au Théâtre des Tuileries, et de son troisième volume des *Contes et nouvelles en vers*.

“Ah, Monsieur, dit-il en me saluant avec chaleur, vous n'ignorez pas combien votre nom m'est cher, tant j'ai de reconnaissance envers Mme de Sévigné qui m'a fait l'honneur, l'autre jour chez M. de La Rochefoucauld, de louer, plus qu'ils ne méritent, quelques-unes de mes dernières fables et certains de mes contes. Vous ne sauriez croire combien m'est précieuse l'approbation d'une dame de son mérite et d'un goût si universellement reconnu."

En aparté, le doux rêveur tint à me dire combien il vous savait gré de la constante amitié que vous aviez gardée pour M. Fouquet, son ancien protecteur, que lui-même n'avait point oublié, car "c'est être innocent que d'être malheureux", conclut-il.

Je le remerciai et donnai au fabuliste des nouvelles de ma petite sœur, à laquelle il avait dédié l'une de ses premières fables et qui, pour lors, était en Provence, ce qui donna à Chapelle le prétexte de nous resservir des extraits de son célèbre *Voyage.* Puis, Despréaux voulut faire compatir son vieil ami à mes malheurs. Celui-ci, dont la ferveur pour le beau sexe était bien connue, entreprit à son tour de verser du baume sur mes blessures. Longtemps volage, nous confia-t-il, il avait maintes fois butiné de fleurs en fleurs, trouvant son plaisir dans des amours faciles et sans lendemain et ne se dépitant pas quand il était rebuté par des vertus plus farouches.

"Puisque vous avez lu mes premiers Contes, Monsieur, et que vous les avez jugés plaisants, à ce que vous m'avez fait l'honneur de me dire, reprit-il, je serai sensible à votre sentiment sur mes dernières élégies à Clymène. Vous y verrez qu'infidèle à ma réputation j'y célèbre des amours plus malheureuses encore que les vôtres car l'amant ne fut pas même agréé par sa maîtresse. Mais nous ne sommes pas au cabaret pour nous attrister, buvons, je vous prie, à Vénus et à Cupidon afin qu'ils nous favorisent sur la mer amoureuse !"

Je ne boudai pas l'invitation et nous portâmes force santés jusqu'à l'heure du souper, que j'offris à mes compagnons, puis, échauffés par les libations, ces messieurs me pressèrent fort d'étourdir mon chagrin par une visite à un lieu d'honneur des mieux famés. Le bonhomme La Fontaine n'était pas le moins chaud, ce qui me surprit un peu après la conversion qu'il m'avait annoncée à des amours élégiaques. Ah, ma mère, je n'avais sans doute plus ma raison quand je cédai à leur empressement ! Je laisserai dans l'ombre les débordements auxquels, en leur compagnie, je me livrai, cette nuit-là et le lendemain, tant la honte me fait encore rougir en traçant ces lignes. Qu'il me suffise de dire qu'afin de démentir la misérable réputation que m'avait value ma déroute devant la Champmeslé, je payai de ma personne au-delà de mes forces. Le surlendemain, je vins vous voir et vous contai tout, dans l'espoir que vous me redresseriez. Je vous confiai ma repentance, pleine et entière, tant je me faisais mal au cœur à moi-même. J'avais envie de vomir, et il me semblait voir autour de moi des panerées de tétons, des panerées de cuisses, des panerées de baisers, des panerées de toutes sortes d'appas, en telle abondance que j'en avais l'imagination frappée et que je ne pouvais plus regarder une femme sans avoir le cœur au bord des lèvres. J'étais comme les chevaux rebutés d'avoine à force de s'en être empiffrés.

Était-ce bien de votre devoir de mère que d'entendre de si vilaines confidences, me dîtes-vous d'un air de doux reproche qui accrut mon opprobre. Comment, avec l'éducation chrétienne que j'avais reçue, avais-je pu offenser les principes les plus sacrés de la religion et durant la Semaine Sainte encore ? Comment pouvais-je avaler le péché comme de l'eau ? J'en convins, avec une humilité et une contrition non feintes, et vous me fîtes promettre de me confesser longuement à l'abbé de La Mousse et de souscrire à tout ce qu'il exigerait de moi. Enfin, vous fîtes valoir d'autres arguments que les spirituels, ajoutant qu'à force de m'exposer dans les mauvais lieux et de fréquenter des femmes sans honneur j'aurais un jour mon fait, et que je gagnerais quelque chape-chute. Je dis amen à tout, et vous suppliai de m'arracher aux tentations en m'emmenant bien loin et des Ninon et des Marie, et des Chimène et des Clymène, et de toutes les Jeanneton de la capitale, vous assurant que je serais le plus obéissant, le plus dévoué, le plus sage et le plus distrayant des fils.

Par bonheur, au lieu de vous acheminer vers la Provence, pour voir enfin votre fille en son royaume d'Arles, vous vous étiez déterminée à vous rendre en Bretagne, car les États de la province devaient se réunir à Vitré, non loin de notre domaine des Rochers, et il était de la plus haute importance, pour votre réputation, d'être présente pour recevoir le dessus du panier de la haute et basse Bretagne. Vous me priâtes instamment de vous y accompagner, avec l'abbé de Coulanges et l'abbé de La Mousse. La compagnie de ces saints hommes ne pourrait que fortifier mes bonnes résolutions et exorciser, si besoin, mes appétits profanes si quelque occasion de fauter se présentait. Les Gendarmes-Dauphin étaient toujours cantonnés en Lorraine et je sollicitai du marquis de La Trousse un congé de cinq semaines qui me fut accordé. À la mi-mai nous prîmes la route de Bretagne, par un joli temps qui laissait augurer le plus agréable des voyages. J'avais fait provision de livres et, notamment, de votre cher Corneille. Lorsqu'au trot de ses six chevaux notre carrosse s'élança, après avoir passé les portes de Paris, je m'écriai comme Alidor, dans *La Place royale* :

Impuissant ennemi de mon indifférence
Je brave, vain Amour, ton débile pouvoir
Ta force ne venait que de mon espérance
Et c'est ce qu'aujourd'hui m'ôte son désespoir.

Je cesse d'espérer et commence de vivre ;
Je vis dorénavant puisque je vis à moi ;
et quelques doux assauts qu'un autre objet me livre,
C'est de moi seul que je prendrai la loi.

Beautés, ne pensez plus à rallumer ma flamme ;
Vos regards ne sauraient asservir ma raison...

Ah, les belles résolutions ! Et comme j'étais fermement décidé à m'y tenir, bien que je connusse la faiblesse de mon caractère et la déplorable pente de mes inclinations ! D'avance je prenais plaisir à ce long chemin vers la Bretagne, avec ses étapes hospitalières et ses accidents imprévus, ses rencontres inopinées – mais fi des chambrières complaisantes et des accortes servantes ! – et ses divins loisirs. À la vérité, ce serait une charmante chose que de voyager s'il ne fallait se lever si matin, ce qui voulait dire, à cause d'une chaleur hors de saison, vers les deux heures de la nuit, afin de profiter de la fraîcheur et de ménager nos chevaux. Durant les neuf jours de notre voyage, je trouvai moyen d'échapper aux sermons de nos deux abbés et de vous faire oublier mes diableries en vous lisant *Le Menteur* et *La Suite du Menteur*, ces deux pièces dans le goût espagnol, où Corneille fit voir qu'il pouvait, dans le comique, rivaliser avec Molière.

Le Bien Bon abbé avait prévenu Vaillant, notre sénéchal, de notre arrivée mais il s'était trompé de jour. Quelques centaines de paysans et de villageois, dans leurs plus beaux atours, un ruban neuf à leur cravate, qui s'étaient assemblés sous les armes, en notre honneur, attendirent en vain jusque la nuit, et cette armée en campagne s'en retourna, dépitée, sans nous avoir fait fête. À notre confusion, nous ne l'apprîmes que le lendemain de notre entrée et vous allâtes vous faire pardonner par ces gracieuses paroles dont vous aviez le secret quand vous vouliez plaire.

Pardonnez-moi, ma chère mère, mais voici justement Vaillant et notre garde-chasse Beaulieu qui me veulent entretenir de quelque affaire pressante. Je pose un instant la plume et je reviens tantôt…

Me voici revenu, jugez de l'importance de ce colloque : une louve et ses louvarts ont prélevé leur dîme sur nos moutons, et je dois mettre sur pied une battue demain. Je vous entends d'ici railler la sotte existence de M. de Sottenville…

De ce premier long séjour aux Rochers en votre compagnie, je garde un plaisant souvenir. Purgé de mes vilaines passions par le bon air et la solitude des champs, je ne songeai qu'à vous plaire et à vous désennuyer par ma gaieté. Je commençai par retirer discrètement de votre bagage les livres de piété et de morale que vous aviez emportés, et je mis bien en évidence à leur place les *Contes* de mon ami La Fontaine, le *Quart Livre* de Rabelais, les romans de La Calprenède, de Scarron, et de Mlle de Scudéry. Comme j'étais admirable à lire des heures d'affilée, je ne manquai, chaque jour, tantôt après dîner tantôt après souper, de vous faire une lecture publique de mon goût.

De toujours j'avais aimé et la lecture et le théâtre, et la fréquentation de la Champmeslé, si brève qu'ait été notre liaison, avait développé en moi ce penchant. J'aimais à lui donner la réplique tandis qu'elle apprenait son prochain rôle, et la plus grande tragédienne de notre siècle me faisait souvent compliment de mes dispositions pour le métier de comédien.

“Ah, Monsieur, il est regrettable que vous soyez né gentilhomme, car vous sentez d’instinct le théâtre comme le fameux Floridor ou M. de Molière, votre mémoire est admirable et votre voix a l’étendue et la tessiture qui conviennent. Quelle perte pour la scène, en vérité !”

J’avoue que la louange me fut plus agréable que toutes les congratulations que l’on me fit, plus tard, pour mon sang-froid sur les champs de bataille.

Le “Bien Bon”, vous en souvenez-vous ? avait coutume de somnoler à l’heure sacrée de la digestion qui était aussi celle que je choisissais pour vous lire quelque chapitre de Rabelais ou quelque conte de La Fontaine. Je le guettais du coin de l’œil et je voyais bien que l’abbé, bien qu’il fît mine de s’assoupir, prenait un blâmable plaisir à écouter d’une oreille *Comment l’esprit vient aux filles*, *Les Lunettes* ou *Le Psautier.* Le prenant en flagrant délit de divertissement libertin, je l’engageais à retourner à sa première occupation et lui citais ces vers que j’avais retenus de Ninon :

Un grand cœur veut tout entreprendre,
Un grand esprit veut tout comprendre ;
Les droits de l’estomac sont de bien digérer ;
Et dans les sentiments que me donne mon âge,
La beauté de l’esprit, la grandeur du courage,
N’ont rien qu’à sa vertu l’on puisse comparer.

Le digne homme se récriait, l’abbé de La Mousse levait un œil narquois de dessus son bréviaire et vous

vous exclamiez que mes mauvaises lectures n'avaient d'égales que mes mauvaises mœurs.

Lorsque nous n'étions pas au coin du feu, car j'ai souvenir qu'il faisait un vrai temps breton, et qu'une pluie froide et continue vous interdisait de vous promener dans les bois ou d'ordonnancer de nouvelles plantations, avec votre favori, notre jardinier Pilois, dont vous disiez préférer la conversation à celle de plusieurs présidents au Parlement de Rennes, nous allions rendre visite à des parents ou amis du voisinage, parmi lesquels la pauvre Mlle du Plessis, qui servit toujours, bien que vous reconnaissiez ses éminentes qualités, de plastron à votre humeur moqueuse. Une embellie vous permit tout de même de vous promener dans les allées du parc et d'enrichir les devises dont vous agrémentiez les plus beaux arbres. En mon honneur vous fîtes graver *Vago di fama*, "Avide de gloire", par allusion à ma campagne de Candie, et en l'honneur des paresseux : *Bella cosa far niente*, "Quelle belle chose que de ne rien faire", compliment que j'eus la malignité de prendre aussi à mon compte.

Comme, en ce temps de ma folle jeunesse, je ne pouvais me tenir longtemps en repos dans quelque endroit que ce fût, je me rendis à Rennes où je présentai mes civilités aux représentants du roi et à ces messieurs du Parlement. Je me gardai bien de lorgner du côté du beau sexe, mais j'offris à boire ou à souper à quelques gentilshommes de notre parentèle, négociai l'achat d'un genet d'Espagne, que je jugeai admirable aux airs d'école, et trouvai le moyen de dépenser en trois jours quelques fermages. Ainsi dissipai-je sottement la bonne opinion que vous commenciez à ravoir de moi.

"Quand on gâte ainsi ses affaires, me grondâtes-vous, on passe le reste de sa vie à les rapsoder. Je désespère, mon fils, de vous voir un jour dans l'abondance et le repos. Hélas, vous ne ressemblez que trop à votre père et à nos Rabutin. Que n'avez-vous hérité du sérieux et de l'esprit d'économie de vos ancêtres Coulanges, j'en aurais l'esprit plus tranquille !"

Cette fâcherie ne s'éternisa pas, cependant, et lorsqu'il me fallut vous quitter au début de juillet, pour aller accomplir mon devoir, vous en fûtes attristée tant j'avais su vous faire – un peu – oublier l'éloignement de Mme de Grignan, et tant je vous avais paru un divertissant et sémillant "petit compère", bien propre à faire passer les heures creuses, les jours de pluie. Je n'eus point trop de scrupules à vous laisser seule aux Rochers – et je ne compte pas ici les deux abbés – sachant que vous étiez toujours, quand vous n'étiez pas en compagnie, en présence de votre fille.

Devant rejoindre ma compagnie à Nancy, je passai d'abord par Paris, et comme l'on parlait toujours de guerre sans qu'elle éclatât, je m'y attardai un peu, allant donner de vos nouvelles à Mme de La Fayette et à M. de La Rochefoucauld, et offrant à souper à Despréaux et à Racine, auprès duquel je m'enquis de la "petite merveille". À son air renfrogné je devinai que ses affaires n'avaient pas beaucoup avancé et qu'il ne m'avait pas encore succédé dans l'affection de la tragédienne, ce qui me consola un peu. À rebours de ce que m'avait prédit le sévère et altier moraliste, plus d'un mois s'était écoulé depuis la fin de mes amours avec la Champmeslé, et je n'avais pas encore la vue obscurcie par l'étendue de ses défauts. Sans doute avais-je, comme vous, l'âme trop sensible, *bellissima madre.*

Le capitaine-lieutenant des Gendarmes-Dauphin, mon revêche cousin, au royal et gothique prénom, Philippe-Auguste de La Trousse, devait en être d'accord, qui, dès que je vins lui présenter mes civilités, me pria sèchement de pourvoir au remplacement de quatre cavaliers de ma brigade qui s'étaient volatilisés avant une probable entrée en campagne. Sans doute étaient-ils, eux aussi, d'une complexion trop tendre pour les horreurs de la guerre, si éloquemment dépeintes par M. Callot. Je fis le nécessaire, puis je demandai derechef une autre permission qui, à mon heureuse surprise, me fut accordée.

Léger comme le papillon du Parnasse, je galopais sur la grand-route de Paris quand une estafette essoufflée me rejoignit au premier relais de poste et me transmit l'ordre de rejoindre au plus vite Nancy. Pour le coup, le canon allait enfin parler et nous étions requis de franchir le Rhin pour nous établir à Cologne. Dans le dessein de porter la guerre en Hollande, il nous fallait avoir des magasins sur le Bas-Rhin et, grâce à l'or répandu au nom du roi par l'évêque de Strasbourg, nous avions gagné l'électeur de Cologne qui nous avait livré deux places, Neuss et Kaiserswerth, où la gendarmerie et quelques escadrons de cavalerie légère devaient prendre leurs quartiers d'hiver. Tandis que j'inspectais avec mélancolie mon absence d'équipage, que vous deviez m'envoyer de la capitale, mais en vraie "marâtre" vous ne fîtes guère diligence, M. de La Fare – Charles-Auguste pour les dames et les demoiselles – vint m'expliquer, d'un air mystérieux, la raison d'être de notre entrée en guerre.

Bien qu'il n'appartînt pas, comme moi, à une lignée de frondeurs et d'irréductibles Bretons, ce Cévenol aimable et paresseux avait gardé la nostalgie des anciennes libertés féodales et provinciales, et ne s'accoutumait pas au pouvoir absolu de notre monarque et surtout, à l'arrogance des ministres. À l'en croire, autant que le caprice royal, de souterraines rivalités de personnes, entre le féroce M. de Louvois et l'ambitieux M. Colbert, entre M. de Louvois et MM. de Condé et de Turenne, décidaient principalement de la guerre et de la paix. Comme je n'avais pas, en ce temps-là, la tête politique, je le laissai dire et me contentai de suivre les ordres sans chercher à en démêler le comment et le pourquoi.

Nous passâmes l'hiver de 1671 et 1672 dans des quartiers auprès de Cologne, d'où, en compagnie de La Fare, j'allai souvent à cette ville qui, pour être allemande, n'en était pas moins plaisante et coquette. Il faisait un froid de gueux, et comme vous aviez lésiné sur l'équipage que j'avais fini par recevoir – j'appris, par une lettre de ma petite sœur, que vous lui aviez offert un tour de perles d'une valeur considérable, d'où votre chiche libéralité envers moi – je me réfugiai souvent dans les cabarets, où ronronnaient de ces gigantesques poêles dont M. Descartes a fait la réclame pour le réconfort spirituel qu'ils lui procurèrent quand il méditait sa nouvelle philosophie. J'y appris à goûter la bière – que je trouvai bien inférieure au vin et même à notre cidre breton – et à fumer de ces longues bouffardes qui aident un peu à couper la gorge à l'ennui de l'oisiveté, et qui me firent souvenir du mélancolique poème de Saint-Amant, "Assis sur un fagot, une pipe à la main", dont je me plaisais à réciter les derniers vers durant cette longue et indécise campagne :

Non, je ne trouve point beaucoup de différence
De prendre du tabac, à vivre d'espérance,
Car l'un n'est que fumée, et l'autre n'est que vent.

Dans l'attente de monter en selle et de mériter l'épithète de "petit glorieux" que vous m'aviez dédiée aux Rochers, je ne manquai pas de vous écrire, tâchant de vous amuser par les petits riens de ma vie d'exilé dans les glaces germaniques, rapprochant ma triste condition de celle d'Ovide, vous narrant les amours contrariées de La Fare avec la marquise de Rochefort, et autres balivernes. Et j'eus le bonheur d'apprendre de Mme de Grignan que vous jugiez que mes épîtres, si on les trouvait un jour dans votre cassette, passeraient pour être du plus honnête homme de notre temps, compliment qui, venant de vous, valait son pesant d'or.

Mon épée commençait de rouiller dans son fourreau quand, au printemps, l'armée du roi se mit en marche et envahit la Hollande, où sans coup férir, elle prit en une semaine plusieurs places, ce qui laissait augurer d'une capitulation rapide de ces éleveurs de tulipes, qui brillaient davantage sur mer que sur terre. Après ces premières conquêtes, le roi laissant son armée à M. de Turenne, marcha sur l'Yssel avec l'armée du prince de Condé. Par malheur, le comte de Guiche qui, en Pologne, avait vu des cavaliers tatars passer des fleuves à la nage, s'avisa de les vouloir imiter. Il fit croire qu'il y avait un gué sur le Rhin où il ne s'en trouvait pas, si bien que quelques-uns de nos gens se noyèrent tandis que d'autres se faisaient fusiller par des escadrons qui les attendaient sur l'autre bord.

Après avoir traversé, le duc de Longueville – dans la brigade duquel j'avais servi en Candie quand il n'était que comte de Saint-Pol – entraîna à sa suite un fort parti de cavaliers, que suivait Monsieur le Prince. Peu après, il se trouva arrêté par une barrière défendue par un bataillon qui pensa d'abord mettre bas les armes, mais qui, entendant l'un des nôtres crier "Pas de quartier !" fit une furieuse décharge, dont fut tué Longueville et furent blessés plusieurs officiers, dont le prince de Marcillac, fils de M. de La Rochefoucauld, et même M. de Condé, ce qui désorganisa la suite de la campagne.

Je pleurai, comme presque toute la cour, la perte de M. de Longueville, avec qui je m'étais fort lié à Candie, et qui promettait de grandes choses. Cependant, M. de Rochefort avait mission de s'emparer des écluses de Hollande, ce qui nous aurait rendus maîtres du pays, mais il ne fit pas assez diligence, et les ennemis ouvrirent les écluses qui, inondant le pays, le sauvèrent. Le roi prit bien d'autres villes et les États firent des propositions de paix qu'on ne voulut pas écouter. Outrés de fureur, des émeutiers assassinèrent le Grand Pensionnaire, M. de Witt, et son frère, et il s'ensuivit que le prince d'Orange, grand capitaine et farouche adversaire de la France, se mit à la tête de la République, ce qui renversa le cours des choses.

Alors que nous étions sur le point de remporter une rapide victoire, tout fut rompu, et le roi, négligeant de tomber sur la Flandre espagnole, s'en retourna en France se faire acclamer pour ses exploits guerriers, laissant M. de Luxembourg à la tête de l'armée. Les Gendarmes-Dauphin furent de l'escorte royale avec l'élite des troupes, ce qui me réjouit fort, à l'idée de vous revoir et de renouer avec mes amis du Parnasse, sans compter que j'espérais bien occuper le vide de mon cœur par quelque nouvelle amourette.

Pendant que nous chevauchions, botte à botte, La Fare qui, lorsqu'il n'imitait pas Catulle, se prenait parfois pour Tacite, me confia, désabusé et morose :

"Voyez-vous, mon cher, notre roi n'a jamais songé à prendre la Hollande, mais à la châtier. Mauvais dessein, car nous avons imprimé la crainte et la haine dans le cœur de gens qui, par leur intérêt propre, auraient pu être nos alliés. Par notre faute, ils se sont livrés à un chef qui les a aguerris, et une petite République qui ne pouvait pas nous faire grand mal est devenue le plus redoutable de nos ennemis. Au lieu de faire de l'Europe tout ce que nous aurions voulu, ce que nous avons réussi est de nous faire plus haïr et moins craindre. Nous allons, je vous le prédis, au-devant d'une longue série de guerres, dont le royaume ne sortira pas grandi. Je gage qu'avant la fin de l'année prochaine nous aurons à dos la Hollande avec les princes d'Allemagne, l'empereur, et peut-être même le roi d'Angleterre qui n'a ni oublié ni pardonné l'empoisonnement probable de la duchesse d'Orléans, sa sœur. Ah, je vous le dis, baron, nous ne sommes pas prêts de suspendre nos épées au mur et de déchausser nos éperons !"

Avec le recul, force m'est de rendre hommage à la perspicacité de mon compagnon d'armes que je devais croiser quelque temps plus tard, à la cour, quand il allait présenter ses hommages à cette coquette de marquise de Rochefort qui le faisait lanterner, tandis qu'elle ne laissait pas de battre des cils devant le terrible M. de Louvois qui, s'imaginant qu'il avait en La Fare un rival, s'employa, par la suite, à le mortifier de toutes les façons et le dégoûter du service.

N'ayant pas reçu de vos lettres quand j'étais en campagne, j'ignorais que vous vous fussiez enfin rendue auprès de ma sœur et de son mari, à Grignan, et je le découvris en descendant de cheval à votre porte. Par bonheur, je trouvai une mère de substitution en la personne de Mme de La Fayette à qui, sur sa demande, vous n'aviez pas fait de visite d'adieu pour ménager sa sensibilité. Pas plus que M. de La Rochefoucauld, Mme de La Fayette n'aimait écrire, aussi me pria-t-elle de vous transmettre mille choses quand je prendrais la plume ; sachant qu'elle était votre plus intime amie et depuis si longtemps, je sollicitai son appui, qui ne me fit jamais défaut, pour que vous desserriez un peu plus les cordons de votre bourse en ma faveur. La "mère" de *La Princesse de Clèves* s'y engagea, qui n'avait jamais admis votre préférence si déclarée pour ma petite sœur, et s'évertuait, chaque fois qu'elle le pouvait, de faire pencher la balance du côté du "petit *frater*". Et, sur son insistance, vous consentîtes à me permettre de ne plus faire si mauvaise figure parmi mes compagnons d'armes. Louanges à sa mémoire !

Faute de votre compagnie, je passai nombre de soirées chez nos cousins Coulanges. Personne ne pouvait voir Philippe-Emmanuel de Coulanges sans l'aimer, tant il était déconcertant de gentillesse et de légèreté. Ce très petit homme, à face toujours réjouie, rebondi comme une balle, était né, disait-il en riant, pour le superflu et jamais pour le nécessaire. C'était un esprit facile et agréable, bon et frivole, dissipateur et dissipé, d'une inépuisable fécondité à produire de jolies bagatelles, qui passait tout le jour à chanter, à composer couplets, madrigaux et épigrammes, et à ouvrir libéralement sa table, l'une des plus délicates et abondantes de la capitale, à ses amis et aux amis de ses amis.

Il avait été de robe, mais avait très vite jeté aux orties son habit de maître des requêtes après un procès où il était rapporteur. Il s'agissait d'une mare que se disputaient deux marauds, dont l'un se nommait Grapin. S'embrouillant dans ses conclusions et désespérant de démêler le litige, notre cousin avait rendu les armes, déclarant : "Messieurs, je me noie dans la mare à Grapin, et je suis bien votre serviteur !" puis il avait quitté le palais à tout jamais.

Son extrême gaieté et ses bonnes manières le faisaient recevoir partout, à la cour et à la ville, et même dans la Ville Éternelle, où il fut le secrétaire particulier de notre ambassadeur auprès du Saint-Siège lors de deux conclaves. Après s'être attiré les bonnes grâces du pape Alexandre VIII, lui seul avait pu se permettre de chansonner son successeur, Innocent XIII, né d'un Pignatelli et d'une Caraffa, et qu'il brocarda en ces termes rien moins que dévots :

Mais au moins de boire en repos
Nous permettra-t-il le Saint-Père
Son nom, ses armes, sont des pots,
Une carafe était sa mère.

Si j'en crois mes souvenirs vous n'étiez pas la dernière à rire de ces aimables facéties qui divertissaient jusqu'au roi. Plus jeune de dix ans que son mari – qu'elle appelait drôlement "mon fils" et avec qui elle vivait assez peu maritalement – Marie-Angélique du Gué-Bagnols était une des plus jolies femmes de la cour, où sa qualité de cousine germaine de M. de Louvois lui donnait accès, mais elle ne devait qu'à ses seuls mérites, je veux dire à son charme, à son esprit, à sa séduction, mais aussi à sa bonté, son désintéressement, son éloignement des intrigues, d'avoir ses entrées dans les appartements particuliers et d'être admise aux heures réservées aux favoris du roi, de la reine et du dauphin. Comme vous le disiez joliment, son esprit lui tenait lieu de dignité, qu'elle avait aussi vif que son petit homme de mari, mais d'un tour plus piquant et plus elliptique, sans être pour autant cruel, sauf au regard de ses amants qu'elle désespérait par sa coquetterie et son humeur volage.

Ma jolie cousine, que vous surnommiez tantôt "la Mouche", "la Feuille", "la Déesse", ou "la Sylphide", me mena à Saint-Germain, où était alors la cour, et se réjouit de m'y voir aussi bien accueilli. Comme elle vous l'écrivit, avec une délicieuse naïveté : "votre fils est aimé de tout le monde, presque autant que moi". Je caressai et cajolai fort, en tout bien tout honneur, l'exquise Marie-Angélique – à qui je servis de cavalier pour aller souper chez la duchesse de Richelieu, applaudir le *Mithridate* de Racine à l'Hôtel de Bourgogne et bâiller à la *Pulchérie* de Corneille au Théâtre du Marais – car je comptais un peu sur son cousinage avec le terrifiant M. de Louvois non pas pour m'avancer à l'armée, mais pour me préserver un peu des foudres du ministre, qui n'avait pas en vain la réputation d'être hautain, rude et cassant, et de ne favoriser que des gens de peu ou de plats courtisans. Par la grâce efficace de Mme de Coulanges j'obtins de rester à Paris tandis que M. de La Trousse, plus martial que jamais, s'en allait, au nom du roi, commander en Bourgogne, puis mettre la Franche-Comté à la raison.

Las, cet heureux intermède n'eut qu'un temps, car trompettes et tambours battirent le rappel et je dus regagner ma compagnie. Grâce à l'intervention de Mme de La Fayette, je partis cette fois non pas en pauvre hère mais dûment équipé et prêt à affronter le froid et la bise de l'Allemagne et des Flandres aussi bien que le feu des ennemis. Quand j'arrivai, ceux-ci n'eurent pas même la courtoisie de faire mine de vouloir en découdre et je me retrouvai une fois encore astreint au morne rituel de la vie de caserne – inspection des hommes, des chevaux et des armes, exercices et manœuvres – que ne parvenaient pas à dissiper les distractions habituelles du soldat désœuvré, le cabaret, la boisson, le jeu et la galanterie.

Par bonheur, dans les longs loisirs que ménagent la vie des camps, il me restait le plaisir de la lecture. Dans mon troussequin et dans mes fontes, je dissimulais un petit Virgile, un Horace, et une édition in-seize des *Essais* de mon cher Montaigne, dont la fréquentation tantôt intermittente tantôt assidue me consolait de cette existence routinière et mortifiante. Je l'ai dit, je n'avais pas la tête politique ni le goût de la stratégie, et je ne comprenais goutte aux opérations militaires que ne cessait d'ourdir et de fourbir l'appétit de gloire de notre roi. Seigneur, que de marches et de contre-marches, d'alliances et de renversements d'alliances, de sièges et de batailles, pour en arriver à ce que me prédisait La Fare, à savoir que la France ne conserverait quasi rien de ses conquêtes et que toute l'Europe en viendrait à nous détester plus qu'à nous craindre !

Combien j'eusse préféré une heureuse léthargie à cette débauche d'entreprises, dont je me demandais si notre monarque ne s'y adonnait si furieusement que parce qu'il ne savait pas rester en repos dans une chambre, fût-ce celle d'une maîtresse. M. Pascal, sans doute, était dans le vrai quand il s'en prenait au divertissement, et la guerre et les bâtiments, ne furent-ils pas, au même titre que la chasse et les amours, un glorieux alibi pour le peu d'attrait de Louis le Quatorzième pour la vie de l'esprit ? Pardonnez-moi cette sortie, Madame, vous qui eûtes l'honneur d'entendre de la bouche de Sa Majesté quelques banalités sur Racine, dont vous fûtes aussi fière que M. de Grignan le fut de son cordon bleu.

Je sais, je raisonne en simple particulier et non en roi. Mais vous ne comprîtes jamais, ou vous ne voulûtes pas entendre, combien je me pouvais déplaire dans un grade subalterne auprès du roi et des princes, et sans vouloir condescendre à sacrifier l'idée que je me faisais de mon honneur à une servilité qui m'eût ouvert le chemin des honneurs.

Excusez, ma chère mère, le désordre de ce récit, et si je coupe parfois le fil de l'histoire, mais les souvenirs me viennent à hue et à dia, et vous savez que ni l'ordre ni la logique ne furent mon fort. Je m'aperçois, cependant, que ma lettre s'allonge plus que je ne l'aurais voulu, et que je risque de lasser votre patience, d'autant que je m'éloigne de mon propos qui était de faire un examen de conscience de ma vie, à dessein de me rendre compte par quoi j'avais démérité de votre affection. Je vais donc faire prendre le galop à ma plume et repasser en abrégé ma carrière sous les armes de Mars, de Vénus, et à l'enseigne de Cérès.

Quand, après avoir connu le baptême du feu dans l'expédition de Candie, je vous pressai si fort pour obtenir une place dans la Maison du Roi, je ne me doutai pas des importunités, des contrariétés et des dégoûts que j'y connaîtrais. Mon enthousiasme était à toute épreuve et je ne craignais pas d'être à la gueule du loup, à savoir à la bouche des canons. Avec les ascendances guerrières que je tenais des Sévigné et des Rabutin, l'humeur martiale devait m'être une seconde nature, mais c'était sans compter avec la singularité de mon caractère, qui me faisait dissimuler sous l'habit rouge des Gendarmes-Dauphin le naturel de M. de La Fontaine.

La fantaisie, la rêverie, la dissipation, l'inconstance, l'attrait des plaisirs mais aussi l'aspiration à la solitude, l'amour des lettres et un invincible penchant à l'indépendance ne firent jamais bon ménage avec la discipline et la régularité du service de Mars, surtout tel que M. de Louvois l'entendait. J'étais d'accord que les privilèges dont jouissait la noblesse devaient avoir pour contrepartie l'impôt du sang, mais sans doute n'étais-je pas né pour m'accommoder de la dictature des commis et des passe-droits que l'intrigue favorisait. De toutes les promotions auxquelles j'assistai l'on pouvait dire que la faveur plus que le mérite les avait faites.

Comment n'aurais-je pas été, à la longue, dégoûté de servir quand ma valeur demeurait méconnue ou sans récompense, et que je végétais dans une position subalterne, tout en m'endettant ou en vous sollicitant à chaque campagne pour m'équiper ? Pourtant, je fis mon devoir, et même davantage, en plus d'une rencontre. Est-ce ma faute si je ne fus pas favorisé par la Fortune ?

Tenez, lorsque je me trouvai sous les ordres de M. de Turenne, à Philippsburg, et que j'avais une furieuse envie de mettre flamberge au vent et de me distinguer, le mauvais sort fit qu'on ne livrât pas bataille et que tous les officiers s'en revinrent d'Allemagne à la file, la queue basse comme celle de leurs chevaux. Est-ce ainsi que je pouvais prendre une pose avantageuse et, à la question intéressée de quelque émule de Clarice, dans *Le Menteur*, "Quoi vous avez donc vu l'Allemagne et la guerre ?" répondre comme Dorante, avec un petit air fat : "Je m'y suis fait quatre ans craindre comme un tonnerre." Que nenni, ma mère !

Et quand, à peine débotté et que vous vous apprêtez à enfin jouir d'un repos mérité, vous recevez incontinent l'ordre de remonter en selle pour rejoindre Charleroi, le moyen de ne pas pester et jurer ?

Allons, mes chevaux sont-ils ferrés ? Mes bottes sont-elles graissées ? Picard, vite, mon épée et mes pistolets ! Il me faut un bon chapeau ! Allons, *"Piglio-lo-su. Signor – moussu"*, comme disaient ces messieurs les apothicaires, poursuivant de leurs clystères M. de Pourceaugnac qui n'en menait pas large.

Tout de bon, j'aurais aimé que M. de Molière fît une pièce sur les glorieuses misères de la vie de soldat, comme il en fit sur les médecins, les femmes savantes, les bourgeois gentilshommes et les avares ! Je vous assure que le public en eût ri, tant, à la ville, l'on a peine à s'imaginer que la guerre est autant tissée de ridicules que d'horreurs. La gloire, quant à elle, ne vient qu'après la bataille, et ce sont souvent ceux qui y ont eu le moins de part à l'action qui tirent les marrons du feu et se l'accaparent. Je le constatai, à mon détriment, plus d'une fois.

Ainsi, lors de la fameuse bataille de Seneffe, qui se livra près de Mons en août de 1674, et qui fut, sans doute, l'une des plus sanglantes du règne. L'armée était sous les ordres du prince de Condé et comptait trente mille hommes de pied, quelque quatorze mille chevaux, et une soixantaine de canons. La coalition ennemie, Hollandais, Espagnols et Autrichiens, sous le commandement suprême du prince d'Orange, alignait quarante mille hommes de pied, vingt-deux mille chevaux et soixante-dix canons.

Après avoir lanterné durant plusieurs semaines, en s'observant, les deux armées marchèrent l'une contre l'autre le 10 d'août, l'initiative venant du prince d'Orange. Se sachant inférieur en nombre, Monsieur le Prince, sagement, avait choisi un poste, naturellement retranché, où il pût l'attendre avec sûreté. Voyant que les difficultés du terrain, plein de défilés et de bois, avaient divisé le corps de bataille ennemi, il fit attaquer leur arrière-garde, conduite par le marquis d'Assentar, général de la cavalerie d'Espagne, par la brigade des gardes du corps, tandis que la brigade de Navarre prenait d'assaut le village de Seneffe, tenu par quinze cents hommes de pied.

Les trois mille chevaux du marquis d'Assentar furent culbutés et lui-même tué, tandis que Seneffe fut pris et que peu de ses défenseurs en réchappèrent. Après ce premier succès, Monsieur le Prince détacha M. de Fourilles, mestre de camp général de la cavalerie, pour s'emparer de l'escorte des bagages – ce à quoi il réussit – et semer le désordre dans le reste de l'armée, mais les ennemis se rallièrent et se fortifièrent sur une hauteur appelée Saint-Nicolas. Notre infanterie emporta cette position, tandis que les gardes du corps, les gendarmes et les chevau-légers chargeaient la cavalerie ennemie et la mettait en déroute.

Avec les Gendarmes-Dauphin, je fus de cette charge victorieuse, et je connus cette sorte d'ivresse guerrière qui vous saisit, quand le galop de quelques milliers de chevaux ébranle le sol, et que, parmi ce tonnerre et celui des décharges de mousqueterie, vous perdez conscience du danger au point que l'idée que vous allez peut-être périr ne vous effleure même pas. Cette première action avait coûté six mille hommes aux ennemis, et quatre mille prisonniers, sans compter la prise de leur bagage, tandis que nous n'avions perdu que peu de monde. Mais, en raison du retard de notre infanterie, qui devait passer en colonne par des défilés étroits, nous ne pûmes exploiter cette victoire.

Entre-temps les troupes de l'empereur étaient arrivées et engageaient le combat. C'est là que notre infanterie subit de grosses pertes. Cependant, un grand corps de cavalerie de l'empereur menaçant de nous prendre en flanc, M. de Condé donna ordre au duc de Luxembourg de s'y opposer avec la brigade de la gendarmerie, commandée par M. de La Trousse. Nous les tînmes en respect pendant que lui-même engageait le combat avec un autre corps de bataille et, se trouvant en mauvaise position, envoya demander du renfort à M. de Luxembourg. Son capitaine des gardes, M. des Roches, transmit l'ordre à La Fare qu'il rencontra en chemin, et les escadrons formés par les Gendarmes-Dauphin, les Gendarmes d'Anjou et les Chevau-légers-Dauphin repoussèrent l'ennemi qui nous fit un grand feu de canon et de mousqueterie.

Monsieur le Prince avait déjà eu trois chevaux tués sous lui, mais il conserva son sang-froid et son œil d'aigle, que les grandes occasions, loin d'abattre, portaient à leur comble. Ne pouvant alors, sans canons et sans infanterie, forcer l'ennemi qui lui, en avait, il nous fit mettre en bataille, avec tout le reste de la cavalerie derrière nous, et nous restâmes exposés, à une portée de mousquet, pendant tout le reste du jour, ce qui nous parut fort long, au feu de cinq pièces de canon chargées souvent à mitraille, et de l'infanterie, massée dans les bois, sans bouger d'un pouce, sinon en resserrant les rangs au fur et à mesure que les boulets et la mitraille nous déquillaient comme au jeu de boules.

Pour nous donner du courage, les timbaliers et les trompettes ne cessèrent de battre et de sonner pendant cette étrange fête. J'avais le plus grand mal à maîtriser mon cheval, que je sentais trembler entre mes jambes, et qu'affolait l'odeur du sang et de la tripaille répandue. Pour le coup, je compris ce que veut dire être passé par les armes de sang-froid, et combien le mot trivial de boucherie s'applique exactement à cette situation. Je voyais, sur la colline en face de nous, les artilleurs recharger leurs pièces et à chaque décharge nouvelle je me demandais si ce boulet, "chargé de toute éternité", comme vous le dîtes à propos de celui qui tua le maréchal de Turenne, m'expédierait dans un autre monde.

Selon M. de La Rochefoucauld, "ni le soleil ni la mort ne se peuvent regarder en face" ; je vous assure que, ce 11 août de 1674, je vis véritablement la mort en face, sans pouvoir en détourner les yeux, et ne trouvant de réconfort qu'en priant Dieu. Tous, nous aurions préféré risquer notre vie en chargeant l'ennemi plutôt qu'à attendre, immobiles comme des statues équestres, huit heures d'affilée, le feu de leurs canons. À un moment, une volée de mitraille vint s'abattre sur nous, et je sentis un choc violent à la tête qui me fit chanceler sur mon cheval. Je me redressai et, voyant que du sang dégouttait sur mon habit et teintait de pourpre l'encolure de ma monture, je compris que j'avais été blessé. Portant la main à ma tête je retirai un éclat de métal, ce qui me parut de peu de conséquence. M. de La Trousse me fit demander si je pouvais garder ma position, et je répondis que je le pouvais.

J'avais un fort mal de tête, comme au lendemain de mes beuveries avec Boileau, Racine et La Fontaine, mais je me dis que la cause, pour une fois, ne laissait pas d'être honorable. Enfin la nuit vint, par quoi s'acheva cette épreuve de stoïcisme militaire. Je pensai que la bataille s'achevait aussi, mais nous frémîmes tous en apprenant que M. de Condé avait ordonné qu'on fît avancer des bataillons neufs et qu'on allât chercher du canon pour rattaquer l'ennemi à la pointe du jour. Visiblement, il n'y avait que lui qui eût envie de se battre encore.

Près de la moitié de mes cavaliers avaient été tués, sans compter les blessés, et le reste de l'armée était à l'avenant. Je me fis panser, et passai une fort mauvaise nuit, car les blessures à la tête font perdre beaucoup de sang, et il fallait renouveler la charpie toutes les deux heures. Au matin, alors que nous avions mis pied à terre, il se fit de part et d'autre une décharge terrible sans que l'on sût qui l'avait commencée, et une partie de notre cavalerie s'enfuit en désordre. Cependant, Monsieur le Prince parvint à rallier nos troupes, et dans cette occasion, mon escadron qui était resté en bon ordre lui fut d'un grand secours, ce dont il fit beaucoup de compliments à MM. de La Trousse et La Fare.

Sur ce, l'armée du prince d'Orange se retira vers Mons, et nous reprîmes le chemin de notre camp, où nous arrivâmes le lendemain matin, bien contents d'être encore en vie. Cette bataille fut, avec celle de Saint-Denis, dont je dirai un mot plus loin, la plus grande action où je me fusse trouvé. La perte ne laissa pas d'être grande de notre côté, huit mille tués dont mille officiers, contre onze mille au moins pour nos ennemis, et je fus bien aise d'en être quitte pour une légère blessure après avoir essuyé les plus grands périls de la guerre.

Nous pensant affaiblis, le comte de Monterey, gouverneur des Pays-Bas espagnols, vint mettre le siège devant Oudenarde, mais notre armée fit diligence, de sorte que, nous voyant arriver sur les hauteurs de la ville, l'ennemi leva le siège. Ainsi finit cette campagne, dont chaque camp s'attribua la victoire. La majeure partie de l'armée se retira en quartiers d'hiver, mais la gendarmerie reçut l'ordre de marcher en Allemagne sous le commandement du comte de Sault afin de renforcer l'armée de M. de Turenne.

Pour moi, ma blessure m'autorisa à demander un congé et je revins à Paris afin de me faire examiner par un chirurgien digne de ce nom, et me faire mitonner par le beau sexe. Comme les exploits guerriers ne sont d'une lecture agréable que dans la poésie de l'Arioste, les romans de La Calprenède, et dans les tragédies de Corneille, où ils apparaissent sous un jour aussi avantageux que trompeur, je ne déroulerai pas en détail la chronique de ma carrière sous les armes jusqu'à son dénouement.

À rameuter mes souvenirs, je ne ferais que renouveler le chagrin cuisant que j'éprouvai à me morfondre sous l'uniforme des Gendarmes-Dauphin qui me collait à la peau comme une tunique de Nessus. Que fis-je durant les huit années qui suivirent, sinon contre mauvaise fortune bon cœur ? Après ma brillante conduite à Seneffe, vous demandâtes pour moi à M. de Louvois, par l'entremise de la toujours gracieuse et obligeante Mme de Coulanges, le régiment de Champagne, mais son colonel, contrairement à la rumeur qui en avait couru, n'était point mort, et il fallait acheter, et pour acheter, vendre ce maudit guidonnage.

Or, autant, pour ma chère petite sœur, aucune dépense ne vous paraissait déraisonnable, autant vous trouviez extravagants les débours qu'il vous fallait consentir pour mon avancement. Le même obstacle se présenta quand mon cousin, le comte de Sanzéi, fut tué à l'affaire de Cons-Saarbruck, et que son régiment, devenu vacant, M. de Marsilly, votre "résident" auprès du ministre, le demanda pour moi, afin qu'il restât en quelque sorte dans la famille. Une fois de plus, M. de Louvois me refusa cette marque de reconnaissance de mes mérites. Je demeurai donc guidon, guidon éternel, guidon à barbe bientôt grise, et c'est dans ce grade qui n'est honorable que chez un jouvenceau, que je repartis à l'armée des Flandres, sous le commandement de M. de Luxembourg, que démangeait fort l'envie d'augmenter sa gloire par quelque petite bataille. L'occasion, où j'eusse peut-être trouvé la bonne fortune de me distinguer à nouveau, ne se présenta point.

Je revins à Paris, et je fus à deux doigts de vendre ma charge à M. de Viriville, qui la convoitait. Las, la transaction échoua, et derechef je m'en allai "mercredi tout droit à Charleville, / malgré le chagrin qui m'attend". Notre roi était aux armées, avec le duc d'Orléans, et se divertissait à prendre des villes, comme d'autres prennent des tours aux échecs. Au détriment de sa plus grande gloire, il manqua, hélas, à La Ceuse d'Heurtebise, d'en finir une bonne fois avec ses ennemis, ses conseillers, dont M. de Louvois et ses généraux, lui ayant déconseillé de livrer bataille au prince d'Orange. Après s'être regardées dans le blanc des yeux, comme deux dogues qui se mesurent devant que de se jeter l'un sur l'autre, l'armée du roi et celle du prince d'Orange firent retraite, et je me contentai d'être spectateur de cette singulière comédie.

Je me rattrapai au siège d'Aire-sur-la-Lys, où je me rencontrai sur le champ de bataille avec le chevalier de Grignan, beau-frère de ma Provençale de sœur. Comme j'avais appris que le marquis de Rambures avait péri lors des combats, je me dis qu'en faisant des prouesses, j'obtiendrais son régiment. Je m'établis donc dans la tranchée et sur la contrescarpe comme si j'avais été sur mon mail des Rochers, et fut l'un des premiers à franchir, sous la mitraille, le fossé. Dans son rapport au roi, le chevalier de Nogent me cita, avec éloge, comme l'un des trois ou quatre officiers qui avaient fait plus que leur devoir, mais que croyez-vous qu'il arrivât ? Ce fut un autre que votre serviteur qui obtint le régiment de Rambures. "Ô rage, ô désespoir, ô mérite incompris !"

Quand le moment fut venu de rejoindre l'armée du maréchal de Schomberg, je me découvris un opportun rhumatisme à la cuisse droite, et je vous écrivis, à la chaude, pour que vous intervinssiez auprès de M. de Louvois afin qu'un congé me fût octroyé. Vous fîtes l'embarrassée, mais vous finîtes par l'aller voir. Le ministre vous dit que j'aurais dû demander une attestation à M. de Schomberg, mais qu'il en parlerait au roi, ce qui était une façon polie de vous signifier qu'il ne ferait rien. Et il conclut l'entretien en vous déclarant que je faisais mal ma cour ! Ce en quoi il se montra lucide, mais peu encourageant pour la suite de ma carrière. Je savais déjà ses préventions à mon encontre, parce qu'il ne reconnaissait pas en ma modeste personne l'étoffe dont on fait les valets et les courtisans.

Me doutant bien que votre démarche ne serait pas couronnée de réussite, j'avais pris la liberté de courir la poste pour Paris, sans attendre mon congé officiel. Ce faisant, j'encourais le risque d'être cassé de mon grade, mais je n'en avais cure. J'étais tout au plaisir de vous retrouver sous les ombrages de Livry où je fis une manière de quarantaine discrète, soignant mon rhumatisme par une oisiveté délicieuse et la lecture de saint Augustin, et attendant d'être ou embastillé ou pendu pour désertion. Enfin, les fameuses attestations me parvinrent, apportées par M. de La Fare en personne que vous saluâtes comme un sauveur. Grâce à Dieu, on ne chanterait pas le *Salve* pour moi en place de Grève ! Je n'étais point pressé de guérir, et vous me disiez avec une certaine acrimonie que si j'avais la cuisse bleue, j'avais aussi la tête verte, que j'étais un incorrigible étourdi et que je vous ferais mourir par mes folies. Ma chère sœur, qui avait quitté la Provence pour Paris, ne manquait pas d'en rajouter, chamarrant ses réprimandes d'un dogmatisme cartésien que je feignais d'admirer.

Notre monarque, qui méritait mieux que moi la devise que vous m'aviez décernée, *Vago di fama*, s'en était allé, entre-temps, faire le siège de Valenciennes. Le Nord, toujours le Nord ! J'étais exténué, accablé, assommé, de faire sans cesse la navette entre Paris et la frontière des Pays-Bas, mais enfin, il me fallut reprendre une chaise de poste pour rejoindre l'armée qui, à ce que prétendait M. de La Trousse, ne pouvait se passer des services d'un rhumatisant de mon mérite. D'autant que j'étais enfin monté en grade, passant du guidon à l'enseigne. C'est devant Valenciennes que je vis pour la première fois à l'œuvre M. de Vauban et que je pus admirer toute l'étendue de son génie dans l'art de prendre les villes.

À mon habitude, je fis merveille. Le samedi 13 mars de l'an 1677, rapporta *Le Mercure galant*,

“M. le marquis de Sévigné a été blessé à la tête des Gendarmes-Dauphin, en portant des fascines avec une intrépidité sans exemple”. Porter des fascines ! Je vous en fais témoin, Madame, y a-t-il action plus glorieuse ? Notre jardinier des Rochers l’eût fait tout aussi bien. Cette impertinence de ma part fut mal perçue d’un canonnier ennemi qui m’expédia un méchant boulet, lequel m’emporta le talon de ma botte et mit mon talon en bouillie.

On m’enleva sur un brancard, on découpa ma botte, ce qui accrut ma mauvaise humeur, tant j’étais sûr que vous seriez fâchée de cette infraction à la “sainte économie”, puis le chirurgien du roi, M. Félix, vint en personne me visiter. Je tremblais qu’il n’eût la vanité de faire montre de son talent en m’amputant le pied, et je l’assurai que je me remettrais fort bien de cette blessure sans le secours de ses instruments tranchants. Il balança un peu, mais, Dieu merci, d’autres blessés, en plus piteux état que votre serviteur, requéraient son zèle.

Allais-je enfin obtenir la récompense de mes bons et loyaux services ? Le roi ne me donna pas un régiment, mais le marquis de La Fare, qui espérait, légitimement, d’être promu brigadier, à la demande qu’en avait faite le maréchal de Luxembourg, se vit sèchement refusé par M. de Louvois, et cette rebuffade le détermina à quitter le service. Il me proposa de me vendre sa sous-lieutenance à un bon prix, se réjouissant, dans son infortune, d’avoir un galant homme et un ami pour successeur. Pour le coup, vous ne fîtes pas la sourde oreille à ma demande d'espèces sonnantes et trébuchantes ; et je devins, enfin, officier en second des Gendarmes du Dauphin sous les ordres de l'indéfectible et indétrônable M. de La Trousse. Promu au rang de lieutenant-général, mon cousin serait amené à exercer son autorité sur des troupes plus importantes, de sorte que je serais, souvent, le seul à commander. *Deo gratias !* Toute glorieuse, vous pouviez désormais parler de moi dans vos lettres à Maguelonne comme de "votre frère, le sous-lieutenant", que vous voyiez déjà sur le pied d'être maréchal de France, alors que je languissais d'être enfin gendarme à la retraite. N'importe, à la longue, mon blason se redorait un peu, et je n'étais pas mécontent que l'on parlât un peu moins de la grandeur et des bonheurs des Grignan, et un peu plus de l'insignifiante personne du "petit *frater*".

Ledit sous-lieutenant, en dépit de sa promotion, clopinait sur un pied comme un invalide sur ses béquilles, ce qui ne l'empêchait pas de gambader dans les ruelles, un blessé au service de Mars n'étant pas pour autant réformé pour le service de Vénus. Le bruit dut en revenir aux oreilles de M. de La Trousse qui me réclama à cor et à cri auprès de mes gendarmes. J'invoquai ma blessure au talon qui m'interdisait de monter à cheval. En vain. "Venez boiter avec nous !" insistait lourdement mon dragon de cousin. Je lanternai tant que je pus jusqu'à ce que le prince d'Orange, qui ne cessait de se comporter comme si j'étais son ennemi personnel, ne menace Charleroi, que défendait le maréchal de Luxembourg avec peu de troupes. Aussitôt les volontaires de se ruer vers la frontière pour secourir la place. Je ne pus faire autrement que de suivre le mouvement, sans équipage, mais en voiture de poste, cahin-caha à défaut de clopin-clopant. Comme vous l'aviez prévu, le prince leva le siège avant que les choses ne s'enveniment pour lui, le bruit de mon arrivée, sans doute…

Les volontaires s'en retournèrent, je restai et, ne pouvant chausser un étrier, c'est en galante amazone, une jambe sur l'arçon de ma selle, que je poursuivis la campagne jusqu'à la prise d'Ypres et d'autres villes dont le nom ne me revient pas à cette heure. Cependant, contraint et forcé par l'épuisement des finances de la République batave, Guillaume d'Orange, qui venait d'épouser la nièce du roi d'Angleterre, se résigna à la paix, qui fut signée à Nimègue dans les premiers jours d'août de 1678. L'armée, pour lors, était cantonnée près de Mons, dans un village nommé Saint-Denis, où nous fêtions la fin des combats, quand une estafette, hors d'haleine, et balbutiant sous le coup de l'émotion, vint prévenir M. de Luxembourg que le prince d'Orange et son armée arrivaient comme la foudre, avec des intentions des plus belliqueuses.

Nous n'eûmes que le temps de ceindre nos épées et de nous élancer vers nos chevaux, dans le plus grand désordre du monde. Sonner le boute-selle, rassembler et former les escadrons, se mettre en formation de combat, prit un temps précieux pendant lequel l'ennemi profita de la surprise de son attaque et nous causa de sensibles pertes. Par un hasard malheureux, je me trouvai dans la même situation que lors de la bataille de Seneffe où je fus blessé la première fois. Deux heures durant, les Gendarmes-Dauphin, placés de façon à soutenir une de nos batteries, furent exposés au feu d'une batterie de neuf canons qui tiraient sans répit. La Providence me fut bienveillante encore une fois, car alors que j'eusse dû être tué douze ou quinze fois, je fus épargné, tandis que quarante de mes cavaliers perdirent la vie dans cette traîtreuse offensive, menée à l'encontre de toutes les règles de la guerre et du droit des gens.

Puisque je n'avais pas été tué à Mons, m'écrivîtes-vous, j'étais destiné à ne mourir jamais ! Le lendemain de cet “assassinat” prémédité, comme devait dire Bussy-Rabutin, le prince d'Orange fit présenter ses excuses à M. de Luxembourg. À l'en croire, il ne savait pas que la paix avait été signée ! Au vrai, il en avait connaissance, mais il avait jugé que l'occasion était bonne pour surprendre notre armée qui n'était pas sur ses gardes et nous tuer du monde. Peu après, une entrevue très romanesque réunit les deux chefs d'armée et leurs principaux officiers, afin de célébrer notre réconciliation. Bien que je ne fusse pas d'une notable importance, le maréchal m'avait prié d'y figurer. Le marquis de Grana, général espagnol au service des Pays-Bas, que j'avais eu l'honneur de fréquenter avec La Fare quand nous étions à Cologne, et envers qui j'avais quelque dette pour avoir fait prisonnier M. de La Trousse quand, après la bataille de Seneffe, il eut rejoint l'armée de M. de Turenne, qui fut défaite à la bataille de Cons-Saarbruck

– M. de Grana, donc, s'avisa de demander à M. de Luxembourg quel était l'escadron qui avait si crânement soutenu le feu de ses canons, et le maréchal répondit que c'était les Gendarmes-Dauphin commandés par le marquis de Sévigné, ici présent.

Me reconnaissant, M. de Grana vint m'embrasser et me couvrit de compliments qui me firent rougir de confusion. Comme quoi, l'on est, souvent, davantage reconnu par ses ennemis que par ses supérieurs ! J'avoue que, pour avoir manqué périr de façon si extravagante, lors d'une bataille menée en temps de paix, mon zèle pour le service ne s'était pas accru. Depuis longtemps, j'étais en guerre avec vous sur ce sujet. Je désirai de tout mon cœur résigner ma charge, et le séjour récent que j'avais fait en Bretagne où j'avais goûté auprès de mon ami Tonquedec les plaisirs virgiliens de la vie aux champs, m'avait donné une invincible envie de retourner vivre dans ma patrie le reste de mon âge. Vous ne compreniez rien à cette "dépravation", et vous aviez noué alliance avec ma sœur pour m'en détourner, mais j'étais si déterminé que vous ne saviez comment endiguer le cours, aussi "furieux que la Durance", de mon irrévocable inclination.

Quinze longues années sous l'uniforme, "le cul sur la selle", comme disait le bon Montaigne, à trotter de Paris ou de Versailles jusqu'en Allemagne, d'Allemagne en Hollande, et de Hollande en Flandres. Quinze années à voir s'enfuir le plus beau de mon âge dans de sinistres quartiers d'hiver, en d'ennuyeuses revues de détail et en fastidieuses manœuvres. Quinze années à affronter tantôt la pluie, les bourrasques et le froid, tantôt les mousqueteries, les canonnades et les charges de l'ennemi. Quinze interminables années à croupir dans le grade de guidon, d'enseigne, puis de sous-lieutenant, sous le commandement vétilleux de M. le marquis de La Trousse, capitaine-lieutenant des Gendarmes du Dauphin, lieutenant-général des armées du roi, chevalier de l'Ordre du Saint-Esprit, et mon cousin. Un cousin qui ne m'aimait guère et me martyrisait tant et plus. Dites-moi franchement, Madame, n'avais-je pas purgé mon temps de Purgatoire sur cette terre ?

Avec bon sens, vous me souteniez que la guerre est une fort sotte chose et vous en souhaitiez la fin avec passion, pourquoi vouliez-vous donc que je m'obstinasse dans un état où je ne pouvais espérer ni le bonheur, ni même les petites satisfactions de l'amour-propre ? Vous tentâtes tout pour me faire fléchir, allant même jusqu'à me ménager un entretien avec M. de La Trousse, dont vous me vouliez voir épouser la fille. Ce qui ne fut guère de son goût ni du mien. L'entretien se passa fort mal, le temps se couvrit, l'orage gronda, mon impérieux cousin me demanda, railleur, pourquoi je m'étais fait d'épée si ma vocation était de servir d'intendant à ma mère sur nos terres de Bretagne. Je lui rétorquai, tout bouillant, que j'étais las de servir sous ses ordres, que le bruit courait qu'il entendait céder sa charge à son neveu, M. de Bouligneux, et qu'en conséquence, ne pouvant avoir l'espoir d'avancer, je me verrais contraint de quitter le service, tout comme La Fare.

Il riposta en me disant que le service du roi n'y perdrait pas grand-chose, que mes absences répétées m'avaient fait un tort infini dans l'esprit de M. de Louvois et que Sa Majesté, elle-même, avait déclaré que j'avais pris le mauvais air des bas-officiers de ma compagnie.

"Dites-vous bien, conclut-il, que le courage, le panache, l'intrépidité même, face à l'ennemi, vertus que je vous reconnais volontiers, ne sont plus aujourd'hui ce que l'on exige d'abord d'un officier, mais bien ce qui paraît vous manquer : l'esprit de discipline et de sacrifice, la régularité dans vos devoirs, l'exactitude à faire appliquer les ordres. Il y a en vous une irritante désinvolture où je devine quelque héritage de l'esprit frondeur de Madame votre mère et de votre oncle, le cardinal de Retz, à moins qu'elle ne soit une survivance des gothiques libertés bretonnes. Ces temps-là sont finis, Monsieur, notre roi et ses ministres y ont mis bon ordre, et vous n'êtes pas assez moderne pour l'époque. Il vous faut ou vous soumettre ou vous démettre."

Avec mon plus gracieux sourire, je répondis que je lui étais reconnaissant de la franchise de son propos, que je n'étais point disposé à subir le despotisme des ministres et des bureaux, que j'en avais assez d'être toujours à la bouche des canons sans nul profit que risquer ma vie, qu'en conséquence je préférais me démettre, et que j'étais son serviteur. Sur ces amabilités, nous nous quittâmes fraîchement. Vous m'accueillîtes de même.

Avec véhémence, vous prétendîtes que vous ne vous étiez pas pressée les côtes pour faire ma fortune, afin que j'allasse moisir à Quimper, que j'étais l'homme le plus mal entendu pour les affaires, que je vendrais ma charge moins chère que je ne l'avais achetée, et que je faisais votre désespoir. Et vous ajoutâtes, perfide, qu'il était heureux pour vous que les prospérités de ma sœur, les grandeurs de mon beau-frère et de toute la tribu des Grignan, compensassent les déplaisirs et les mortifications que je ne cessais de vous infliger.

Malgré la tristesse où j'étais de votre incompréhension, je demeurai aussi inébranlable dans ma décision que sous les boulets du prince d'Orange. À la longue, vous abandonnâtes la partie, vous en remettant à la Providence. Je passe sur les importunités que j'eus encore à supporter, des parades ruineuses pour le mariage du duc de Bourgogne, de dispendieux séjours à Fontainebleau, jusqu'aux insupportables temps de garnison en Flandre. Enfin, arriva le moment tant attendu où je me défis de ma charge en faveur de M. de Verderonne. J'y perdis, il est vrai, quarante mille livres, mais j'étais libre, comme le loup de la fable. Pour vous contenter, je demandai toutefois la sous-lieutenance des Chevau-légers du roi, tout en craignant de l'obtenir. "Je verrai", dit notre monarque – formule dont Sa Majesté avait coutume d'user pour se débarrasser de ce qui l'importunait – et ce fut le marquis de Torcy qui l'obtint.

Je fis semblant d'en avoir du regret, quand je chantais, *mezza-voce*, des alléluias d'allégresse.

Fi de l'amour ! Fi de la cour ! Fi de la guerre ! [...]
Vivons gais et contents,
Et, pour l'être longtemps,
Protestons la main sur le verre,
De fuir l'amour,
De fuir la cour,
De fuir la guerre !

Les couplets de cette chanson du libertin M. de Blot, que je me gardai de chantonner sous votre nez, résonnaient gaiement dans ma tête tant ils paraissaient avoir été composés tout exprès à mon intention.

J'avais fui non pas la guerre, mais l'armée et son cortège de désagréments, de déceptions, de chagrins ; il me restait à fuir la cour, ce pays que j'avais en horreur et dont vous assuriez que si un homme avait été fait pour lui, et d'un esprit et d'une humeur propre à s'y plaire, c'était bien moi. Comment, Madame, pouviez-vous me méconnaître si étrangement ? L'opinion publique, cette diablesse de *regina del mondo*, me proclamait, certes, pourvu de tous les agréments qui, en apparence, en font le séjour agréable : un abord plaisant, des manières aisées, de la politesse, un tant soit peu d'esprit, de la conversation, de l'enjouement, un charme qui s'exerçait tant sur les hommes que sur les femmes.

En raison de la légèreté de mon caractère, "ondoyant et divers", il m'était aisé de prendre l'air des compagnies et des lieux que j'étais appelé à fréquenter : martial avec les hommes de guerre et sur les champs de bataille, voluptueux avec les libertins et dans les alcôves, frivole et bon garçon avec les baladins et dans les coulisses des théâtres, lettré et spirituel avec les gens de lettres et dans les refuges du Parnasse, dévot chez les hommes de Dieu et dans les églises, et plus breton que les Bretons au pays de mes pères.

Pourtant, en dépit de cette malléabilité, je m'accommodais mal de ce séjour que vous célébriez comme béni des dieux, et j'y faisais piètre figure. Ce n'était pas qu'on m'y fît mauvais accueil, tout à l'encontre. Mon nom, nos alliances, la place que j'occupais à l'armée, mes amitiés, tout concourait à ce que je fusse en pays de connaissance. Mais l'air qu'on y respirait était faux et vicié, la corruption, la servilité, l'envie, l'appétit de pouvoir et d'argent, la médiocrité des passions, l'hypocrisie des comportements, régentaient l'âme des courtisans assujettie à l'humeur mouvante du monarque et tout y était changeant sauf la constance dans la malveillance et l'indifférence à la vertu.

M. de Louvois avait raison : je faisais mal ma cour. Non par maladresse, car si je l'eusse voulu j'avais les qualités nécessaires pour m'y avancer, mais par un instinctif dégoût de ce vil métier. Je n'avais ni la morgue, ni l'effronterie, ni la bonne opinion de soi des glorieux de nature (je vous laisse ici le soin de mettre les noms) qui ne peuvent s'imaginer que les autres pensent autrement de leur personne qu'ils le font eux-mêmes. Je ne disais pas de moi : "J'ai de l'esprit, j'ai du courage, j'ai de la vertu" afin que d'autres disent après moi : "Comme il a de l'esprit, comme il a du courage, comme il a de la vertu !"

Tout à rebours j'avais un sentiment très net de mes insuffisances et de mes limites, et je ne m'estimais que médiocrement, à l'aune de la considération que vous aviez pour moi. Quoi qu'en puisse dire M. de La Trousse, je n'étais pas un mauvais officier, et si j'avais, à ce qu'aurait dit le roi, pris "le mauvais air des bas-officiers" de ma compagnie, c'est que je traitais mes subordonnés comme des hommes et non comme de la chair à canon. Je savais quelle est la dure et misérable vie du soldat, comme celle du paysan asservi à la glèbe, et je ne me sentais pas en droit de mépriser ces pauvres diables qui contribuaient, mieux que les colonels à peine sortis des langes et les courtisans inutiles, à la gloire de nos armes et à la prospérité du royaume.

Quant à moi, je me contentais d'accomplir mon devoir sans chercher à me faire valoir ni quémander des louanges comme tant d'autres. Affronter les périls de la guerre, risquer sa vie en chargeant un escadron ennemi, en escaladant un fossé, ou en forçant un retranchement, n'était rien de plus ni de moins qu'un métier, dont je ne tirais pas plus gloriole qu'un couvreur sur le toit d'une cathédrale. De mes petites prouesses, que signalèrent les gazettes, je ne brodai pas des romans, comme firent des leurs un La Feuillade ou un Lauzun.

Je voulais bien, à la suite, demander quelque récompense que je jugeai méritée, mais je ne me serais pas abaissé à faire ma cour pour avancer. Vous le saviez, je n'étais pas maladroit à feindre et déguiser, exercice auquel je m'étais entraîné au contact des comédiens et des comédiennes, mais le rôle de courtisan fut le seul que je ne pus apprendre. Contraindre mon humeur, parler et agir contre mes convictions, flatter des importants, sourire à mes ennemis, complimenter des fats, dissimuler les mouvements de mon cœur, voilà un office où je fus toujours mauvais écolier. Allons, voilà que je m'emporte, comme lorsque je me disputais avec vous sur le dessein que j'avais de me retirer loin de l'armée et de la cour, dans cette pauvre province si méprisée de vous et des Grands. Et c'est en vain que vous me disiez que je me trompais dans tous mes raisonnements, que j'allais tout de travers et que vous tâchiez de me redresser.

Pardonnez-moi ce mouvement d'humeur, ma mère, je vais redevenir tout miel et sucre, à l'image de ces bichons de "basse-cour" au rang desquels vous auriez tant aimé me voir briller. Mais quand bien même l'aurais-je souhaité, mon souhait et mes efforts eussent-ils été récompensés ? Nul n'ignorait que notre roi possédait une mémoire hors du commun, et qu'il n'oubliait aucun de ceux qui lui avaient manqué, tant dans sa jeunesse que dans sa maturité. Je me suis toujours étonné que vous n'ayez jamais été sensible à ce que les noms de Sévigné et de Rabutin pouvaient représenter à sa mémoire.

Puis-je rafraîchir vos souvenirs ? Mon père, duelliste et frondeur, son oncle, Renaud, colonel du régiment de Corinthe et l'un des principaux artisans de l'évasion du coadjuteur du château de Nantes, et je ne dirai rien de notre trop célèbre parent, Son Éminence le cardinal de Retz, sans doute l'homme de France envers lequel Louis XIV nourrit le plus de ressentiment. Du côté des Rabutin, que voyait-il ? Une lignée de duellistes et d'esprits irrévérencieux, diseurs de bons mots et mauvais caractères, couronnée par votre impertinent cousin, Bussy-Rabutin, spirituel, certes, ô combien, mais discrédité par sa réputation de ne respecter ni l'honneur des femmes, ni le secret des alcôves, ni les grandeurs d'établissement, ni même les choses les plus sacrées de la religion.

Et vous-même, madame, oubliez-vous quelles furent vos plus intimes amitiés ? Dois-je vous citer M. de La Rochefoucauld, Mme de Longueville, Mme de Châtillon, M. Fouquet, les Arnauld, et toute la tribu janséniste ? Diantre, ma chère mère, comment vouliez-vous qu'avec un tel bagage je puisse porter haut à la cour et rivaliser avec un La Feuillade, un d'Antin ou un Dangeau ? Voilà pourquoi, ma très chère Madame, je compris assez vite, contrairement à vous, qu'il était vain de vouloir me naturaliser en ce pays, où je dissiperais ma vie dans les antichambres, et sur l'escalier, où je n'éprouverais que des désillusions, où je me ruinerais en habits, en équipages, ou au jeu, où je servirais mal ma patrie, mon prince et l'État, et où je perdrais, surtout, la seule petite qualité dont je puisse me prévaloir, celle d'être honnête homme.

Pour vivre gai, et content, fi donc de la cour ! Je n'ai jamais regretté ce parti, et j'eus le sensible plaisir de me voir confirmer le bien-fondé de ce choix par l'un des meilleurs esprits de ce temps, M. de La Bruyère, que je n'eus pas l'honneur de rencontrer, mais dont me parlait Despréaux, avec considération, comme d'un "fort bon homme, qui a du savoir et du mérite".

Pour avoir été précepteur du duc de Bourbon, petit-fils du prince de Condé, M. de La Bruyère connaissait la cour non moins que la ville. Apparemment, cet homme de cœur avait dû subir bien des avanies et des humiliations qui transparaissent dans ses écrits. Quand parut *Les Caractères ou les Mœurs de ce siècle*, j'étais en Bretagne, mais Despréaux me fit l'amitié de me l'envoyer. Si l'ouvrage de M. de La Bruyère me parla, c'est qu'il n'avait pas la prétention de philosopher à propos de la nature humaine, comme les *Maximes* de M. de La Rochefoucauld qui entendait donner une certaine vision de l'homme et la réduisait à un principe général, il se contentait de montrer et de faire voir en peintre, mais sous le peintre pointait un censeur impitoyable des ridicules et des vices de ce temps, et un moraliste de la même roche que M. Pascal.

Je me régalai de ses portraits autant que de ses maximes, et sous les noms imaginaires je me divertis fort à reconnaître nombre de nos connaissances ou de nos familiers. J'y trouvai aussi la satisfaction de voir étayer par un esprit très supérieur au mien la plupart de mes convictions intimes quant au commerce entre les hommes, aux fausses et aux vraies grandeurs, à la folie des modes, à l'importunité de vivre à la cour, au bonheur du sage, et de me trouver en si parfaite harmonie avec les pensées qui y étaient exprimées que je pensais que ce livre avait été écrit à mon intention.

Vous m'aviez si souvent et si furieusement reproché mon désir de déserter la cour et de me retirer à la campagne que je jubilai à lire sous la plume de M. de La Bruyère : "La ville dégoûte de la province, la cour détrompe de la ville et guérit de la cour" – "Un esprit sain puise à la cour le goût de la solitude et de la retraite" – "Honneur, vertu, conscience, qualités toujours respectables, souvent inutiles : que voulez-vous quelquefois que l'on fasse à la cour d'un homme de bien ?" Je me promis de vous en adresser copie afin de vous persuader que ma folle conduite pouvait être jugée raisonnable et vertueuse par d'aussi bons censeurs que vous-même.

J'eus enfin le bonheur de vous reconnaître, ma chère mère, dans une réflexion sur les femmes et l'écriture. Assurément, c'est à vous que pensait M. de La Bruyère – qui avait sans doute lu des copies de vos lettres qui circulaient dans Paris, ou que lui avait communiquées M. de Bussy – quand il notait :

"Ce sexe va plus loin que le nôtre dans ce genre d'écrire (que sont les lettres). Les femmes trouvent sous la plume des tours et des expressions qui souvent en nous ne sont l'effet que d'un long travail et d'une pénible recherche ; elles sont heureuses dans le choix des termes, qu'elles placent si juste, que tout connus qu'ils sont, ils ont le charme de la nouveauté, semblent être faits seulement pour l'usage où elles le mettent ; il n'appartient qu'à elles de faire lire dans un seul mot tout un sentiment, et de rendre délicatement une pensée qui est délicate ; elles ont un enchaînement de discours inimitable, qui se suit naturellement, et qui n'est lié que par le sens. Si les femmes étaient toujours correctes, j'oserais dire que les lettres de quelques-unes d'entre elles seraient peut-être ce que nous avons dans notre langue de mieux écrit."

Tout dans ce jugement si juste et si fin, ne s'appliquait-il pas exactement à votre manière d'écrire ? Ces tours et ces expressions spontanées et si merveilleusement adéquates, cet art de renfermer en un mot tout un sentiment, cet inimitable enchaînement des discours, cette vivacité et cette variété incomparables, combien de fois les avais-je admirés en recevant de vos lettres que je conservais précieusement dans le coffre qui me suivait dans tous mes déplacements ? Combien de fois ne les avais-je relues avec plus de ravissement que les billets doux de mes maîtresses ? Et lors même que ces lettres, pour lesquelles vous trempiez parfois votre plume dans le fiel et le vinaigre, renfermaient plus de piques et d'épines que de tendresses, mais être grondé par vous ce m'était encore un contentement.

De motifs de gronderies, de sujets de fâcheries, je ne manquai pas, hélas, de vous en fournir par toutes mes diableries. Plus encore que ma tête, assurait M. de La Rochefoucauld, c'est mon cœur qui était fou. Aussi, le chapitre de mes amours, ma bien chère mère, est-il, hélas, plus étoffé et plus riche en péripéties que celui de mes prouesses guerrières. La faute en est à vous et à mon père, il faut vous y résoudre. Que ne m'aviez-vous fait, pardon de l'immodestie, moins beau et moins charmant ?

Tout enfant déjà, j'attirais, ainsi que l'incomparable Maguelonne, les regards admiratifs de votre entourage. Je n'en ai certes aucun souvenir, mais je m'en rapporte à vos récits et au témoignage de vos amis. Il paraît qu'un jour que vous rendiez visite à votre oncle Renaud de Sévigné, à Port-Royal, l'abbé Antoine Arnauld – celui-là même qui fut d'épée avant d'être d'Église et qui n'aimait rien tant qu'évangéliser les belles pécheresses – fut frappé par la vision qu'il eut de vous, arrivant dans le fond de votre carrosse, tout ouvert, accompagnée de ma sœur et de moi-même : “tous trois tels que les poètes représentent Latone au milieu du jeune Apollon et de la petite Diane, tant il éclatait d'agrément et de beauté dans la mère et les enfants”.

Si même un anachorète janséniste me voyait en jeune Apollon, que vous dirais-je des Chimène et des Jeanneton qui, plus tard, me virent dans l'apogée de mes vingt ans, puis dans l'éclat, un peu terni, certes, mais encore vivace, de mes trente ans ? Après vos premiers emportements au sujet de mes amours conjointes et tempétueuses avec Ninon et la Champmeslé, j'eus droit à quelque répit, mais j'étais, il est vrai, loin de Paris et de vos yeux d'Argus, et vous ne fûtes pas informée de ce qui n'étaient qu'amourettes passagères. À quoi vouliez-vous, au reste, que s'occupât un jeune et galant militaire en garnison dans des villes revêches et pluvieuses, sinon faire l'amour ? Sans avoir votre bénédiction officielle, j'étais sûr que vous préféreriez ce divertissement innocent au jeu et au cabaret, d'autant que je ne compromettais que des femmes mariées, à la réputation déjà écornée, et non des demoiselles, qui n'avaient pas encore connu le loup. Et, grâce à vos leçons sur l'honnêteté qu'il convient de garder même dans les choses malhonnêtes, je ne me galvaudais point, à l'encontre de bien de mes camarades, avec des ribaudes et des coureuses de rempart, de peur d'attraper quelque chape-chute, mais aussi parce que j'aimais mieux séduire ou être séduit que de satisfaire avec ces donzelles, contre quelques écus, mes vils esprits animaux.

Vous étiez en Provence auprès de ma sœur quand je tombai amoureux comme un perdu de la chanoinesse de Poussai, Mme de Ludres, qui était alors demoiselle d'honneur de la reine. Elle était belle comme un ange, mais avait un fâcheux défaut de prononciation, mettant partout des *z* pour des *j* ou des *g*, et des *t* pour des *d*. Je la vis, la première fois, chez notre aimable cousine Coulanges dont elle était fort amie, et je fus à la fois subjugué par la perfection de sa beauté et l'étrangeté de sa diction. À ce dîner elle racontait d'une drolatique et naïve façon, comment, ayant été mordue par une petite chienne enragée, elle-même et deux autres filles d'honneur avaient fait le voyage de Dieppe afin d'être plongées trois fois dans la mer, souverain remède, dit-on, pour guérir de la rage.

"Ah Zézu, Matame te Coulanzes, l'étranze sose t'être zetée toute nue dans la mer ! Z'étais toute mortifiée, car ma zeunesse avait attiré quantité de grands tadais et te tébauchés tésireux te contempler mes zoyaux naturels, mais, comme vous voyez, ze m'en porte tésormais le mieux du monde, mais ze me suis zurée de ne plus jamais me trouver dans une situation si contraire à la técence."

Je lui dis qu'à mon tour il me faudrait faire le voyage de Dieppe et elle me demanda avec intérêt si j'avais été mordu par quelque bête enragée, ce à quoi je répondis, en la regardant d'un certain air, qu'après avoir vu une telle "téesse ze me zentais, à mon tour, enrazé t'amour et que z'avais une étranze témanzaison te la revoir". Comme elle était au fond bonne fille, malgré un certain orgueil, elle condescendit à rire, et m'assura qu'elle reverrait volontiers un "zentilhomme" aussi "tiablement" galant que "ze" l'étais.

Je n'étais pas le seul à être tombé sous le charme de ce singulier assemblage que faisaient son plumage et son ramage. Le chevalier de Vendôme et ce "gros crevé" de duc de Vivonne se disputaient aussi l'honneur de lui plaire et furent à deux doigts de se battre. Vendôme envoya un cartel à son rival qui gardait la chambre car il avait été blessé au passage du Rhin.

“Moi me battre ? disait Vivonne, je le défie de faire que je me veuille battre. Qu’il se fasse casser l’épaule, qu’on lui fasse dix-huit incisions et puis (et l’on s’attendait à ce qu’il dise : nous nous battrons)… nous nous accommoderons ! Mais vouloir tirer sur moi, c’est se moquer du monde, ce serait comme tirer sur une porte cochère. Je me repens bien de lui avoir sauvé la vie au passage du Rhin. À l’avenir je ferai tirer l’horoscope de ceux à qui je rendrai de ces services !”

On rit tellement de la dispute et de la repartie de Vivonne, que tout s’arrangea, mais j’avais profité de cette discorde pour couper l’herbe sous le pied de ces messieurs et pousser ma pointe auprès de la belle qui, bientôt, ne me fut plus cruelle. Mes amours furent, hélas, plus brèves que je ne l’eusse désiré, car il me fallut repartir à l’armée.

“Ah Sarles, me dit au moment des adieux, la belle zozotante, ma touleur est grande de vous voir tisparaître si vite, ze garderai un télicieux souvenir de votre touceur, te la trôlerie de vos propos, et de votre zoliesse.”

Mme de Ludres m’oublia quoi qu’elle eût dit, mais j’eus au moins l’insigne honneur d’avoir pour successeur Sa Majesté elle-même. Le sultanat de la belle chanoinesse ne fut pas de longue durée. Elle fut supplantée par l’arrogante Mme de Montespan qui lui fit une vie si enragée qu’elle se retira de la cour. Elle y revint pourtant, comme dame d’honneur de la princesse Palatine, et son orgueil fut dédommagé par une pension royale.

Le hasard fit que je la croisai, un jour, dans une antichambre, je me rappelai à son souvenir et lui dis que je la trouvais plus belle que jamais. “J’en suis bien aise, repartit-elle plaisamment, voilà un riticule te moins !” Mon aventure avec la comtesse de Ludres n’était pas restée ignorée, grâce aux bons soins de ma cousine Coulanges qui était au courant de tout, et Mme de La Fayette en instruisit M. de La Rochefoucauld qui prétendit que mon ambition était de mourir d’un amour que je n’avais pas, car lui et votre amie ne me tenaient pas du bois dont on fait les fortes passions. Peut-être, tout bien pesé, étais-je plus amoureux de l’amour que des objets dont je me croyais amoureux.

Toujours est-il que je restai cantonné dans la dévotion, car à la suite de la tendre chanoinesse – simple titre, mais enfin – je fis quelque temps plus tard, un pèlerinage auprès d’une charitable abbesse, qui n’avait rien à envier à celles dont mon ami La Fontaine chantait le zèle et la ferveur envers les pauvres pécheurs. Lors de mes pérégrinations militaires, me rendant en Allemagne, je fis halte à Sézanne, en Champagne. Il était tard, je ne savais où passer la nuit, et le bailli du lieu m’indiqua le chemin de l’abbaye, hospitalière aux voyageurs, m’assura-t-il. Je toquai à la porte, la sœur tourière m’ouvrit, s’enquit de ce qui m’amenait céans. Je le lui dis, et elle me pria d’attendre qu’elle s’en allât prévenir la mère abbesse. Ladite abbesse n’était pas comme la biche au bois, éloignée de toute politesse, l’on sentait qu’elle était de bon lieu et qu’elle avait humé d'autres parfums que celui de l'encens. Elle me fit le meilleur accueil, s'enquit de la ville, de la cour et de l'armée, et nous nous trouvâmes maintes connaissances communes.

Après un souper maigre, mais excellent, elle me proposa de poursuivre la conversation près du feu, dans une petite pièce que je n'oserai appeler un oratoire, proposition qui ne me sembla pas d'une dévote à triple carat. Certaine vivacité dans ses yeux et certaine langueur dans ses manières, me firent augurer qu'elle n'était pas novice en certains mystères. Je pensai à ce poème éponyme de M. de La Fontaine, dont me revenaient quelques vers :

Certaine abbesse un certain mal avait
... Mal dangereux, et qui des plus gentilles
Détruit l'éclat, fait languir les attraits
... La Faculté sur ce point consultée,
Après avoir la chose examinée,
Dit que bientôt madame tomberait
En fièvre lente, et puis qu'elle mourrait.
À moins que de... l'à moins est bien étrange ;
À moins qu'elle n'ait à souhait compagnie d'homme
... Jésus, reprit toute scandalisée
Madame abbesse : hé que dites-vous là ?
Fi, nous disons, repartit à cela
La Faculté, que pour chose assurée
Vous mourrez, à moins d'un bon galant :
Bon le faut-il c'est un point important :
Autre que bon n'est ici suffisant...

Je hasardai certaines allusions, appuyés par l'éloquence muette des regards, et qui ne furent pas sévèrement reçus, puis un geste un peu moins révérencieux. La belle abbesse n'en parut pas scandalisée et ne se récria pas, en appelant à la rescousse l'escadron de ses nonnes. La nuit se passa à décliner un bréviaire inhabituel en ce lieu (encore que...) mais dont il me sembla qu'il n'était pas totalement inédit à ses yeux. Jetons un voile sur ces égarements de jeunesse, mais ne jetons pas la pierre à des infortunées dont la famille s'était débarrassée en leur faisant embrasser, malgré elles, un état qu'elles ne désiraient point. Tel était le cas de l'abbesse de Sézanne, qui fut l'un de mes plus durables attachements.

Souvent, je vous écrivis de son abbaye, de sorte que vous n'ignoriez rien de mes amours, mais vous vous gardâtes de me les reprocher, car il n'y avait point mariage sous roche. Or votre plus grande crainte était que, dans quelque accès de folie ou de faiblesse, je ne contracte une honteuse alliance. Vous décidâtes donc que le "petit garçon" que vous vous obstiniez à voir en moi, n'ayant point d'entendement en suffisance, vous vous occuperiez vous-même de trouver chaussure à mon pied et de pourvoir à mon bonheur.

Je dis "amen" à tout, vous remerciai de la peine que vous prendriez pour m'établir, mais ne vous promis pas de faire vœu de chasteté en attendant l'heureux résultat de votre quête. Vous étiez bien loin de vous douter que l'hallali de ce laisser-courre ne serait sonné que quinze ans plus tard. En bon limier, vous commençâtes par rembucher dans les enceintes voisines. Par les Coulanges nous tenions à une maison de la grande robe parisienne, les Lefèvre d'Ormesson, les plus honnêtes gens du monde, d'une probité admirable – comme le montra le procès de M. Fouquet où le conseiller Olivier d'Ormesson fit honneur à la magistrature française – et d'une dévotion au bien public que n'égalait que leur respect des principes de la "sainte économie". Vous jetâtes les yeux sur Mlle d'Eaubonne, fille du conseiller au Parlement Gervais Lefèvre d'Ormesson, et vous fîtes votre demande, persuadée d'être agréée. Las, le digne conseiller, fort poliment mais fort résolument, vous refusa la main de sa fille, ne voulant en aucune manière avoir pour gendre un homme d'épée, espèce réputée dépensière, sujette à la gueuserie et aux accidents de toutes sortes, et dont la fortune résidait dans de lointaines terres, des plus dépréciées. Peu après, Mlle d'Eaubonne, à votre grand regret, épousa M. de La Berchère, un maître des requêtes, aux assises plus solides que les miennes. *Exit* ma première fiancée.

Vous vous rabattîtes alors sur Mlle Rouillé de Meslay, fille de l'intendant de Provence, homme très actif, que vous compariez à une clé tournant sans cesse dans une serrure, et vous fîtes de prudents travaux d'approche auprès de sa femme, que vous vîtes à Paris dans le cercle de ma Provençale de sœur. Mme de Meslay vous laissa entendre qu'ils avaient d'autres projets, et vous remîtes à plus tard le soin de poursuivre le siège de la place. Par vos lettres et celles de ma sœur, je suivais de loin sur la frontière de Flandre, où je guerroyai sous M. de Luxembourg, ces manœuvres diplomatiques aux espérances incertaines.

Comme vous étiez en Bretagne, c'est sur cet autre terrain de chasse que vous poursuivîtes vos recherches. Vous tomba sous les yeux une charmante petite fille dont les millions vous semblaient de bonne maison. Aussitôt, vous écrivîtes à M. de La Trousse de me renvoyer aux Rochers si l'armée n'avait pas besoin de mes services, afin que la famille hume de près les mérites de ma personne, dont vous aviez, j'imagine, brossé un portrait avantageux. Ayant reçu mon congé, je pris le chemin des Rochers, mais je me laissai distraire en route et fis un long détour par la Lorraine. Un mois s'écoula, puis un deuxième. Vous n'aviez pas de nouvelles, l'armée non plus. J'avais disparu. Je n'écrivais toujours pas. Vous commenciez de vous inquiéter.

Où diantre pouvais-je me trouver ? C'est qu'auprès de la charmante abbesse de Sézanne, j'avais pris l'habitude des retraites pieuses et des abbayes de Thélème, et lors d'une incursion en Lorraine j'avais, dans une circonstance toute semblable, demandé l'hospitalité à un couvent de nonnains, où j'avais été traité d'une si avenante et accueillante manière que je m'étais promis d'y faire pénitence à nouveau. L'occasion était propice. Vous m'aviez appris que ma virtuelle nouvelle fiancée n'était âgée que de quinze ans. Elle pouvait bien attendre un peu. Voila pourquoi, sur la Meuse endormeuse, je chantais, soir et matin, vêpres et matines, en compagnie d'une autre abbesse, indulgente aux pécheurs, et qui n'était pas un fruit vert, car elle avait passé, depuis quelques années, l'espérance des fleurs.

Ah les paisibles journées, que je passai là, loin du bruit et de la vaine agitation du monde, dans le silence et la quiétude des cloîtres ! Après les épreuves et les fatigues de la guerre, j'avais mes coudées franches, dormais tout mon saoul, me promenais dans le verger, taquinais les carpes du bassin, faisais honneur à la table de l'abbaye et, la nuit venue, mitonnais et caressais ma chère abbesse, à qui les preuves de ma tendresse faisaient s'exclamer, comme sa consœur de La Fontaine :

Ô doux remède, ô remède à donner,
Remède ami de mainte créature,
Ami des gens, ami de la nature,
Ami de tout, point d'honneur excepté.

À la fin, il me fallut quitter ce havre de tranquillité, où nul ne me parlait de devoirs, d'avancement et d'avenir, et me mettre en route pour la Bretagne où vous m'attendiez en cuvant votre impatience. Nous étions en hiver, les routes étaient malcommodes, la nuit tombait vite, si bien qu'une bonne dizaine de jours furent nécessaires pour parcourir les cent cinquante lieues qui me séparaient des Rochers. J'avais si bien conscience de mes fautes et de mon indignité, et m'attendais tellement à des éclats de votre part, que, dès que je vous vis apparaître à l'extrémité du mail, je me mis à genoux, battant ma coulpe et implorant votre pardon.

Vous vous efforciez d'avoir l'air le plus fâché du monde, mais en même temps vous étiez si contente de retrouver votre fils prodigue, que votre humeur s'évanouit vite. Je vous embrassai mille et mille fois, vous donnai les plus méchantes raisons que vous prîtes pour bonnes, et nous reprîmes notre commerce délicieux de lectures, de promenades, de conversations et de rabutinages infinis où, vous chauffant dans votre harnois, vous me faisiez la guerre habituelle sur mes débauches, mes étourderies, ma négligence et ma dégradation, tout en tâchant de démêler mes petits secrets. Je vous promenai en vous contant des lanterneries, et pendant que vous mâchonniez vos projets de mariage, je m'en fus à Rennes, voir si l'occasion se présenterait de cajoler la brune ou la blonde.

Un gendarme sans intrigue et sans amourettes, fi donc ! Pour pourvoir à nos talents, une ville ne manque pas de coquettes. J'y rencontrai une Chimène brune, assez gaillarde et drue, et désireuse qu'on lui contât fleurette, mais, en dépit des galanteries que je lui débitai, je m'aperçus que j'avais la tête ou plutôt le cœur ailleurs. Celui-ci était resté en Lorraine, auprès de mon abbesse, et je ne pouvais m'empêcher de songer, quand tombait le soir, à nos oraisons nocturnes, avec mélancolie et regret. Vous profitâtes de cet état pour avancer votre projet de mariage, mais le pain n'était pas encore cuit. Le père de la dulcinée la trouvait trop jeunette pour la donner en mariage, et demandait qu'on attendît quelques années. *Exit* ma seconde fiancée, celle "aux millions de bonne maison".

Par ma sœur vous aviez appris que Marie-Anne de Meslay n'avait pas encore trouvé de mari, et qu'une alliance entre nos deux familles arrangerait fort M. de Grignan. Vous sonnâtes le relancer, tandis que j'allai me couvrir de gloire et, surtout, de boue, au siège d'Aire-sur-la-Lys, d'où je revins avec cette opportune blessure au talon, dont j'ai parlé plus haut, mais sans congé officiel. En attendant de savoir si je serais ou non pendu, j'étais à Livry, auprès de vous et du "Bien Bon", soignant ma blessure, lisant *La Cité de Dieu*, et cherchant à déjouer votre surveillance pour partir en chasse dans les salons.

Avouez, ma mère, que je faisais fort bien mon devoir de fils, tout en vous jouant à merveille la comédie.

"Vous portez-vous bien, ma chère maman ? J'en suis ravi. Vous avez bien dormi cette nuit ? Comment va la tête ? Point de vapeurs ? Dieu soit loué. Allez prendre l'air, allez à Saint-Maur, souper chez Mme de Schomberg, promenez-vous aux Tuileries ; du reste, vous n'avez point d'incommodité, je vous mets la bride sur le cou. Voulez-vous manger des fraises ou boire du thé ? Le fraises valent mieux. Adieu maman. J'ai mal au talon. Vous me garderez de midi jusqu'à trois heures, et puis vogue la galère !"

Rassurée, vous partiez en visite, tandis que la galère faisait voile et force de rames vers plus d'un port.

J'avais alors une intrigue majeure avec ma cousine, Mme du Gué-Bagnols, sœur de l'adorable Marie-Angélique de Coulanges, mais, pour dissimuler cette liaison, je représentais en plusieurs endroits, en mineur, et me prodiguais comme chevalier servant de Mme de… et de Mme de… et de Mme de… tandis que je filais le parfait amour avec Anne du Gué. À rebours de la pétillante et épigrammatique Mme de Coulanges, Mme du Gué-Bagnols était pour moitié une Précieuse ridicule de Molière et pour l'autre moitié une touchante héroïne racinienne. Elle n'aimait rien tant que disséquer ses sentiments, suivre les méandres de son cœur, s'interroger sur le comment et le pourquoi de ses émotions, à la manière de Mme de Rambouillet ou des héroïnes de Mlle de Scudéry.

Cela étant, elle ne dédaignait pas des signifiances un peu plus matérielles. Une certaine après-midi, alors que nous étions dans son cabinet, elle ressentit soudain un échauffement si pressant qu'elle me pressa d'éteindre les feux dont elle était embrasée. Il n'était point question qu'elle se déshabillât ni moi-même, aussi la troussai-je cavalièrement sur un sofa, en vrai soudard de Cypris, tandis qu'elle m'encourageait à la besogne au mépris de la discrétion. Je venais à peine de démonter et de me rajuster, et ma cousine gisait, alanguie, chiffonnée, encore palpitante, et le rouge aux joues, quand monsieur son mari, à l'improviste, fit son entrée.

Pour quiconque, les preuves du fringant délit étaient assez parlantes. Cependant, j'affectai un air si froid, si indifférent, si ennuyé même, que le suspicieux Dreux-Louis du Gué, après avoir commencé par parler rudement à sa femme, nous avoir scrutés l'un et l'autre avec une attention vétilleuse, rengaina peu à peu ses soupçons, et que nous pûmes, quelque temps plus tard, ma cousine et moi, reprendre notre conversation là où nous l'avions laissée. Je ne me vantai point de cette brillante diversion, mais Anne du Gué dut s'en ouvrir à sa sœur qui, à son tour, dut éclairer votre lanterne, car vous confiâtes à Mme de Grignan, non sans quelque fierté maternelle, que votre fripon de fils en savait autant que les maîtres, qu'à ce train je surpasserais les plus roués de la cour, et que M. de Vardes n'eût qu'à bien se tenir.

Entre-temps, la guerre s'était rallumée, et M. de La Trousse, pour qui cette petite merveille de Marie-Angélique de Coulanges éprouvait alors un faible assez violent, ce qui ne laissait pas de m'irriter davantage contre lui, me réclamait à la tête de mes cavaliers. J'arguai de mon talon en bouillie pour qu'on me désirât quelques semaines de plus, mais les secrets s'éventent vite. L'on sut, sans doute, que si je clopinais d'une jambe et traînais l'autre, ma troisième jambe faisait merveille auprès du beau sexe, de sorte que l'état de ma blessure jointe à la parfaite santé des autres parties de mon corps et à l'usage à quoi je l'employais, rendaient équivoque mon séjour à Paris et mon éloignement du théâtre de la guerre.

J'eusse volontiers représenté au capitaine-lieutenant des Gendarmes du Dauphin que l'on ne peut combattre sur plusieurs fronts à la fois, et que je soutenais assez bien l'honneur de l'escadron sur le front d'une autre guerre, mais mon cousin n'avait pas l'esprit suffisamment délié et joueur pour apprécier ce genre de boutades. Ah, comme vous le disiez si joliment, ma mère, "je trouve la réputation des hommes bien plus délicate et blonde que celle des femmes".

Vers la fin de juillet, Mme du Gué-Bagnols, à l'invitation expresse de son mari, s'en alla rejoindre sa famille à Lyon, et, comme je pressentais que je ne pourrais indéfiniment retarder mon départ pour la guerre, je redoublai d'empressement auprès des blondes, et des brunes, et des rousses. Vous moquiez mon beau-frère Grignan qui n'avait alors à Aix que trois maîtresses alors que j'attelais à six chevaux, ou, plutôt, à six pouliches. Jour et nuit, je patrouillais de l'une à l'autre, toujours clopin-clopant, mais toujours vaillant, quoique de moins en moins au dernier poste. Que vouliez-vous, ma mère, j'avais retenu de mon ami La Fontaine, cet excellent homme que vous prisiez si fort et dont vous ne pouviez décrier les conseils, que

Même beauté, tant soit exquise,
Rassasie et soûle à la fin.
Il me faut d'un et d'autre pain ;
Diversité c'est ma devise.

Cette maxime, que je devais honorer jusqu'à mon mariage, me plaisait tant que j'envisageai de la faire graver en lieu et place de l'énigmatique devise des

Sévigné : “Le froid me chasse”, sur le manteau de la grande cheminée des Rochers, au bas de nos armes.

Cependant, tandis que je vaquais à mes plaisirs, vous complotiez avec ma sœur pour qu’Amour rime avec Hymen. “Si nous ne le marions pas à cette heure, jamais nous ne réussirons, nous n’avons jamais été si bons !” vous disiez-vous. En Provence, Mme de Grignan entortillait M. l’intendant Rouillé de Meslay, lui faisant valoir l’honneur d’une alliance avec une maison de si bonne chevalerie, et si bien alliée, et le profit que le service du roi retirerait d’une liaison étroite entre le gouverneur et l’intendant de la Province. Peu impressionné par les chimères du prestige, et l’œil fixé sur les chiffres, M. Rouillé ne désirait savoir qu’une chose : l’état de mes affaires et mes espérances à l’armée. Ma sœur lui promettait un mémoire sur ce premier et si délicat chapitre, vous lanciez le Bien Bon dans la périlleuse entreprise de faire reluire mon patrimoine, et le pauvre abbé arrachait des touffes de sa perruque face à la difficulté de l’opération.

Fallait-il dire tout crûment la vérité ou embellir les choses ? Avec courage, vous prîtes le parti de la franchise, mais surtout que l’on ne vous fît pas lanterner : ce que vous attendiez de M. l’Intendant était un oui ou un non tout aussi franc. Inutile de perdre du temps à des espérances trompeuses. Durant que vous vous penchiez sur l’inventaire de mes biens, je faisais ma cour à la jeune infante Meslay, de passage à Paris, sous le regard attendri de sa grand-mère, qui me confiait qu’elle me trouvait plutôt joli garçon. Quant à la jeune personne, je la divertissais, lui contais les potins de la cour, les désagréments de la vie militaire, les plaisirs de la vie aux Rochers, et nous nous regardions de côté, en riant.

“Cette affaire, écrivais-je à ma sœur, en vous parodiant et parodiant saint Paul en latin macaronique, est dans les mains de la Providence. *Si Deus est pro nobis, quis contra nos ?* Ma foi, *nemo, Domine*. N’a-t-il pas raison le petit *frater* ?”

Las, la Providence ne me fut pas favorable. Quand M. Rouillé reçut enfin le mémoire promis, et qu’il le parcourut, l’honneur d’une alliance de sa fille bien-aimée avec un pauvre enseigne, sans grand espoir d’avancement, et aux terres grevées de dettes, ne l’éblouit nullement. Un “non” sec et sans appel fut sa réponse. *Exit* ma troisième fiancée. Vous en fûtes, la déesse de Provence et vous-même, très dépitées. Pour moi, je regrettai un peu la jolie infante, qui souriait de si bon cœur à mes galanteries. Puis j’en pris mon parti, avec la philosophie un peu fataliste qui commençait de chamarrer le fond de mon caractère, et je me redisais avec Théophile de Viau,

Qu’amour meurt en la jouissance,
Qu’il nous travaille plus, moins il a de licence,
Qu’en des baisers permis cette vertu s’endort,
Et que le lit d’hymen est le lit de sa mort.

J’en reviens à mes amours avec Mme du Gué-Bagnols qui vous firent tout ensemble crever de rire et de rage. Je l’avais laissée sur le point de monter dans cette diligence pour Lyon où un mari jaloux et qui nourrissait, non sans raisons, de sombres soupçons à l'encontre de sa fidélité, l'avait contrainte de prendre place. La veille de son départ, mon amante énamourée, à la tête farcie du salmigondis précieux de l'Hôtel de Rambouillet, me fit porter un poulet où elle confiait : "Je pars enfin. Quel voyage ! Pour qui suis-je donc dans un état si violent ?"

Au vrai, je ne songeais pas que j'avais inspiré à ma romanesque cousine un attachement "si violent", et que j'étais bien en peine de lui réciproquer. Bien embarrassé, je vins vous trouver – vous saviez déjà le fin mot de l'histoire – et je vous lus, avec les intonations qui convenaient, les épanchements de la Bagnols, comme vous la nommiez.

"Pour qui, mon fils ? La belle question ! Mais pour un ingrat ! Un infidèle, qui court le guilledou et disperse ses hommages entre une demi-douzaine de madames pendant que sa maîtresse se lamente de devoir le quitter. Ah, je saurais quoi lui répondre, moi, mais continuez, je vous prie."

Un peu décontenancé par votre ton, je poursuivis :

"J'ai reçu un billet de ma sœur, aussi tendre que vous m'en deviez écrire. Elle a l'esprit adouci par mon départ. J'ai été tout le jour, triste, rêveuse, le cœur pressé, des soupirs, une langueur, une tristesse dont je ne suis pas la maîtresse."

Un sarcastique éclat de rire interrompit ma lecture.

"Quel chien de langage ! Porter dans une diligence que tous les diables emportent, une langueur amoureuse, une amour languissante ! Le moyen d'imaginer que cet état dolent puisse s'accommoder du mouvement immodéré de cette voiture ! Ah, non, la colère, la furie, la jalousie, à la bonne heure, mais non ces vapeurs ridicules !"

De plus en plus inquiet, je continuai :

"Mais, enfin, j'ai la confiance de croire que vous pensez à moi. Hélas, si vous saviez l'état où je suis, vous me trouveriez un grand mérite pour vous, et vous me traiteriez selon. Je commence déjà à souhaiter de retourner sur mes pas : je vous défie de croire que ce ne soit pas pour vous..."

Un autre éclat de rire, plus immodéré que le premier, me troubla si bien l'esprit que je m'arrêtai tout net :

"Enfin, ma mère, hasardai-je, que trouvez-vous de si risible aux plaintes d'une femme qui me fait l'honneur de m'aimer, et qui témoigne, d'une si touchante manière, son regret de me quitter ? Pour le coup, je vous trouve d'une insensibilité révoltante."

C'est là que vous sonnâtes l'hallali et que vous portâtes le coup de grâce.

"Ne me dites pas, Charles, que vous trouvez de bon goût ce galimatias ampoulé, cette distillation de sentiments, ces soupirs et ces lamentations empruntés, dont je gage qu'ils ne sont pas plus vrais que les pleurs de la Champmeslé au théâtre ! Reprenez-vous ou je ne vous reconnais plus pour mon fils, et surtout, ne lui répondez pas de la même encre, ou vous ne serez jamais tiré d'affaire. Et défiez-vous des maris jaloux. Je ne crois pas que M. du Gué soit du bois dont on fait les matamores, les bretteurs ou les empoisonneurs, mais à la fin des fins vous finirez occis par un cocu rancuneux, et ce sera bien fait !"

Sur le moment, je vous donnai raison, mais le moyen de vous combattre quand vous étiez ainsi remontée ! J'eusse moins redouté d'être à la bouche des canons hollandais ou espagnols. Puis, je me laissai toucher par le désespoir affiché par ma maîtresse, et je lui répondis sur un ton plus racinien que cornélien, sans me douter que mon billet doux allait réveiller la passion de ma romanesque cousine. Trois jours plus tard, je reçus une missive toute mouillée des larmes, à laquelle je tardai à répondre, puis, une troisième, une quatrième, et ainsi de suite jusqu'à l'arrivée de la diligence à Lyon. Je devins enragé de devoir prendre la plume sans répit et, témoin de ma fureur, vous savouriez à son prix la justesse de vos prévisions, en me consolant de mon martyre. Ce fut le prince d'Orange, mon ennemi personnel, qui me sauva en mettant le siège devant Charleroi, me contraignant de courir, tout boiteux que je fusse, à mon devoir, et de cesser tout commerce épistolaire. Avec le temps, les amours meurent par le dégoût, et Mme du Gué-Bagnols se déprit de moi par le dégoût qu'elle éprouva de ne point me sentir au diapason de ses sentiments. Ainsi finirent ces amours de théâtre.

Jusqu'alors, c'était à vos soins et à ceux de ma sœur, que je devais la connaissance de mes fiancées. Les astres n'avaient guère favorisé ces quêtes, aussi décidai-je de rembucher moi-même la prochaine Chimène. Après avoir manqué être tué une bonne dizaine de fois à l'extravagante bataille de Mons, livrée après la signature de la Paix de Nimègue, je pensai qu'il serait enfin temps de m'établir tout de bon. J'avais franchi les trente ans, je n'étais plus un jouvenceau sans être encore un barbon, j'avais passé plus de dix ans sous les armes et à la cour. J'étais, sous ce rapport, un parti présentable, à l'exception de mes biens, la plupart en terres, et dont la valeur avait fort rabaissé. J'ai oublié comment j'entrai en relation avec Mlle de Garaud. Dans un salon parisien sans doute, quoiqu'elle fût de Toulouse, fille d'un président à mortier du Parlement de cette ville. Jeanne-Françoise de Garaud était jeune, jolie, aimait les lettres, les arts, la musique, elle était pieuse, sans être une janséniste de l'amour, et le seul défaut que je lui trouvai était une tête un brin exaltée. Péché de jeunesse, qui s'atténuerait sans doute avec le temps. Ah, j'oubliais : son père, le président, promettait une dot de cent mille écus.

Cent mille écus, ma mère, trois cent mille livres, quelle aubaine pour un Breton passablement désargenté ! Cet argument, à mon sens, devait emporter votre adhésion sans réserves. Tout de bon, je tombai amoureux, et fut payé en retour. Jeanne se disait heureuse de devenir Mme de Sévigné, et ses parents agréèrent ma demande. La Providence, enfin, couronnait mes vœux. Il me restait à demander votre bénédiction, dont je ne doutais pas qu'elle me fût acquise. Était-il fiérot le petit compère d'avoir triomphé là où vous aviez échoué ! Tout sémillant, je vous demandai une audience solennelle, que vous m'accordâtes. J'ignorais que vous saviez le motif de ma demande et c'est devant un tribunal que je comparus. Vous le présidiez, avec pour assesseurs Mme de La Fayette et Mme de Lavardin, vos plus proches amies. Dès que j'eus présenté ma requête, ce ne fut qu'un cri : les cent mille écus de dot ? Une effronterie, une galéjade, une lanternerie ! La dulcinée ? Une impertinente, une bouquetière, une minaudière, un panier percé, une cigale folle…

L'air entendu, Mme de Lavardin assura qu'elle était des plus informées sur la demoiselle, et qu'en l'épousant je ferais mon malheur, et le désespoir d'une mère qui s'était sacrifiée pour moi ; Mme de La Fayette, la mine plus mélancolique que la princesse de Clèves au su des infidélités du duc de Nemours, jura que même avec une dot d'un million elle n'en voudrait pas pour son fils ; et vous-même, ma redoutable mère, vous abritant derrière le réquisitoire de vos deux témoins à charge, vous leviez les yeux au ciel comme une martyre de la maternité, dont un fils ingrat fait le purgatoire en ce monde.

Ah, maman mignonne, fallait-il que je vous aimasse pour ne pas vous envoyer à tous les diables, et suivre mon désir ! Car j'obéis, en fils aimant et respectueux. Je songeai bien, un moment, à enlever ma dulcinée, comme certains de mes contemporains l'avaient fait, et partir dans les Îles avec elle, mais je fis taire cette tentation. Le cœur en berne, la mine défaite, j'allai trouver l'élue de mon cœur et lui avouai qu'une famille tyrannique s'opposait à notre bonheur. Que de larmes versées, de part et d'autre, pour un amour non exaucé… *Exit* ma quatrième fiancée, la plus charmante, la plus aimée.

Je traînai longtemps mon malheur, désespérant d'être jamais heureux en ce monde, méditant de me retirer à la Trappe, ou, du moins, de me laisser pousser une barbe d'anachorète. “On guérit comme on se console, écrivait M. de La Bruyère : on n'a pas toujours dans le cœur de quoi toujours pleurer et toujours aimer.” Pourtant, je ne laissai pas de pleurer amèrement, mais je me savais si faible et si léger que je finirais, hélas, par me consoler. Et je me disais que mieux valait encore une rupture éclatante, une déception cuisante, qu'un amour qui s'étiole dans la ronde des habitudes, et l'on se dit machinalement que l'on s'aime toujours, après que les gestes et les manières disent que l'on ne s'aime plus. Vous eûtes le triomphe modeste, voyant bien que, pour la première fois, peut-être, je souffrais d'une amour blessée, mais, quelques années après, avec quel air de victoire vous me prîtes à témoin de votre divine prescience qui m'avait évité un désastreux mariage.

Car à peine nos fiançailles rompues, le président et la présidente prirent à l'abordage un jeune officier, le marquis d'Alègre, dont la famille avaricieuse fut éblouie par les cent mille écus de la dot. Tant et si bien que, passant outre les mises en garde de Mme de Lavardin, qui était de leurs connaissances, ils pressèrent le mariage de leur fils, qui fut royal. La nouvelle marquise d'Alègre monta dans le carrosse de la reine, distribua cinquante pistoles aux valets de pied, perdit au jeu une petite fortune, mena un train de maison d'une somptuosité orientale, bref, jeta de si extravagante façon l'argent de sa dot par les fenêtres, que la belle-famille et le marié, navrés de douleur, maudissant l'heure et le jour de ce mariage, ne savaient plus à quels saints se vouer.

Quand cette cigale dépensière eut commis mille prodigalités, elle se jeta à corps perdu dans la dévotion la plus outrée. Elle prit Dieu pour amant, couvrit les murs de son hôtel pour deux cent mille livres de peintures pieuses, consacra presque autant à se monter une bibliothèque digne du père Mabillon, se fit des décoctions d'écritures saintes, se voulut le Don Quichotte des plus admirables histoires de la Bible, acheta toutes les cartes du monde indiquant les déserts où elle pourrait se retirer, et trouva le lieu de sa retraite sur le Jourdain, là où l'abbé Zozime, dont la légende prétend qu'il vient communier Marie l'Égyptienne, chaque année, dans la nuit du jeudi au vendredi saint, la viendrait assister à l'heure de la mort.

Le curé de Saint-Jacques-du-Haut-Pas, qui était son confesseur, devant ces pensées fort extraordinaires et ces désirs immodérés de Thébaïde, en avait rendu sa soutane. Elle l'avait échangé pour un jésuite retors, l'abbé Laurent, le pire directeur de conscience qu'elle pût trouver, et qui surpassait en véhémence et en sottise le R. P. Garasse, le plus butor des écrivains de la compagnie. C'était un petit homme contrefait, aux jambes cagnardes, à l'arrière-main un peu basse, la mine chafouine, le regard fourbe, les joues mangées par une barbe sale qui, malgré le rasoir, ressortait maladivement sous une peau de parchemin jaunie, le crâne précocement chauve, qu'il dissimulait sous une calotte fripée, et dont la laideur frappante n'avait d'égale que la méchanceté et l'envie dont sa vilaine âme était emplie. Avec cela, une présomption outrée, du haut de laquelle il tranchait de tout, de littérature, de musique, de peinture, aussi bien que des écritures saintes et des écrits des pères de la Compagnie, une inclination irrépressible à la controverse et à la polémique, dans lesquelles il s'embarquait avec un emportement si violent qu'il passait le but, une haine recuite pour le monde et les salons où il brûlait d'être reçu, mais dont sa basse mine d'espion ou de sycophante le faisait exclure, un prosélytisme et un fanatisme de ligueur, à vous glacer la moelle du dos, joints à la passion de la délation, car, trop lâche, pour affronter en face ceux qu'il exécrait, ce Torquemada nain et attardé se délectait à dénoncer à la censure les esprits forts qui lui paraissaient ennemis de l'orthodoxie.

Brochant sur le tout, une hypocrisie de Tartuffe consommé, car l'abbé Laurent, qui prônait en chaire les vertus les plus rigides, se répandait en invectives contre les libertins, et tonnait contre les pécheresses, ne laissait pas de lorgner sur le décolleté des belles et collectionnait, dit-on, les gravures et les portraits des comédiennes et des cantatrices à la mode. Peut-être pour égarer les soupçons sur sa véritable nature. Sous la direction de ce "saint homme", qui invitait d'autant plus volontiers ses ouailles à user de la haire et de la discipline que lui-même estimait pouvoir s'en dispenser, la malheureuse marquise d'Alègre, dont l'esprit était passablement dérangé, l'avait tout à fait perdu.

Sans doute l'abbé l'avait-il encouragée dans ses aspirations au désert et à la mortification, car, un jour d'été, escortée seulement d'un petit valet, elle sortit de chez elle pour ne pas reparaître. On la chercha dans les églises et les couvents. En vain. On s'enquit auprès de l'abbé Laurent qui, tout patelin, l'air étonné, assura ne pas savoir où se trouvait la marquise. On dépêcha du monde autour de Paris puis dans les ports, et l'on finit par mettre la main sur elle et son petit valet au moment ils allaient embarquer à Rouen pour on ne sait quelle destination. On fit des gorges chaudes de l'équipée et l'infortuné marquis d'Alègre fut plus encore ridiculisé d'avoir eu Zozime pour rival que s'il avait été cocufié par un Don Juan de la cour.

"Voyez-vous, mon fils, me dites-vous avec un petit air satisfait, vous n'avez point à regretter d'avoir déféré à ma décision et de n'avoir pas épousé cette folle à centuple carat."

Hélas, maman mignonne, vous aviez raison !

Cette romanesque équipée eut lieu plusieurs années après ma rupture avec Mlle de Garaud, et après qu'elle fut tombée dans un mysticisme outrancier sous la férule de ce coquin d'abbé Laurent. Dans l'intervalle, et pour adoucir mon chagrin, vous vous étiez employée à me dénicher quelque autre fiancée. À nouveau, vous aviez fait hourvari en Bretagne et mis sur la voie votre résidente, Mme de Marbeuf, à qui vous aviez vanté l'article avec les recommandations d'usage : faire valoir mes états de service à l'armée, ma réputation à la cour, mes avantages corporels et mes vertus spirituelles, ne pas s'appesantir sur les faiblesses de mon caractère, et demeurer très évasive sur le chapitre de mes biens.

Tel un vaisseau de haut-bord quittant la rade de Brest, la majestueuse Mme de Marbeuf, dûment chapitrée sur l'importance de sa mission – "Si on ne le prend pas cette année, on ne le prendra jamais !" – avait appareillé pour cette croisière officielle, qui ne m'interdisait pas de tenter de mon côté un abordage à la corsaire. Les États de Bretagne se tenaient, cette année-là, à Vitré, et, pour la première fois, j'y jouai un rôle, et avec plus de brio que vous ne vous y attendiez. Toujours, cette manie, chez vous, *bellissima madre*, de me déprécier. De Paris vous suiviez le progrès de mes succès avec un étonnement qui se nuança bientôt d'admiration.

À plusieurs reprises la noblesse de Bretagne, politesse envers les nouveaux arrivés, me députa vers le gouverneur, votre ami le duc de Chaulnes, et dans les commissions où je fus admis, j'opinai avec une pertinence qui ne devait surprendre que vous. À la "Provençale" vous mandiez : "votre frère brillote fort !", puis, dans la lettre suivante, "il brillote à merveille !", enfin : "Mon fils triomphe !" Comme de juste, les États donnaient lieu à tout un charroi de fêtes, de banquets, de bals, de bamboches, où le dessus du panier de la province se réunissait joyeusement. "Il passe plus de vin dans le corps de nos Bretons que d'eau sous les ponts", prétendiez-vous.

Je ne manquai pas de chercher moi-même une chaussure à mon pied parmi les demoiselles de Ker… que lieu que ce fût. Tel un pacha mahométan, je dénichai deux fiancées à la fois : l'une se nommait Mlle de La Coste. Elle avouait trente ans sonnés, n'avait aucun bien, une beauté des plus contestables, et était déjà engagée à un autre, mais il me suffit de paraître pour qu'elle envoyât paître son prétendant et qu'elle se jetât à ma tête. Son honnête homme de père, marri de la situation, vous écrivit humblement que sa fille n'était pas un parti pour moi, et qu'il n'encourageait aucunement ses fiançailles, ce dont vous le remerciâtes, tout en me bombardant de lettres furibondes où vous me menaciez de m'excommunier et de ne pas signer mon contrat de mariage.

Au vrai, c'était plus par faiblesse que par inclination que je m'étais engagé dans cette impasse ; il n'en était pas de même de ma seconde fiancée, dont je fis connaissance dans le même temps. Mlle de Tonquedec, Sylvie pour ne pas la nommer, était la sœur de mon ami le marquis de Tonquedec, lui-même fils de ce Tonquedec qui manqua se battre avec Rohan dans votre chambre, pour vos beaux yeux, au commencement de votre veuvage. Elle était des plus jolies, fine et vive, sans rien de la rusticité dont vous créditiez d'ordinaire les provinciaux, et particulièrement les Bretons, et, bien qu'elle eût l'esprit orné, elle n'avait pas ces ridicules préciosités des Parisiennes qui se piquent de lire des romans, ni les afféteries des femmes de la cour. Surtout, elle aimait, comme moi, la simplicité de la vie aux champs, et je me plaisais à lui traduire les *Georgiques*, au coin du feu, lors de ces après-dînées venteuses et pluvieuses de l'hiver de 1680, que je passai auprès de son frère, dans l'oubli bienheureux du service de Mars.

Autant je pouvais comprendre que vous ne fussiez pas transportée par un projet de mariage avec Mlle de La Coste, autant je fus désarçonné par votre hostilité envers l'infortunée Sylvie de Tonquedec. Vous écriviez alors à ma sœur, qui me communiquait, en les adoucissant un peu, vos imprécations de mère biblique, que j'étais comme l'âne de Buridan, entre l'orge et l'avoine, mais la plus mauvaise orge et la plus dégoûtante avoine. À y repenser, je crois que c'était l'extraction bretonne de ces demoiselles qui vous rebutait si fort. C'était à Paris ou à la cour que vous vouliez me trouver une femme et me voir m'établir. Contre tous mes goûts.

Enfin, je quittai les Tonquedec et mes deux fiancées pour faire retraite aux Rochers, où je trouvai, au débotté, de vos lettres, plus fulminantes qu'une excommunication *urbi et orbi.* J'en fus d'abord consterné, puis enragé. Sur le mail, deux hommes se battirent en duel à outrance. L'un, qui vous chérissait plus qu'il ne disait aimer toutes les Chimène de France et de Bretagne, l'autre qui eût voulu vous étrangler ou vous voir morte, tant il éprouvait de dépit à vos improbations continuelles. Que croyez-vous qu'il arrivât ? Ce fut Charles, votre fils aimant, qui l'emporta sur le Sévigné amoureux, au goût "infâme". Une fois encore, le petit compère se montra un fils soumis, et renonça à ses amours bretonnes. Adieu, ma cinquième et ma sixième fiancée !

Au bout de cinq mois de bonheur sans mélange, qui avaient passé comme un rêve, et alors que vous me pensiez perdu pour toujours, à telle enseigne que vous fîtes dire pour moi des messes à saint Antoine de Padoue, je réapparus, comme par enchantement. Ah le fripon, le gredin, le gibier de potence ! Vous aviez préparé une homélie, ou plutôt un réquisitoire, en dix-sept points, afin de m'accueillir avec le courroux qui convenait. Mais dès que vous me vîtes, tout s'embrouilla dans votre tête, comme dans celle du petit Coulanges à son premier arrêt, et tout finit, non par des chansons, mais par des embrassades infinies.

Les hostilités reprirent pourtant quand j'eus l'honnêteté de vous faire savoir que j'avais dessein de vendre ma sous-lieutenance et de me fixer aux Rochers pour le reste de mes jours. Vous ne me parliez plus ni ne m'écriviez. Une bise aigre soufflait sur nos relations, comme le mistral sur les terrasses de Grignan. Au début du printemps de l'année suivante, je vous accompagnai jusqu'à Orléans où vous deviez prendre le coche d'eau pour la Bretagne, afin de remettre de l'ordre dans mes affaires, car vous aviez entendu dire que j'aurais livré à la cognée des bûcherons la vénérable forêt du Buron, hantée de toute ancienneté par des colonies de dryades, de sylvains, et de freux centenaires, pour subvenir à mes extravagances. Pure calomnie, car l'auteur du forfait n'était autre que notre escroc de fermier ! Mais je gage que la postérité, à la lecture de vos lettres, me reprochera, dans quelques siècles, d'avoir sacrifié à mes plaisirs l'asile des divinités des bois. Comme l'on m'aura méconnu, ma mère, et vous, la toute première !

Je vous laissai à Orléans, et, à regret, je repris la route pour parader avec ma compagnie aux fêtes de Fontainebleau pour le mariage du Grand Dauphin. À l'accoutumée, ma bourse était plate, et, hors de mon service, je me gardai bien de prendre part aux plaisirs dispendieux des courtisans. On ne me vit ni au jeu de la reine, ni aux soupers, ni aux bals, ni même aux représentations de MM. Corneille et Racine, ni aux feux d'artifice, tout juste à la chasse, où j'allai exercer mon cheval et fatiguer mon corps, et où je vis cette étrange chose, un écuyer du roi chargé par le cerf qui lui tua sa monture et lui perça la cuisse d'un coup d'andouiller, blessure au "champ d'honneur", dont il fut près de mourir.

Dans ce Fontainebleau mythologique, tout rempli des échos des amours de François Ier, je promenais une mine si désenchantée, un front si renfrogné, un œil si cave, un visage si hâve, que j'attirai les regards compatissants ou intéressés d'une grande dame. Grande par le titre – elle n'était autre que la duchesse de Villeroi, Marguerite de Cossé-Brissac, avec qui j'avais l'honneur de cousiner – non par la taille qu'elle avait courte et grosse. Au vrai, je ne me sentais nullement séduit par sa personne, mais je me laissai, une fois de plus, une fois de trop, entraîner par ma complaisance. Depuis que mon dada s'était trouvé court à Lérida face aux charmes, pourtant efficients, de la Champmeslé et de Ninon, je n'osai décliner les invitations du beau sexe, de peur que la réputation de “citrouille fricassée dans la neige”, ne me précédât ou ne me suivît. Je disais donc “amen” à tout et à toutes, puis je tâchai de ne pas trop décevoir l'idée que ces dames s'étaient faite de ma vaillance et de ma roideur au déduit.

Quand la duchesse m'invita à prendre mes quartiers dans son salon, j'acceptai pour me désennuyer du séjour de Fontainebleau ; quand elle me pria de venir souper ou jouer au reversi avec elle, je lui obéis par courtoisie et, aussi, un peu, par plaisir, car je gagnai au jeu ; quand elle me fit entendre que je lui plaisais extrêmement, je ne me risquai pas à lui répondre que je ne sentais pas la pareille ; et quand elle m'attira sous le dais ducal pour que je rendisse hommage à ses appas, je cédai à son envie pour démentir cette maudite réputation que j'avais.

Si un charlatan de médecin de l'âme s'avise, quelque jour lointain, de se pencher sur mon cas, peut-être baptisera-t-il de mon nom ou du nom de la Champmeslé, ou de Mlle de Lenclos, cette singulière disposition à ne pouvoir refuser de frétiller quand bien même on n'en a nulle envie. Cavalier j'étais, cavalier de la Maison du Roi, diantre, or qu'est-ce qu'un cavalier qui ne chevauche pas, à toutes les allures, et toutes sortes de montures ?

Je chevauchai tant et si bien et courus tant de postes qu'à la fin je fis la culbute. Et quelle culbute, ma mère, ô combien humiliante, ô combien douloureuse ! La fameuse chape-chute, ce “mal que l'on gagne au bordeau”, contre quoi vous me mettiez si souvent en garde, ce n'est point sous la tente avec une coureuse de rempart, ni dans un lieu d'honneur ou chez le baigneur, avec quelque folâtre Jeanneton, au jeu du toton, que je l'attrapai, mais avec une duchesse, et sous le dais ! Qui l'eût dit ? qui l'eût cru ? Ah, ma mère, quand je vous disais que la cour est un lieu infâme, que l'on y court mille dangers, et que vous refusiez de me croire, n'avais-je pas raison ?

Mon malheur se déclara quelques jours plus tard, et, vous écrivant que j'avais gagné au jeu quelques centaines de pistoles à ma cousine, je laissai échapper cette confidence qui vous interloqua : “Plût à Dieu que je n'y eusse gagné que cela !” Tandis que vous vous perdiez en conjectures sur ce mystérieux “cela”, je confiai, sous le sceau du secret, à ma mère de substitution, Mme de La Fayette, et à ma pétulante cousine Coulanges, le secret de mon infortune, qui, bientôt, courut la ville, la cour, et la province. En Bretagne, à Rennes où se tenaient les États et où vous rencontrâtes quelques-unes de mes conquêtes, qui, à votre vue, rougirent comme des écrevisses échaudées, vous vous exclamiez : “Comment voulez-vous que je le marie !”

Allons, Madame, étais-je le premier homme que le mal napolitain eût empêché de se marier, après quelque délai de viduité ? Pour le coup, je vous assure que j’étais dans des dispositions très chrétiennes, très repentantes, et très éloignées de toute velléité de dévergondage. Je n’aspirai qu’au cloître, à l’ermitage et à l’hôpital. Je vous rejoignis, à petites étapes, car je commençais de souffrir diablement, saluai chastement mes anciennes fiancées, et m’en allai faire humblement pénitence à mes bien-aimés Rochers, sous votre bienfaisante tutelle. Là, nous découvrîmes combien cette blessure en “l’amoureuse lice” l’emportait de beaucoup, en gravité, sur toutes celles que j’avais reçues aux champs de Mars. Vous ne me plaignîtes que modérément, mais, en revanche, vous accablâtes la “grosse cousine” des épithètes les plus vives : un monstre, sous tous les rapports, aussi dénué de sentiment que de charité, à étouffer aux frais communs entre deux matelas, une dévergondée, qui faisait honte à sa famille, à la cour, aux femmes dans leur ensemble !

Comment avais-je pu me laisser séduire par une Messaline de ce calibre ? Par ma bonté naturelle, ma mère. Pourquoi ne m’étais-je pas méfié ? Une duchesse, ma mère, que je voyais sur le tabouret, en présence de Sa Majesté ! Et vous de conclure :

"Ah, mon fils, plût à Dieu que vous eussiez été une vraie citrouille fricassée dans la neige, vous ne seriez pas fricassé dans une sauce d'un si haut goût !"

Dieu merci, vous cessâtes, assez vite, de m'accabler, tant l'éclopé au service de Vénus vous fit pitié. Le poison s'insinuait en moi, montait de mes entrailles à mon cerveau, je souffrais de maux de tête torturants, de fluxions, de vapeurs, je ne pouvais plus dormir, j'avais perdu tout appétit. Maigre et noir comme un charbonnier, avec une barbe de capucin, emmitouflé dans une grande houppelande, la tête couverte d'un bonnet fourré, je faisais peur, à hanter comme un fantôme les salles et les escaliers des Rochers. Je n'avais plus la force d'écrire ni même de lire, ni de jouer aux cartes, ni d'écouter les encouragements de votre société habituelle, le Bien Bon, l'abbé Charrier, la princesse de Tarente, Mme de Marbeuf, M. du Plessis d'Argentré…

Mandé comme le plus habile du pays, un médecin du Pertre vint m'examiner et en fut ébaubi :

"Je n'ai jamais vu un mal aussi violent que celui-là. La source où M. le baron l'a pris, doit être bien vieille et d'une malignité extraordinaire !"

Si le digne homme avait su ! De Grignan, ma tendre sœur s'inquiétait de l'état de son "pigeon". "Sait-on de quel mal souffre mon frère ? – Assurément, ma fille !" Un mal bien honteux, mais gagné dans un si haut parage, que je jetai à pile ou face qu'on le sût ou qu'on ne le sût pas, comme si les douleurs en seraient moins sensibles, le mal moins fâcheux, et moins grande l'offense envers Notre Seigneur.

On le sût, bien sûr, et je prenais un petit air modeste, quand on me jetait des regards de pitié, comme si j'eusse été blessé d'un coup de mousquet au siège de Valenciennes. La science du médecin du Pertre, cependant, révélait ses limites, et lui-même me conseilla d'aller voir à Paris les sommités de son art. Je lanternai longtemps tant je me trouvais bien chez moi, où j'eusse volontiers hiberné comme un ours des Pyrénées dans sa grotte, en attendant la fin de ma vergogneuse affliction.

Une conjuration, menée par vous et le Bien Bon, finit par avoir raison de ma léthargie, et je regagnai Paris en litière, comme le cardinal de Richelieu sur ses fins, tandis que vous-même et l'abbé de Coulanges, dans votre carrosse, épiloguaient sur les desseins de la Providence qui, peut-être, ne m'avait accablé de toutes les plaies de l'Égypte que pour me remettre dans le droit chemin. Vous ne pensiez pas si bien dire. De même que la bataille de Saint-Denis, où je manquai dix fois d'être tué, fut la bataille de trop, qui me détermina à jeter aux orties l'uniforme des Gendarmes-Dauphin, de même le mal cuisant contracté auprès de la duchesse de Villeroi fut le libertinage de trop, qui me convainquit de me ranger. Si j'avais été trop sensible au beau sexe, c'est parce que je n'avais pas encore vu celle que je devais aimer.

Je dus patienter deux ans encore avant de m'exclamer, avec Vauquelin des Yveteaux :

J'ai secoué le joug des maîtresses cruelles,
Je ne puis durer caché dans les ruelles,
Ni dans les cabinets où l'on est à transir,
Sans oser remuer, ni cracher, ni toussir.
J'étais bon compagnon, mais je cesse de l'être
Et quitte la partie aux sauteurs de fenêtres...

Quand j'étais encore en Bretagne, j'appris de Marie-Angélique de Coulanges que la vénéneuse duchesse était enfin guérie. À mes plaintes sur le don qu'elle m'avait fait, la "grosse cousine" avait opposé un front d'airain : mon métier n'était-il pas de courir des risques ? Décidément, à l'exception de Marie-Angélique de Coulanges, les cousines ne me furent jamais favorables.

Quant au duc de Villeroi, l'ancien "Charmant" pour lequel ma sœur éprouvait quelque inclination, je me demandais comment il avait pu se sortir d'affaire. Sans doute préférait-il honorer d'autres appas que ceux, dangereux, de sa légitime moitié. Pour moi, je fus long à guérir. Afin de me faire prendre patience, vous me conseilliez, moqueuse, de traduire *L'Eunuque* de Térence, et d'en tirer profit ! Quand ma petite sœur souffrait d'un rhume ou était sur la fin d'une grossesse, vous étiez dans des transes effroyables, plus rien n'avait d'importance à vos yeux de mère, et voilà tout ce que je méritais de votre affection !

Au terme de deux années pénibles, dont je préfère ne pas me souvenir, je me libérai de toutes mes chaînes, et militaires et amoureuses, et je puis dire enfin : Fi de la guerre, fi de la cour, fi des amours ! J'avais trente-cinq ans, et je pouvais, malgré vos âpres récriminations et les aigreurs de ma sœur, définitivement m'abandonner à ce que vous appeliez ma "honteuse dégradation". M'en retourner en Bretagne, vivre à ma guise, "cheux nous", comme disait le cardinal de Retz, fort philosophiquement, et donner raison au poète :

Pour moi je ne suis pas dessus l'ambition,
Je crains trop le travail ; toute ma passion,
Ce serait de pouvoir obliger ma province,
Et, sans faire la cour, être aimé de mon prince.
Bien plus que les savants, j'aime les beaux esprits ;
Je déteste les jours où je n'ai rien appris ;
À toutes les grandeurs je préfère mon aise,
Et ne saurais aller en un lieu qui ne me plaise.

Encore fallait-il que je trouve la Chimène qui contribuerait à agrémenter mon séjour aux Rochers.

Par un mien cousin, président au Parlement de Rennes, je fus présenté à la fille d'un de ses confrères, le comte de Bréhant de Mauron. D'emblée, Jeanne de Mauron me plut par sa délicatesse, sa douceur et sa modestie qui tranchaient fort sur cette forte femelle et de mauvais aloi qu'était la duchesse de Villeroi. À vous entendre, par la description que vous en fîtes, plus tard, à ma sœur, ma future épouse brillait surtout par ses qualités négatives : elle n'était ni ceci ni cela, ni d'une vénusté éclatante ni d'une disgrâce remarquable, ni d'un génie puissant ni d'une intelligence au-dessous de la moyenne, ni effrontée ni effacée. Mais, à la longue, on s'apercevait qu'elle était jolie et fine comme une statuette de porcelaine, qu'elle avait de l'esprit, de la vivacité, de la malice, et surtout d'éminentes qualités de cœur.

Pour dire le tout en une phrase, Jeanne de Mauron n'aurait pas été peinte, en pied, par Largillière, c'était une esquisse, en détrempe, de Philippe de Champaigne. Tel que j'étais, avec mes trente-cinq printemps un peu flétris, ma santé malmenée, mes espérances enterrées, ma fortune ébréchée, j'eus le bonheur d'être agréé par la demoiselle. Pour M. de Mauron ce fut une autre affaire. Bien qu'il fût de robe, l'épée ne l'éblouissait pas, car il se flattait de l'antiquité de sa maison et d'avoir eu des ancêtres aux croisades, et, surtout, il offrait deux cent mille livres de dot, ce qui de tout temps eût été un bon mariage, mais plus encore en ce temps-là.

Vous auriez dû, ma chère mère, vous réjouir d'un si bon établissement du "petit *frater*", or vous donnâtes votre approbation du bout des lèvres. Avec ce mariage, je me fixais tout de bon en Bretagne et je renonçais à courir le chemin de la fortune. Le côté casanier des Sévigné l'emportait sur le côté aventureux des Rabutin. Vous auriez aimé me voir un destin semblable à celui de mon cousin Jean-Louis de Rabutin-Chamuigy qui, alors qu'il était page de la princesse de Condé, avait dû s'enfuir à la suite d'un scandale dont le retentissement avait été grand – il s'était battu contre un serviteur de la princesse, jaloux, semble-t-il, de se voir préféré, et, les voulant séparer, la princesse avait été blessée d'un coup d'épée. Alors que Duval, le serviteur en question, était envoyé aux galères, et qu'il mourait en chemin, empoisonné sans doute sur ordre de Condé, notre cousin galopait jusqu'à la frontière, s'enrôlait au service de l'empereur et, par des prodiges de valeur et d'esprit, parvenait au grade de maréchal, devenait le favori de la cour, et épousait une duchesse de Holstein, de la maison royale du Danemark.

Que voilà une destinée romanesque et bien propre à vous séduire ! Las ! Je n'étais pas un héros de l'Arioste ni même de M. de La Calprenède ou de Mlle de Scudéry, mais un modeste gentilhomme breton, qui, après avoir honnêtement servi son prince et son pays, n'aspirait qu'à finir ses jours "sans gain et sans dommage, l'esprit en repos, sans haine et sans envie, l'hiver auprès du feu, l'été dessous l'ombrage...", dans le manoir de ses pères.

Bien que d'en raviver le souvenir me fasse peine, j'en reviens à mon mariage. Alors que le dénouement approchait, le contrat manqua de peu de ne pas être signé. M. de Mauron, à sa fierté et à sa rugosité naturelles, joignait un esprit féru de justice, ce qui était bien le moins dans sa profession. Dans le partage des biens de notre père, il estimait, non sans raisons, que ma sœur avait été avantagée, et il entendait que l'égalité fût rétablie. Mme de Grignan jeta les hauts cris, enfourcha ses grands chevaux habituels, menaça de ne pas envoyer sa procuration, et même de ne pas écrire au comte de Mauron une lettre de civilité. Hauteur que prit très mal mon futur beau-père. Mon bonheur fut à deux doigts d'être rompu.

Comme à l'accoutumée, vous prîtes le parti de ma sœur, vous récriant sur les embarras et les indignités d'un mariage en basse Bretagne, comme si j'étais allé chercher femme chez les Iroquois ou les Hurons. Je dus, en cette circonstance, déployer des trésors de diplomatie et de fermeté pour que mon bonheur ne s'en allât pas à vau-l'eau. *Deo gratias*, je parvins à réconcilier les parties, et le 8 février de 1684, en l'église Saint-Aubin de Rennes, Mlle de Mauron devint Mme de Sévigné.

Deux jours après, nous allâmes à Vitré, où nous fûmes salués par une troupe de plus de mille personnes, sous les armes, menés par notre sénéchal, M. Vaillant, qui nous adressa un petit discours très bien tourné. À la tête d'un grand nombre de gentilshommes et bourgeois de Vitré, le marquis du Châtelet, précédé d'un trompette, nous fit escorte. Je descendis de carrosse pour monter à cheval et saluer de l'épée la nouvelle épousée, puis cette cavalcade traversa le parc de la princesse de Tarente pour gagner les Rochers, où une collation régala toute l'assemblée.

Rien ne manqua à ma joie, fors votre présence, *bellissima madre*, car, sous prétexte de la santé de l'abbé de Coulanges, vous ne fîtes pas l'effort de vous déplacer. Et vous attendîtes plus de sept mois pour venir en Bretagne, en compagnie de l'indispensable abbé, désormais rétabli, nouer connaissance avec votre belle-fille. Je souffris cruellement de ce dédain ou de cette indifférence, car je ne sais comment nommer ce comportement de votre part, qui me serre encore le cœur rien que d'y penser. Quand enfin nous eûmes l'honneur de votre visite, sur les insistances de ma sœur, ma joie fut à son comble, mais je déchantai un peu quand je compris que votre séjour aux Rochers avait principalement pour but de régler d'avance votre succession, et de m'inciter à consentir aux privilèges dont vous entendiez favoriser la "déesse de Provence". J'eus, en cette occasion, le plaisir de vous témoigner mon désintéressement, en souscrivant à tout ce que vous demandâtes. Et de voir, peu à peu, la nouvelle Mme de Sévigné entrer dans vos bonnes grâces.

Il est vrai que ma chère épouse parlait peu, vous écoutait beaucoup, et ne se lassait pas de vous entendre porter aux nues l'incomparable sœur de l'insignifiant "petit *frater*", vous invitant même par ses questions à renouveler votre radotage amoureux : "Mais, Madame, s'étonnait-elle, y a-t-il des femmes faites comme celle-là ?" Ah, l'exquise naïveté, ou la sublime rouerie…

Vous demeurâtes un an entier auprès de nous, aux Rochers, et ce fut, avec votre dernière escale de 1690, où vous restâtes seize mois, le plus long séjour que nous passâmes ensemble. Entre les deux marquises de Sévigné, dans ma Bretagne bien-aimée, que pouvais-je souhaiter de plus ? Ma mémoire n'a retenu que des jours filés de soie et d'or, même s'il s'y mêla sans doute quelques fils de crin et de chanvre. J'avais eu, si peu et de si longtemps, la joie de votre compagnie que je me montrai avare de votre présence, m'efforçant, à rebours de mes habitudes passées, de ne pas vous quitter pour m'en aller à Rennes ou à Vitré.

C'en était bien fini de mes virées d'antan pour cajoler la blonde et la brune ou détourner quelque fiancée. S'il me fallait gagner la ville c'était maintenant pour mes affaires, presque toujours dérangées, ou ma santé, souvent chancelante. Je ne sais à quelle fontaine de Jouvence vous vous étiez baignée, mais votre constitution était à nouveau triomphante, et vous regardiez avec ironie la jeune Mme de Sévigné, tout éteinte dès neuf heures du soir, regagner sa chambre, comme une carmélite, tandis que je restais encore un peu auprès de vous à bavarder ou à vous faire la lecture.

Je savais gré à Jeanne de sa discrétion, et qu'elle vous laissât vivre à votre guise, comme si vous étiez la vraie maîtresse des lieux, sans chercher à vous distraire de la solitude où vous vous complaisiez. Elle ne savait pas encore que vous poursuiviez dans ces moments-là ce dialogue ininterrompu avec votre fille, entamé depuis son départ pour la Provence, devenue le pays de votre cœur. Ma pauvre Bretagne était, comme moi, reléguée à la seconde place dans l'ordre de vos affections. Et encore… Il me faut, ici, ma très chère Madame, vider une fois pour toutes cette querelle d'Allemands que fut, entre nous, le différend breton.

Il me semble, au vrai, que, plus encore que mes folles amours, que mes négligences dans mon service à l'armée, que, même, mon aversion pour la cour, mon invincible attachement à la Bretagne et aux Bretonnes (!) fut cause que votre amitié pour moi se refroidit petit à petit, alors que vous trouviez tout naturel que mon beau-frère Grignan se ruinât au service de sa province d'origine, et que votre chère fille s'épuisât à jouer son rôle auprès de lui. Que vous avaient donc fait, Madame, la Bretagne, les Bretons et les Bretonnes, pour que vous les preniez ainsi en dégoût et pour que vous me fassiez tant grief d'un attachement tout naturel mais que vous teniez pour honteux ?

Ce revirement de votre part, et qui me chagrina si fort, je peine à me l'expliquer. Car je tiens pour assuré que vous fûtes heureuse aux Rochers dans les premières années de votre mariage, quand mon père vous y mena, et même plus tard quand vous y veniez seule ou accompagnée. Les lettres que vous y écrivîtes en font foi, et les témoignages que je pus recueillir de la part de Mme de La Fayette, de M. de La Rochefoucauld, de M. d'Harouÿs, de cet aimable fol de Pomenars, et de plus modestes auprès desquels vous n'aviez pas à feindre un attachement que vous n'éprouviez pas : Vaillant, notre intendant, Hébert, votre valet de chambre, Beaulieu, notre garde-chasse, Hélène, Marie, vos femmes de chambre, Louison et Jacquine, qui veillaient à la cuisine et la basse-cour, et je ne parle même pas de votre jardinier favori.

Vous ne fûtes pas, certes, Notre Dame des Rochers comme vous fûtes Notre Dame de Livry, votre retraite préférée, mais, enfin, vous ne vous déplaisiez point "cheux nous". J'égrène les dates de vos séjours comme les grains d'un chapelet : entre 1646 et 1690, vous vîntes douze fois, soit douze étapes de votre vie, un peu moins que les stations du chemin de croix de Notre Seigneur, de Jérusalem au Golgotha. C'est à dessein que j'use de cette image, car, souvent, vous aviez coutume de parler de vos voyages aux Rochers comme d'un "calice à avaler". À ma sœur vous disiez que vous y alliez pour y aller, pour y être un peu, pour y avoir été et qu'il n'en soit plus question. L'étrange corvée, à vous croire ! La "politique d'une mère" voulait que vous allassiez en Bretagne pour veiller à vos affaires, toujours menacées de "désordres honteux" par ma faute (disait le Bien Bon, et vous le répétiez après lui) ou pour manger sur place ce que je vous devais, et sacrifier ainsi à la "sainte économie".

Tel était le discours que vous teniez à Mme de Grignan, comme s'il eût été indécent d'avouer que vous puissiez vous égayer aux Rochers, et, de manière plus générale, partout où la divinité de Provence n'était pas. À vos belles amies de Paris, vous écriviez de la même encre, pour une autre raison : une Parisienne de si bon aloi que vous, une ancienne familière du salon de Mme de Rambouillet, eût été déshonorée que de reconnaître que le bonheur pût se trouver loin de la capitale et de la cour, dans une province gothique, ou, pis encore, dans une retraite agreste fort éloignée des pastorales de M. d'Urfé ou de M. de Racan.

Ah, ma chère mère, si ma sœur et vos amies du Faubourg ou du Marais vous avaient vue comme je vous ai vue, quel étonnement eût été le leur ! Vous souvenez-vous du printemps de 1671, lorsque nous arrivâmes aux Rochers, après dix jours de voyage, en compagnie de l'abbé de Coulanges, de l'abbé de La Mousse, et de votre petite chienne Marphise ? Ne vous avisez pas de nier le contentement qui fut le vôtre à la vue de notre pauvre demeure, ou je saurais bien vous en faire ressouvenir. Je vous épargnerai la description du printemps en Bretagne, avec sa palette de rouges, de verts et de jaunes mêlés ou juxtaposés, ses aubades de rainettes et de rossignols, car vous l'avez fait mille fois mieux que je ne le ferais ; je vous rappellerai seulement ma surprise à vous découvrir si tôt levée, quand, revenant à cheval de ma première tournée sur nos terres, je vous aperçus à l'orée d'un pré en compagnie de notre jardinier Pilois, dans les hautes herbes mouillées par la rosée, mesurant l'alignement d'une nouvelle plantation. Puis, l'été venu, ma surprise, plus grande encore, à vous voir faner aux côtés de nos paysans, et votre colère quand Picard, votre valet de chambre parisien, refusa de prêter la main à une besogne qu'il jugeait indigne de lui, et que vous le renvoyâtes pour ce motif.

Si je prenais l'air des pays et des compagnies que je fréquentais, n'était-ce pas parce que je vous ressemblais, ma mère ? Eh oui, à peine aviez-vous quitté la capitale et ses beaux esprits que vous deveniez une campagnarde de la plus belle roche, vous éveillant dès l'aube, passant vos matinées avec le bon Pilois, à tracer le dessin d'un labyrinthe, établir le plan de nouvelles allées et places, plantant vous-même les jeunes arbres, faisant édifier en divers endroits du parc des fabriques – brandebourgs, capucines – destinées à vous abriter de la pluie lors de vos promenades, et les agrémentant, comme vos plus beaux arbres, de citations italiennes, tirées du Tasse ou de l'Arioste ou de Guarini : "*La lontananza ogi gran piaga salda,*" – "*Piaga d'amor no si sana mai,*" – "*Di nimbi il cielo s'oscura indarno...*"

Et quand venait le soir, vous braviez le serein et la brume pour parcourir nos bois, et je devais vous imposer une escorte de quatre hommes armés pour vous protéger des loups !

Pendant que le Bien Bon scrutait les baux de nos fermiers, surveillait les travaux de la chapelle, ou s'évertuait à trouver le moyen d'augmenter nos revenus, l'abbé de La Mousse entreprenait de catéchiser les enfants, et en perdait son latin tant nos petits Bretons confondaient le Père, le Fils et le Saint-Esprit, et, léger comme vous me connaissez, je composais des chansons pour amuser Mme de Grignan. Ah, les délicieuses journées que nous passâmes alors ensemble : d'ordinaire, vous vous leviez à huit heures, entendiez la messe à neuf, puis, selon le temps, vous vous promeniez ou pas, souvent seule de votre côté. Nous dînions fort bien, du produit de nos fermes (ô sainte économie !), puis survenait un voisin ; on parlait de nouvelles ; l'après-dînée vous travailliez à quelque tapisserie. À cinq heures, vous quittiez la compagnie pour vous promener dans le parc et bavarder sur la place Coulanges avec Pilois ou Hébert ; puis vous reveniez à un livre ; vous rêviez à votre fille, ou vous priiez Dieu, ou vous faisiez des châteaux en Espagne. Je vous lisais des livres divertissants ou édifiants, tantôt gais tantôt tristes, cela vous occupait et vous amusait ; puis nous raisonnions sur nos lectures. J'étais un lecteur infatigable et vous interprétais, en élève de la Champmeslé, les rôles des romans que je vous lisais. Enfin, il y avait ces diantre de lettres, celles que vous écriviez de cette écriture haute et penchée, empanachée de volutes, et celles que vous receviez, et pour lesquelles vous vous enfermiez dans votre cabinet, et je savais alors que c'était un courrier de Provence.

À huit heures nous soupions, et je vous lisais, à nouveau, des livres gais de peur de vous endormir. À dix heures, notre oncle l'abbé se retirait, et je montais me coucher, tandis que vous ne gagniez pas votre chambre avant minuit. Vous disiez que c'était une chose étrange comme avec cette vie tout insipide et quasi triste, les jours couraient et vous échappaient sans même vous en apercevoir. Nierez-vous, Madame, que vous preniez plaisir à ces distractions modestes, si éloignées des divertissements recherchés de la capitale ? “Sainte liberté, ou fais ce que voudras !” : la devise de l’abbaye de Thélème était celle des Rochers.

Votre nature flexible et mouvante faisait que vous vous abandonniez sans regret à cette existence simple, et même un peu monotone, et que vous vous désintéressiez des nouvelles de la ville et de la cour, comme si vous aviez passé toute votre vie aux champs. Et, sans doute, reviviez-vous ainsi les heures insouciantes et joyeuses de votre enfance et de votre jeunesse parmi la tribu des Coulanges et des d’Ormesson. La solitude ne vous effrayait ni ne vous rebutait. Le plus souvent, vous éludiez les invitations à souper des grands de la région, le duc de Chaulnes, gouverneur de la province, le duc de Rohan, la princesse de Tarente, le lieutenant-général de Lavardin, l’évêque de Rennes, le premier président de La Faluère… Invitations coûteuses, car il vous fallait rendre la politesse, et ce n’était pas pour dépenser quelques centaines de pistoles en dîners et en soupers que vous étiez aux Rochers.

Vous préfériez recevoir, sans cérémonie, des parents comme M. de Sévigné-Montmoron, qui fut notre tuteur, à ma sœur et à moi, et l’un de vos fidèles chevaliers-servants ; M. d’Harouÿs, le trésorier des États, qui obligeait tant de monde et distribuait si libéralement les écus qu’il n’avait pas, qu’à la fin le roi lui offrit la Bastille pour retraite ; et des amis proches, comme les deux frères Rosmadec : le petit comte des Chapelles, qui troussait si bien les bouts-rimés, et le marquis de Molac, gouverneur de Nantes, Mgr de Montigny, le jeune évêque de Saint-Pol de Léon, qui mourut prématurément, comme M. Pascal, d'avoir usé son esprit dans les sciences, et par-dessus tout, l'irrésistible marquis de Pomenars, compagnon de mon père du temps de la Fronde, fabricant de fausse monnaie, suborneur, et bigame, qui riait toujours de tout, même quand, condamné à mort, il assista à son exécution en effigie pour crime d'enlèvement de Mlle de Bouillé, et qu'il eut l'impertinence de s'aller plaindre au juge qui l'avait condamné parce qu'il trouvait que son portrait ne lui rendait pas justice !

Que de rires et de folies dans ces réunions où vous ne donniez pas votre part aux chiens, s'il m'en souvient. Quand s'ouvrirent les États de la province, vous soupiriez à la pensée de quitter votre solitude, et vous fûtes même à deux doigts de vous enfuir à Paris, mais à la fin, les plaisirs que vous vous promettiez de l'amitié et de la conversation vous déterminèrent à répondre à l'invitation du gouverneur. En vraie badaude vous vous émerveillâtes des cavalcades militaires, de la richesse des uniformes, des parures des femmes, du bruit des trompettes, des hautbois et des violons, et, virant de bord avec cette aisance que j'admirais tant chez vous, ne songiez plus le moins du monde à retourner à votre retraite de sauvageonne. C'est une assez belle chose que les États, reconnaissiez-vous, et vous vous étonniez du grand air de la province ainsi rassemblée, et de la quantité de noblesse présente. Pas un gentilhomme à la cour ou à l'armée, écriviez-vous à ma sœur : "Il n'y a que votre frère, qui peut-être y reviendra un jour comme les autres." Ah, vous ne pensiez pas si bien dire, ma mère, et je vous sais gré d'avoir admiré l'indépendance des gentilshommes bretons, qui, à l'armée et à la cour, préféraient l'humble et orgueilleux séjour sur leurs terres !

Je n'étais pas alors en âge de participer aux États, mais quand vous m'en fîtes le récit, à votre retour de Vitré, je crus y avoir, tout de bon, assisté. Aux premières loges, je vis l'entrée solennelle des officiers du roi, le gouverneur, le lieutenant-général, le premier président du Parlement, l'intendant, les avocats-généraux, le trésorier, le grand maître des Eaux et Forêts, puis les vingt-deux députés du clergé, chamarrés de violet, de rouge, ou de noir, les cent soixante-quatorze députés de la noblesse, dorés jusqu'aux yeux, les soixante-dix députés du Tiers État, sévères dans leurs habits sombres.

J'entendis les discours des uns et des autres, et trouvai, après vous, mes compatriotes bien généreux dans l'attribution des secours extraordinaires pour la marine, les arsenaux, et autres dépenses moins nécessaires ; et plus prodigues encore pour les gratifications à messieurs les officiers du roi ! Vous ironisiez sur ces centaines de milliers d'écus offerts libéralement à des gens qui étaient payés pour remplir leur office, du gouverneur au lieutenant de ses gardes, et votre frugalité s'indignait de la bonne chère excessive tant chez M. de Chaulnes que chez M. d'Harouÿs, dont la maison était le

Louvre des États : vingt tables, des bals éternels, des comédies trois fois la semaine, trois à quatre cents tonneaux de vin qu'on buvait sans en laisser une goutte, à l'émerveillement des mânes de Grandgousier lui-même ! Des soupers pantagruéliques, des plats de rôtis qu'on remportait à peine entamés, des pyramides de friandises qui ne passaient pas les portes.

Quel veau : quel bœuf, et quel mouton !
La bonne et tendre compagnie !

aurait pu s'exclamer notre aimable et gourmand cousin Coulanges. Pourtant, vous n'aimiez pas ces grands festins qui n'en finissaient jamais, et vous étiez ravie de vous en retourner à la Tour de Sévigné, votre résidence à Vitré, vous contenter d'un plat de légumes et d'un gigot, avec quelques intimes. Mais vous étiez si demandée, si fêtée, que vous ne pouviez vous dérober à toutes les invitations. Et puis, ne le niez pas, vous n'étiez pas si fâchée d'aller aux bals ou au théâtre. Je me souviens de vos louanges sur l'adresse et l'élégance de nos Bretons à danser les menuets, les passe-pieds, et le plaisir que vous preniez à la justesse et à la grâce des jeunes marquis de Coëtlogon et de Locmaria exécutant des entrechats bretons. C'est à l'un de ces bals que vous avisâtes, dans une troupe de bohémiens, une petite fille brune qui, par sa manière, vous rappela si fort ma sœur au même âge, que vous la fîtes venir pour l'interroger. Elle vous conta sa tristesse à être séparée de son père qui, pour quelque honnêteté, avait été invité à ramer sur les galères du roi. Vous vous intéressâtes à son cas, et vous écrivîtes à Mme de Grignan afin qu'elle intercédât auprès du général des Galères, votre ami, le gros Vivonne. À votre grande joie, celui-ci fit élargir le galérien qui manquait cruellement à sa petite fille, et vous l'annonçâtes vous-même à la jeune bohémienne. C'est pour des gestes comme ceux-ci que je vous aimais tant, maman mignonne.

Pour vous-même, vous ne demandâtes rien, mais, par la grâce efficace de vos intercessions, vous fîtes plaisir à plusieurs personnes. Entiché de théâtre – et de comédiennes – comme je l'étais, je vous priai de m'accompagner aux représentations que l'on donnait de MM. de Molière et Racine. Afin de vous faire honneur, je fis atteler à six chevaux, et vous n'étiez pas peu fière de vous montrer en ma compagnie en un tel équipage. Nous vîmes *Andromaque*, qui me tira plus de larmes qu'à vous – vous n'en versâtes que six, je les comptai – et je m'étonnais de votre défaut de sensibilité, avant de me rappeler votre fidélité à Corneille, et votre antipathie personnelle pour Racine, avec qui je n'étais que trop lié à votre goût. Ensuite, nous allâmes voir *Le Médecin malgré lui*, qui vous arracha dix éclats de rire, puis *Tartuffe*, qui vous inspira des réflexions des plus pertinentes sur les faux-semblants de la dévotion, l'hypocrisie des jésuites et des molinistes, et à propos duquel vous vous efforçâtes de me persuader de la sincérité de la piété de Mme de Maintenon. À l'entracte, j'allai humer l'air des coulisses, et bavarder avec les comédiens, ce dont vous me fîtes reproche, me disant que cela n'était pas séant pour un homme de ma qualité. Ce à quoi je répliquai que notre parent, le marquis de Sourdéac, n'avait pas été accusé de déroger en mettant son talent au service des machines destinées à l'opéra et à la scène, et que je regrettais fort de ne pouvoir suivre son exemple, me pensant mieux doué pour jouer la comédie que pour perdre la vie sous l'uniforme. Ah, la belle indignation que vous laissâtes éclater ! Voulais-je donc, en fils dénaturé, vous faire mourir de honte et insulter la mémoire de tous les Sévigné et Rabutin ? Je reçus même un coup de votre éventail sur la joue. Votre colère dura trois bonnes minutes, votre bouderie alla jusqu'à la demi-heure, puis je vous fis rire en imitant un mauvais acteur, et nous rentrâmes réconciliés.

Quand vous n'alliez pas aux États, les États venaient à vous. C'est dire l'importance que revêtait aux yeux de ces messieurs la "haute et puissante dame" des Rochers ! Il me souvient de ce jour d'août où, à ma surprise, j'entendis un tel tonnerre de sabots au loin, que je crus à un régiment de cavalerie en marche. Peu après, roulaient dans notre cour quatre carrosses à six chevaux, suivis de cinquante gardes à cheval et d'une vingtaine de pages montés avec des chevaux de main. C'étaient, excusez du peu, Son Excellence le duc de Chaulnes, gouverneur de Bretagne, le lieutenant-général de Lavardin, les évêques de Rennes, de Saint-Malo, et de Saint-Pol de Léon, le trésorier des États, et quelques gentilshommes de haut lignage qui s'en venaient vous présenter leurs civilités. Notre modeste demeure en fut toute glorieuse, et nos éminents visiteurs se promenèrent longuement dans le parc avant de rendre hommage à une galante collation, sortie comme par enchantement du bout du mail. Ils firent surtout honneur au vin de Bourgogne qui passa comme de l'eau, si bien que leurs excellences et leurs révérences s'en retournèrent à Vitré, gris comme des grives et gais comme des pinsons, chantant les louanges de votre hospitalité. Il me plaît de vous rappeler ces heureux moments de la grande braverie des États, car ils furent suivis, quatre ans plus tard, de telles horreurs que vous songeâtes tout de bon, en manière de protestation, à abandonner pour toujours notre pauvre Bretagne. D'une certaine manière, vous aviez prévu ce malheur. Après le départ de vos invités, vous me confiâtes combien mes compatriotes se montraient généreux et déférents envers le roi et ses officiers, à rebours des Provençaux indociles et regardants que M. de Grignan avait à gouverner. Tant de dons et de gratifications, alors que le peuple était aux abois, soulèveraient quelque jour la Bretagne contre le despotisme royal. Quant aux respectueuses remontrances sur les édits contraires aux coutumes de la province, chacun savait qu'elles n'étaient que de pure forme, et que résister aux ordres de Sa Majesté n'était plus de saison depuis la Fronde. Vous fûtes, hélas, une vrai Cassandre, ma mère.

Dans les annales de la province comme dans notre chronique familiale, l'année 1675 restera marquée comme néfaste entre toutes. Cette année-là, vous perdîtes votre oncle Chésières, le troisième fils de votre aïeul Coulanges, alors que ni son âge ni sa santé ne laissaient présager une fin si brutale ; puis, au printemps, vous eûtes à souffrir un nouveau départ de Mme de Grignan pour la Provence. Vous la conduisîtes jusqu'à Fontainebleau, et c'est à l'auberge du Lion d'Or que vous vous séparâtes dans les effusions et les pleurs ; enfin, au mois de juin, votre cher cardinal de Retz vous fit, lui aussi, ses adieux. Sur vos instances, dans sa retraite de Commercy où il s'ennuyait à périr, il avait consenti, en rédigeant ses Mémoires, à donner au monde un ultime témoignage d'orgueil profane ; désormais il prétendait ne plus songer qu'à son salut et à honorer les dettes qu'il avait contractées sur cette terre. C'est en pénitent qu'il entendait terminer ses jours à l'abbaye de Saint-Mihiel, en se dépouillant de la dignité cardinalice. Vous dînâtes chez Son Éminence en compagnie de Dom Hennezon, l'abbé de Saint-Mihiel, qui vous parut un esprit droit et plein de raison, passionnément attaché à la personne du cardinal, et à qui vous confiâtes le dépôt sacré de votre cher parent. Vous étiez bien la seule, ou presque, à croire à la sincérité de cette conversion éclatante. Avant que je ne quitte, à mon tour, Paris pour rejoindre les Gendarmes-Dauphin, M. de La Rochefoucauld, son vieil ennemi, me dit, avec un sourire railleur, qu'il ne partageait aucunement votre conviction :

"Cette prétendue retraite, m'assura-t-il, couronne une vie tout entière vouée aux faux-semblants. C'est un sacrifice que Retz fait à son orgueil sous prétexte de dévotion ; il quitte la cour, où il ne peut s'attacher, et il s'éloigne du monde, qui s'éloigne de lui."

De la part du théoricien de l'amour-propre, ce jugement ne me surprit pas, et j'étais enclin à le partager, mais vous vous efforçâtes de me persuader du contraire :

"Par rage de ne pouvoir mordre sur un aussi beau dessein, les jaloux disent qu'il sortira vite de cette retraite. Eh bien, attendez donc qu'il en sorte, et en attendant, taisez-vous ! Car, de quelque côté qu'on regarde cette action, elle est belle, et si l'on savait comme moi qu'elle vient purement du désir de faire son salut, et de l'horreur de sa vie passée, on ne cesserait de l'admirer !"

Vous étiez si éloquente sur ce chapitre que je voulus bien vous croire, même quand le roi et le pape refusèrent sa démission de cardinal, et que M. de Retz quitta la bure du pénitent pour rendosser la pourpre de prince de l'Église, mais avec un train plus modeste et dans des sentiments d'humilité qui étonnèrent le public.

En dépit des remontrances de ma sœur, vous persistâtes, sur l'insistance de votre oncle, l'abbé de Coulanges, dans votre dessein de vous rendre en Bretagne, où, comme en Guyenne et en Normandie, grondait la révolte. Partout, des Flandres en Allemagne, de la frontière espagnole jusqu'en Sicile, nos armes triomphaient. Mais, au sein du royaume, le poids croissant des impôts, l'autorité sans partage du roi, le despotisme ministériel, attisaient le mécontentement et l'esprit de sédition. M. Colbert créait sans cesse de nouvelles taxes, sur le papier timbré, sur la vaisselle d'étain, sur le tabac, et les affermait à des traitants qui pressuraient le peuple et se rendaient haïssables par leurs violences. Si, encore, ces exigences avaient été justifiées par de légitimes besoins, sans doute auraient-elles été acceptées, bon gré mal gré ; mais quand elles avaient pour but de subvenir aux constructions de Versailles, aux dépenses de la guerre, au luxe de la cour, aux pensions octroyées aux courtisans et aux favorites, elles n'étaient qu'intolérables. En bon diplomate, averti de la colère des assemblées provinciales, M. de Chaulnes avait demandé au ministre de surseoir à ces nouvelles rentrées d'impôts ; mais "le Nord", comme vous surnommiez M. Colbert, s'y refusa, au motif que les édits avaient été appliqués en Bourgogne et en Languedoc et que l'ensemble du royaume devait obéir. Rennes s'ameuta, et l'ordre vint d'y envoyer des troupes de Normandie. Votre cher gouverneur, sagement, demanda la révocation de cette décision, faute de quoi la province tout entière se soulèverait. On lui répliqua, durement, d'obtempérer et de faire régner l'ordre. Dans les campagnes, des paysans s'attroupaient et se vengeaient des mauvais traitements qu'ils avaient reçus de la noblesse en pillant les châteaux, en en brûlant quelques-uns, et en molestant les gentilshommes dont ils avaient à se plaindre. À Rennes, Mme de Chaulnes fut prise à partie, tandis que son gouverneur de mari était à Fort-Louis, et menacée d'être mise en pièces, si les troupes qu'il avait demandées faisaient un pas dans la province.

C'est dans ce climat de guerre civile que vous partîtes, au début de septembre, triste et rêveuse, en compagnie du Bien Bon, et de la petite Marie, qui remplaçait Hélène, votre chambrière habituelle, en rassurant ma sœur et moi-même sur la tranquillité de la haute Bretagne, notre pays. Au lieu de prendre la route du Mans, encombrée de soldats, vous allâtes vous embarquer à Orléans, par l'un de ces jours de cristal, où l'on ne sent ni chaud ni froid. Pour passer le temps, vous chantonniez avec la petite : "Je suis dans un bateau, dans le courant de l'eau, fort loin de mon château..." Votre batelier, hâbleur et moustachu, vous mena jusqu'à Tours, où l'abbé d'Effiat vous offrit l'hospitalité dans sa belle maison de Veretz, de là le bateau vous conduisit jusqu'à Saumur, où vous dormîtes sur la paille, dans une masure, et, deux jours de navigation plus tard, vous étiez devant le fossé du château de Nantes, où M. de Lavardin vint vous chercher, entouré de sa garde, flambeaux aux poings. Vous n'aviez ni mangé ni dormi depuis vingt-quatre heures, et j'admire comment vous eûtes le courage d'aller, dès le lendemain, dormir chez M. d'Harouÿs, à La Seilleraye. Deux jours après, vous étiez aux Rochers, où vous trouviez nos bois d'une beauté et d'une tristesse extraordinaires, dans une solitude propice à rêver à votre fille. L'époque, cependant, ne se prêtait pas aux pastorales. Avant votre départ, vous m'écriviez :

"J'irai voir ces coquins qui jettent des pierres dans le jardin du patron. On dit qu'il y a cinq ou six cents bonnets bleus en Bretagne qui auraient bien besoin d'être pendus, pour leur apprendre à parler."

Votre ami, le ministre Pomponne, vous avait informée que le bailli de Forbin, capitaine-lieutenant des mousquetaires, et le marquis d'Agoult de Vins, cousin de M. de Grignan – deux Provençaux – marchaient sur la Bretagne avec six mille hommes de troupe. Il vous avait demandé le nom de nos terres pour qu'elles fussent épargnées par la soldatesque. Vous espériez que la vue des uniformes suffirait à calmer les esprits échauffés de nos Bretons, que la taxe sur le tabac et sur le papier timbré avait jetés hors de leurs gonds. Hélas, il n'en fut rien !

Sur la route de Nantes à Vitré, vous vîtes les pauvres Bas-Bretons attroupés par quarante ou cinquante dans les champs, se jeter à genoux devant les soldats et dire le seul mot de "français" connu d'eux, *Mea culpa*, en implorant miséricorde. Puis, résignés, demander à boire et du tabac avant qu'on ne les pende. À Rennes, le duc de Chaulnes, voulant haranguer les séditieux, fut repoussé à coups de pierres, et couvert d'insultes choisies, dont la plus douce était : "gros cochon !", tandis que sa femme, tremblant au fond de son carrosse, recevait sur ses genoux le cadavre d'un chat en putréfaction. Il faut avouer, ma mère, que c'était d'une insolence impardonnable. La punition ne se fit pas attendre. Soupçonné d'encourager en sous-main la révolte, le Parlement fut exilé à Vannes, et cinq mille hommes traitèrent notre capitale comme une ville ennemie. Cent mille écus de taxe sur les bourgeois, exigibles dans les vingt-quatre heures, sous peine du double ; soixante d'entre eux pris à l'aventure et voués à être pendus ; une dizaine de révoltés condamnés à la roue, dont un violon, qui avait commencé la sédition, roué vif avant d'être écartelé après sa mort, et ses quatre quartiers exposés aux quatre coins de la ville ; une grande rue entière vidée de ses habitants, chassés et bannis, avec défense d'être recueillis sous peine de la vie. Il fallait voir, à ce qu'on m'en rapporta, ces misérables, vieillards, enfants, femmes à peine accouchées, errer en pleurs au sortir de la ville, sans savoir où aller, sans nourriture, ni de quoi se coucher. Tous les villages aux alentours obligés de loger la soldatesque qui violait les femmes, massacrait le bétail, torturait les hommes pour connaître où ils cachaient leurs pauvres économies. On me conta même qu'un enfant fut mis à la broche. Jamais, depuis nos guerres de religion, on ne vit de telles barbaries. À ma sœur, vous écriviez :

“Cette province est un bel exemple pour les autres, et surtout de respecter les gouverneurs et les gouvernants, de ne point leur dire d'injures et de ne point jeter de pierres dans leur jardin...”

À force de pendre et de rouer, la terreur porta ses fruits :

“Vous me parlez bien plaisamment de nos misères, répondiez-vous à la Provençale, nous ne sommes plus si roués ; un en huit jours seulement, pour entretenir la justice. Il est vrai que la ‘penderie’ me paraît maintenant un rafraîchissement ; j’ai une tout autre idée de la justice depuis que je suis dans ce pays : vos galériens me paraissent une société d’honnêtes gens qui se sont retirés du monde pour mener une vie douce. Nous vous en avons envoyé par centaines. Ceux qui sont demeurés sont plus malheureux que ceux-là.”

Ah, vous aviez raison, ma mère, quel bel exemple la Bretagne donna, en cette circonstance, aux autres provinces, de respecter les édits du roi et ne pas insulter ses représentants. Quant à nos Bas-Bretons, ils méritaient bien cette apostrophe, dont vous auriez dû remercier notre bon gouverneur :

Canaille, sotte espèce,
Vous leur fîtes, seigneur,
En les pendant, beaucoup d’honneur.

De la révolte du papier timbré, et de sa répression exemplaire, les gazettes se gardèrent bien d’écrire un mot. Je ne l’appris que par vos missives, souvent écrites en italien pour égarer des lecteurs indésirables. En m’en revenant chez nous, après ma blessure de la bataille de Seneffe, je vis encore se balancer aux fourches patibulaires et aux branches des arbres, les corps pourrissants de nos misérables mutins, des chaumières brûlées et des champs en friche. En cet automne et cet hiver de 1675, les corbeaux et les loups de Bretagne furent gras à merveille.

Si nos arrière-neveux lisent vos lettres de cette époque, ma mère, ils s'étonneront, sans doute, de cette apparente insensibilité de votre part, et du ton badin dont vous usiez pour narrer à ma sœur et à moi-même les atrocités que l'on vous rapportait. Au vrai, vous teniez un double langage. En raison de vos liens étroits avec MM. de Chaulnes, de Lavardin, de Rohan, de La Trémouille, vous ne pouviez, dans vos lettres, qu'approuver l'exécution des ordres du roi, car vous saviez que votre courrier serait sans doute ouvert avant qu'il ne fût transmis. De là cette affectation de plaisanterie sur les malheurs de la Bretagne. Pour moi, qui vous connaissais, je savais quelle ironie vengeresse se cachait derrière vos récits d'une répression si impitoyable. Et quand je vous retrouvai aux Rochers, où nous pouvions parler librement, vous laissâtes éclater votre indignation contre les ordres royaux, et même votre colère envers votre ami le gouverneur qui, par suite de la peur qu'il avait eue, avait tiré une vengeance personnelle et exorbitante de cette révolte. Je puis désormais vous le confier : alors que vous pensiez que ma volonté de revenir vivre aux Rochers avait pour origine le long séjour que je fis chez mon ami Tonquedec et sa sœur Sylvie, en basse Bretagne, durant l'hiver de 1680, la répression dont fut victime ma patrie, cinq ans plus tôt, me détermina, irrévocablement, à ensevelir des qualités qui auraient fait merveille à la cour, dans cette retraite “infâme”. Né breton, j’ai voulu vivre et mourir breton, loin du foyer d’un pouvoir tyrannique et aveugle. Si cet exil volontaire vous sembla déshonorant, son principe, vous en conviendrez, ne l’était pas. J’en ai fini sur ce chapitre, où, à mon corps défendant, nous ne nous sommes que trop disputés, et j’ose espérer que vous m’avez désormais compris et excusé. »

À remuer cette vieille querelle, un accès de migraine est survenu, qui lui a fait interrompre sa lettre. Il a versé de la poudre d'or sur les dernières lignes dont l'encre n'était pas encore sèche, puis a rangé les feuilles de papier dans la cassette de cuir noir où il a coutume de serrer son courrier. Il ouvre la fenêtre et laisse pénétrer l'air frais de la nuit. L'odeur des buis monte, jusqu'à emplir la chambre, accentuant ses maux de tête, mais il n'en a cure. À son nez, qui, trop souvent, a retenu l'odeur sucrée des cadavres sur les champs de bataille, celle des malheureux pendus aux fourches patibulaires de Bretagne, ou les remugles d'urine des escaliers et des couloirs de Saint-Germain et de Versailles, les parfums de la nature ne sauraient être que délectables. Dans un recoin de la tour d'angle, une chevêche ulule doucement. Entrées par la croisée grande ouverte, deux chauves-souris tracent des arabesques gracieuses dans la chambre. Patient, il attend qu'elles aient fini leur manège et rejoint le jardin pour aller refermer la crémone. Pas question d'imiter le chevalier de Vendôme qui, à Fontainebleau, ayant voulu témoigner de sa dextérité, s'était escrimé contre une misérable pipistrelle et d'un malencontreux coup d'épée s'était transformé en castrat de la chapelle Sixtine. Il s'étire, se lève, et le raclement de la chaise sur le plancher éveille Fidèle, son épagneul favori, qui lui fait fête et se dirige vers la porte.

« Non, Fidèle, tu es déjà sorti, et nous ne chasserons pas tantôt. Recouche-toi ! »

Il n'est que dix heures et il n'a pas sommeil. Allons, un peu de lecture sera la bienvenue. La fenêtre refermée, il va jusqu'à l'armoire à livres, l'ouvre et hésite devant les volumes reliés en veau marbré. Certains, qu'il a promenés de garnison en garnison, qu'il a lus en plein air ou sous la tente, accusent la fatigue et l'usure du temps. La tête à demi inclinée, il déchiffre les noms et les titres, Homère, Virgile, Catulle, Montaigne, saint Augustin, Corneille, l'Arioste, Bossuet, Pascal…

Bon, ce sera *Les Provinciales.* Il tire le petit volume, caresse de la main la couverture griffée et tachée de pluie, et va s'installer dans un fauteuil près de la cheminée. Fidèle le suit, qui se couche, en sphinx, devant le feu, avec un long soupir d'aise, le museau entre les pattes. Feuilletant le livre, Charles se souvient de l'éblouissement qu'il avait ressenti à la lecture en primeur de la Quatrième Lettre, au château du Fresne, chez Mme du Plessis-Guénégaud, « l'incomparable Amalthée ». S'y trouvaient la fine fleur du jansénisme et la plupart des amis de sa mère. Lui-même sortait à peine du collège de Clermont, où le nom de Pascal était en exécration. Comme il avait ri à la dispute entre M. de Montalte, épaulé par Aristote et saint Augustin, et son adversaire jésuite qui tentait d'éteindre le feu de son ironie sous l'avalanche des écrivains de la Compagnie, et à la pirouette finale du jésuite en déroute : « J'en parlerai à nos pères. Ils trouveront bien quelque réponse. Nous en avons ici de bien subtils. »

Il tourne les pages et s'arrête à la Neuvième Lettre. À mi-voix, il commence de lire, jouant la scène pour son plaisir, comme il le faisait autrefois, pour la joie de sa mère. Lorsqu'il aborde le paragraphe sur les moyens faciles et sûrs d'assurer son salut, il ne peut se retenir et se pâme de rire :

« Parce que les gens du monde sont d'ordinaire détournés de la dévotion par l'étrange idée qu'on leur en a donnée, nos pères ont cru qu'il était d'une extrême importance de détruire ce premier obstacle. Et c'est pourquoi le P. Le Moyne a acquis beaucoup de réputation par le livre *De la Dévotion aisée* qu'il a fait à dessein. C'est là qu'il a fait une peinture tout à fait charmante de la dévotion [...]. Selon ce père, il s'est toujours vu des *saints polis* et des *dévots civilisés* [...]. Vous voyez de là que l'amour de la retraite et du silence n'est pas commun à tous les dévots, et que, comme je vous le disais, c'est l'effet de leur complexion, plutôt que de la piété... »

Tiens donc, ainsi, selon ces messieurs les jésuites, son désir de retraite et de solitude ne serait que l'effet d'un caractère sauvage et farouche, dénué des affections honnêtes et naturelles qu'il devrait avoir ? Pauvre Charles, à en croire les casuistes si joliment étrillés par la merveilleuse, la délectable ironie de Pascal, il ne s'y connaît guère en péchés ! Faute d'interlocuteur c'est à son chien qu'il s'adresse, car il n'a jamais ajouté foi à la théorie de M. Descartes sur l'animal-machine, idée qui répugne à sa sensibilité native :

« Tu vois, Fidèle, s'il faut en croire les molinistes, ton maître est, plus encore que toi, une bête brute et mélancolique, qui ne fera jamais son salut avec les sentiments qui sont les siens. Quand il a choisi la sauvagerie de ses bois pour fuir le monde, ce n'était point par une louable aspiration à se réformer, mais entraîné par un caractère faible et revêche. Quand il s'est refusé à l'appétit d'honneurs et de charges, ce n'était point par modestie et humilité, mais par haine du monde, péché mortel en comparaison de l'ambition qui n'est que péché véniel. Quand il distribue des aumônes aux nécessiteux, ce n'est pas par charité mais par dédain de la “sainte économie”. Quand il ne se goinfre pas et ne boit pas tout son saoul, par sobriété, il ferait mieux de s'y adonner, car le père Escobar, qui est, entends-tu, un irréfutable théologien, estime qu'il est permis à *l'appétit naturel de jouir des actions qui lui sont propres !* Ah, mon ami, je me vois moins assuré que toi de gagner mon paradis. Qu'en dis-tu ? »

Fidèle lève sur son maître un regard d'or liquide, empli d'amour, et émet un bref grognement d'approbation.

« Merci, mon chien, tu me comprends mieux que maman mignonne et que ma tendre sœur. Ce n'est pas toi qui me ferais grief de me plaire dans cette thébaïde infâme. Pour ta récompense, nous irons chasser demain ! »

Achevant sa lecture, Charles se souvient de la dispute qu'il eut avec sa mère à propos de Nicole, l'un des théologiens de Port-Royal, dont elle raffolait, alors que lui-même jugeait sa prose verbeuse et emberlificotée, et le plaisir qu'il éprouva à la convaincre que le style de Pascal dégoûtait de tous les autres. Depuis qu'il s'est tourné vers la religion, sous la bénéfique influence de sa femme, il s'interroge sur la piété de sa mère. Est-ce parce qu'elle a pour aïeule la Bienheureuse Mère de Chantal, et que les religieuses visitandines la traitent en relique vivante ? Toujours est-il que, s'il lui a vu remplir avec exactitude ses devoirs de chrétienne, il ne l'a jamais sentie d'une dévotion à triple carat. Ne souriait-elle pas, lors de son dernier séjour aux Rochers, il y a six ans, lorsqu'elle le surprenait lisant les Pères de l'Église au lieu des *Contes* de La Fontaine ? Ne le traitait-elle pas, avec une gentille ironie de « pieux Énée » ? « Allons, mon fils, épaississez-moi un peu ma religion ! » le priait-elle, davantage pour lui faire plaisir que par inclination, lui semblait-il. Avec sa générosité naturelle, elle n'a jamais accepté l'idée de l'Enfer, incompatible selon elle avec la bonté d'un Dieu sauveur. Et si elle semble pencher du côté du jansénisme, ne serait-ce pas à cause de l'amitié qu'elle nourrit depuis sa jeunesse pour la sainte tribu des Arnauld, et sa sympathie spontanée pour les persécutés ? Il se souvient de son extrême surprise à l'entendre réciter les prières usuelles, qu'elle arrangeait à sa façon, les agrémentant de joliesses inédites, ce qu'elle appelait « mettre de la peluche » dans des formules usées et routinières. « Il faut, dans tout, un ragoût qui réveille l'attention », s'excusait-elle, avec un sourire désarmant.

Quand a-t-il eu avec « maman mignonne » cette discussion sur la mort et le salut ? Il cherche dans sa mémoire tout en tisonnant les braises. Ah, oui, il se le remémore soudain. C'était après la crise de rhumatisme qui l'avait maintenue deux mois alitée. Ils se promenaient tous deux sous les tilleuls de la grande allée, et il s'étonnait de son allant et de sa vitalité, que la maladie n'avait pu altérer.

« Comment faites-vous, ma mère, pour garder intact votre amour de la vie, malgré toutes ses épines ?

– Il est vrai, mon fils, que j'aime toujours bien la vie. Je vous avoue, toutefois, que j'y trouve des chagrins cuisants ; mais je suis plus encore dégoûtée de la mort : je me trouve si malheureuse d'avoir à finir tout ceci par elle que, si je pouvais retourner en arrière, je ne demanderais pas mieux.

– Que voulez-vous dire au juste ?

– Je me trouve dans un engagement qui m'embarrasse : je suis embarquée dans la vie sans mon consentement ; il faut que j'en sorte, cela m'assomme. Et comment en sortirai-je ? Par où, par quelle porte ? Quand sera-ce ? En quelle disposition ? Souffrirai-je mille et mille douleurs qui me feront mourir désespérée ? Aurai-je un transport au cerveau ? Mourrai-je d'un accident ? Comment serai-je avec Dieu ? Qu'aurai-je à lui présenter ? N'aurai-je aucun autre sentiment que celui de la peur ? Que puis-je espérer ? Suis-je digne du paradis, suis-je digne de l'enfer ? Quelle alternative ! Quel embarras !

– Ah, maman, vous devriez prendre un confesseur jésuite, comme ce père Barry, auteur du *Paradis ouvert par cent dévotions aisées à pratiquer,* que citait M. Pascal. Je vous assure qu'il vous tirerait de cet embarras !

– Moquez-vous, mon fils ! Je m'abîme dans ces pensées et je trouve la mort si terrible que je hais plus la vie parce qu'elle m'y mène que par les épines dont elle est semée.

– Savez-vous, maman, que Montaigne, qu'à rebours de vous j'aime et je pratique avec assiduité, ne dit pas autre chose, quoique sous une autre forme ?

– C'est que votre Montaigne, dont je n'ai jamais goûté le chien de style, avait une honnête franchise et ne se dissimulait pas la peur de la mort ni l'angoisse du salut. Vous me direz que je veux donc vivre éternellement ? Point du tout, mais si on m'avait demandé mon avis, j'aurais bien aimé mourir dans les bras de ma nourrice : cela m'aurait ôté bien des ennuis, et m'aurait gagné le Ciel bien sûrement et bien aisément.

– Peut-être, mais cela nous aurait privée, ma sœur et moi, du bonheur de vous avoir pour mère ! »

De s'être ressouvenu de cette scène l'émeut, plus qu'il ne voudrait. Par la pensée il se transporte à Grignan, dans la chambre que sa mère occupe à l'ordinaire, dans la tour de l'Ouest.

« Je vous aime et vous embrasse, maman mignonne, dormez bien, et que Dieu vous garde. »

Et il ajoute la prière que sa mère récite, le soir, avant de se coucher :

« Seigneur, faites-moi la grâce de n'aimer que les biens que le temps amène et ne peut ôter. »

Aux Rochers, le 8e d'avril 1696

« Bonjour, la plus aimable des mères, avez-vous mieux dormi ? Souffrez-vous moins ? Avez-vous deviné ma présence, cette nuit, comme garde-malade auprès de votre lit ? Avez-vous perçu la grâce efficace de mon extrême affection pour vous ? Ah, maman, quand M. de La Rochefoucauld prétendait, pourtant, que mon ambition était de mourir d'un amour que je n'avais pas et que je n'étais pas du bois dont on fait les grandes passions, il n'avait pas tort ! Mourir d'amour, se consumer de passion, c'était assurément votre affaire, bien davantage que la mienne. Mon cœur était fou, sans doute – ce cœur de cire où tout s'imprimait, mais où, jusqu'à mon mariage, la première place fut occupée par vous – mais ma tête avait conservé quelque reste de raison, et l'on s'apercevra, plus tard, que je fus plus raisonnable que vous-même et que ma sœur, avec toutes vos chimères de grandeur. Avant que je ne rencontre celle qui me fit l'honneur de bien vouloir m'épouser, ne vous préférais-je pas à toutes mes maîtresses ? Et c'est en vain que vous vous inquiétiez des sottises que je pourrais commettre ou des alliances honteuses que j'aurais pu contracter, car jusque tard dans ma vie je me suis toujours gardé de vous contrarier. Quand bien même je regimbais contre votre tyrannie de "marâtre" ou que je pestais contre les emportements de la "divinité de Provence", j'ai déféré à (presque) tous vos désirs. Aviez-vous seulement mesuré combien j'étais un fils aimant et respectueux, un frère affectueux et désintéressé ? Le plus aimant de vos enfants, sans doute, et le moins aimé…

Tout au long de cette lettre où j'ai passé ma vie en revue, j'ai tenté de démêler en quoi j'avais pu vous déplaire, et, certes, j'ai bien trouvé des motifs de courroux ou de déception de votre part – mes folles amours, mon défaut d'ambition, mon goût de la tranquillité, mon refus de vivre à la cour et de me dégrader en courtisan, mon attachement à la Bretagne et à la vie de province, mais enfin, ma mère, ce n'étaient là que péchés véniels ! J'ai trompé vos espérances, j'en suis bien conscient, et je n'ai pas répondu à vos désirs de grandeurs. Vous auriez aimé que je ressemblasse au chevalier d'Adhémar, le puîné de M. de Grignan, que j'avais surnommé "le chevalier de la Gloire", ou même au petit Villars, qui avait juré à son père l'ambassadeur de faire une grande carrière, et qui, dès l'adolescence, montra qu'il entendait marcher sur les brisées de M. de Condé et de M. de Turenne. Croyez bien que je regrette de n'avoir pas été à la hauteur des ambitions que vous aviez conçues pour moi, mais je déplore, bien plus, de n'avoir pas honoré les talents dont vous-même et la Providence m'avaient fait don. *Mea culpa, mea maxima culpa !* La faute en revient à la faiblesse de mon caractère, à mon inconstance, à mon esprit de crème fouettée, mince échantillon du vôtre, dont vous disiez qu'ils vous faisaient mal au cœur. Que voulez-vous, j'étais de cette étoffe :

Je veux, mais ô misère extrême :
Je ne fais pas le bien que j'aime,
Et je fais le mal que je hais.

Comme mon pauvre père, j'ai été volage, frivole et dépensier, certes, mais je ne crois pas avoir terni le nom des Sévigné, ni m'être montré indigne des leçons d'honneur, de bonté et de piété que vous m'avez données en exemple.

La nature fait le mérite, et la fortune le met en œuvre, disait votre ami La Rochefoucauld. La fortune ne m'a pas été favorable, hélas, car, sans doute, n'avais-je pas le nez tourné à cela, et ne pensez pas que, ce disant, je cherche à m'exonérer de mes propres faiblesses. Je plaide coupable, ma mère, mais, pour ma défense, je vous prie de considérer que j'ai tâché de me faire valoir par des choses qui ne dépendaient que de moi et non des autres. Ni la brigue, ni l'intrigue, ni la bassesse, ni la courtisanerie, ne furent employées pour parvenir à ce que je désirais. J'ai eu la présomption de penser que j'avais assez de fond et de fermeté pour abandonner sans regrets ce qu'on appelle les affaires ou le monde, et remplir le vide du temps par ces occupations dédaignées parce qu'elles n'apportent que la tranquillité et non la gloire : lire, méditer, converser, rendre grâces à Dieu… Je n'ai pas été un héros de roman selon votre cœur, mais vous ne sauriez me reprocher de n'avoir pas été un honnête homme.

C'est donc sur ma sœur, son mari, leur fils, et tout le clan des Adhémar que vous avez reporté votre appétit de lauriers et d'honneurs. Chacune des dignités dont ils furent revêtus vous comblait de bonheur et d'orgueil. Quand mon beau-frère reçut le cordon de l'Ordre du Saint-Esprit, quand son frère, le chevalier, fut nommé menin du dauphin et qu'il transmit, avec l'agrément du roi, son régiment à son neveu, Louis-Provence, vous fûtes transportée de joie, et comme la jalousie est un sentiment étranger à mon caractère, je m'en suis réjoui loyalement. Mieux que vous, cependant, en raison de cette modestie que vous me reprochiez tant, je savais combien ces honneurs étaient dispendieux et que la fortune des Grignan ne résisterait pas à ce flux de dépenses continuelles. C'est en vain que je vous mis en garde, vous et ma sœur, contre les fêtes et les réceptions que mon beau-frère ne cessait de donner pour le renom de son maître et la réputation de sa maison. C'est tout aussi vainement que je blâmai l'avancement trop rapide de mon neveu, capitaine d'une compagnie de chevau-légers à dix-sept ans, colonel du Royal-Adhémar à dix-huit ! L'issue n'était que trop prévisible. C'est Petit-Jean qui avait raison : "Mais sans argent, l'honneur n'est qu'une comédie."

Quand vint le moment de marier le dernier rejeton des Adhémar de Monteil, et que vous pensiez avoir le choix entre l'or et la pierre, la pierre se déroba. Ni les Lavardin ni les d'Ormesson, pourtant si proches de vous, ni les Lamoignon, ne voulurent donner leur fille à un officier sans doute de grand avenir mais sans un écu vaillant. À votre dépit et votre honte, vous dûtes vous rabattre sur l'or et consentir à une éclatante mésalliance. "Il faut bien du fumier sur les meilleures terres !" aurait avancé ma sœur lors du mariage de Louis-Provence avec la charmante Anne de Saint-Amans, fille d'un traitant riche à millions, et qui offrait une dot mirifique, laquelle ne put éteindre qu'une partie des dettes. Je doute que Mme de Grignan ait prononcé cette phrase indigne, mais il est vrai que son orgueil, et le vôtre, n'avalèrent jamais cette couleuvre. Aviez-vous oublié, tout de bon, que les Coulanges étaient de même origine que M. de Saint-Amans, mes très chères ? Sans barguigner, je donnai mon approbation à ce mariage qui vous humiliait de si cuisante façon, mais peut-être étais-je plus pénétré que vous d'humilité chrétienne et de véritable philosophie ?

Pour moi, le sort a voulu que je n'eusse pas d'enfants. Avec justesse, vous voyiez trouble dans ma destinée et point du tout les petits-enfants qui vous viendraient de mon côté. Je le regrette mais je m'incline devant les décrets de la Providence. Ce n'est pas à vous que j'apprendrai que j'ai regardé mon neveu, Louis-Provence, et mes nièces, Marie-Blanche et Pauline, comme mes enfants d'élection, et que je me suis restreint afin de leur laisser, quand ma très chère épouse ne sera plus de ce monde, un héritage qui ne fût pas obéré. Et vous savez, mieux que quiconque, que c'est de bonne grâce que j'ai consenti à ce que ma sœur fût avantagée dans le partage futur de vos biens. Plût à Dieu que cette échéance soit la plus éloignée possible !

Les années n'ont guère amendé ma pauvre cervelle, tout ce que je puis penser de bon est toujours inutile et demeure sans effet, et j'ai toujours la grâce efficace pour tout ce qui ne vaut pas grand-chose ! De toujours, je fus, à vos yeux, l'homme des petites vertus et des petits sentiments. À ma sœur vous disiez que vous m'aimiez fort, que je vivais avec vous d'une manière charmante, que j'étais d'une politesse et d'un agrément sans pareil, que j'étais merveilleusement divertissant. J'étais le petit *frater*, le sémillant compère, l'éternel guidon, le tendre pigeon, M. le clopineux, le pieux Énée, expressions gentiment dédaigneuses ou railleuses, dont je souriais en votre présence ou en les lisant sous votre plume, mais qui ne laissaient pas de me blesser sensiblement.

Quand je vous quittai la première fois pour aller à la guerre – c'était pour la croisade de Candie – vous fûtes dans les alarmes et même je vous vis pleurer à l'idée que j'allais risquer ma vie en un lointain pays. Puis, vous prîtes l'habitude de me voir partir avec les Gendarmes-Dauphin affronter les boulets et les charges de l'ennemi. Je ne nierai pas votre inquiétude et votre peine en ces moments, et quand je ne pouvais vous donner de mes nouvelles, je sais que vous vous efforciez d'en recueillir auprès de M. de Louvois, par l'entremise de notre cousine Coulanges ou de M. de Marsilly. Ou bien vous vouliez vous mettre la tête sous un sac pour ne rien entendre jusqu'au retour de la paix. Quand je souffris méchamment du froid durant la campagne d'Allemagne car vous ne m'aviez point fourni de quoi m'équiper, ayant préféré offrir des bijoux à ma chère sœur, vous fûtes un peu "peinée". Quand je fus blessé à cette boucherie de bataille de Seneffe, où je restai avec mes cavaliers huit heures durant exposé au feu des batteries ennemies, vous confiâtes à M. de Bussy, que vous aviez ouï dire que c'était une souffrance terrible, et puis "basta" ! Quant au siège d'Aire-sur-la-Lys, où je montrai tant de témérité pour que mes mérites fussent enfin reconnus et récompensés, vous tirâtes moins de fierté des compliments que l'on m'en fit que vous ne témoignâtes de mécontentement de mon départ de l'armée sans permission… Et lorsqu'un méchant boulet réduisit mon talon en bouillie au siège de Valenciennes, ce fut, pour vous, l'occasion de plaisanteries infinies sur ma boiterie qui ne m'empêchait pas de cavalcader auprès des belles ! Entendez-moi, ma mère : je ne voulais pas être plaint ou dorloté pour mes blessures, mon esprit supportait fort bien la raillerie, et mon estomac digérait à peu près les crapauds que j'avais à avaler, mais je ne sentais que trop la différence de moi à ma sœur.

Pour la "belle Lionne", en revanche, sa santé et ses humeurs, votre cœur battait sans cesse la chamade, et votre esprit battait la campagne. Je vous ai dit, je crois, quelle fut ma peine secrète, lors du départ de Mme de Grignan pour rejoindre son mari dans son gouvernement de Provence, quand vous fîtes voir l'extrémité de votre douleur, à la pensée d'une séparation qui n'avait rien d'éternel, et que je m'efforçais de vous consoler, alors que je n'en avais guère le courage. À chaque maladie de ma sœur, à chacune de ses grossesses, à chacun de ses accouchements, à chacun de ses malaises, dans quel état de détresse n'étiez-vous pas ! Vous imploriez le Père, le Fils, la sainte Vierge et tous les saints du Paradis, pour le rétablissement de sa santé, vous consultiez les plus réputés médecins de la cour et de la ville pour solliciter leurs conseils ou vous rassurer, vous vous répandiez auprès de toutes vos amies pour leur faire partager vos angoisses et vos épines. Je souffrais doublement de la situation, et pour l'amour que je ressentais pour Maguelonne et vous, et pour le chagrin que j'éprouvais à me sentir de si chétive importance en comparaison de ma sœur. Je puis vous l'avouer maintenant : je m'affligeais aussi d'observer combien vous pouviez être maladroite dans l'expression de votre amour.

Alors que vous étiez si désinvolte, si insouciante à mon endroit, sauf quand ma conduite pouvait offusquer votre vanité, votre soif d'honneurs, ou la "sainte économie", vous vous révéliez importune, indiscrète et lassante, à l'égard de la pauvre Mme de Grignan. Vous vous gardiez de me faire lire toutes les lettres que vous lui écriviez et que vous receviez d'elle, de crainte de me peiner, peut-être, mais je ne vous communiquais pas toujours les missives de Maguelonne et de son mari, le Seigneur Matou. Vous y eussiez découvert, à votre grand dam, que ma tendre petite sœur s'agaçait souvent de votre prétention à régenter son existence, à contrôler ce que vous appeliez les importunités du mariage, autrement dit la dette conjugale, avec ses conséquences possibles, et de votre opiniâtreté à la retenir auprès de vous quand elle n'aspirait qu'à rejoindre son mari, ou à la presser de quitter celui-ci pour revenir à vos côtés. Votre amour était si assuré de sa légitimité et de la réciproque qui lui était due, qu'il ne vous venait pas à l'esprit que la distance était la seule sauvegarde que votre fille avait à sa disposition pour exister par elle-même et remplir ses devoirs d'épouse et de mère. Avec une finesse et un tact assez rares, M. de Grignan avait deviné que la séparation était le seul mode de vie possible entre vous deux, tant vous étouffiez ma petite sœur d'un amour "tout entier à sa proie attaché". Quand Maguelonne était auprès de vous, à Paris ou à Livry, vous ne tardiez point à vous quereller, tant et si bien qu'il vous fallait vous quitter quelque temps pour que l'égalité d'humeur régnât à nouveau entre la mère et la fille. Mme de La Fayette voyait juste quand elle disait que vous vous faisiez mourir toutes les deux. Bien mieux que ma sœur, je savais comment m'accommoder de votre caractère, mais il est vrai que je n'étais pas, de votre part, l'objet d'une amitié aussi démesurée.

L'amour n'est pas un feu qu'on renferme en une âme.
Tout nous trahit, la voix, le silence, les yeux.
Et les feux mal couverts n'en éclatent que mieux.

Ces vers de Racine, combien de fois me les suis-je récités, quand je vous voyais absente, distraite, soucieuse, et que je pressentais que vos pensées couraient la poste de Paris, de Livry, ou des Rochers, jusqu'au piton, écrasé de soleil ou battu de mistral, de Grignan. Ils me trottaient dans la tête quand je percevais vos angoisses parce que vous n'aviez point reçu de courrier après trois jours, et que vous dépêchiez un laquais auprès du contrôleur des Postes pour savoir si un paquet n'était pas en souffrance, ou chez quelqu'une de vos relations pour avoir des nouvelles de l'unique passion de votre vie. Les grandes douleurs sont d'abord muettes, et les larmes ne se peuvent expédier par la poste, aussi, lorsque vous vous retrouvâtes seule, après le départ de votre fille, vous étiez dans l'incapacité d'exprimer votre affliction. Ce n'est qu'après avoir reçu la première missive de Maguelonne, que vous prîtes la plume pour ne plus la quitter, sauf quand vous étiez à nouveau réunies.

Quand j'avais le bonheur de votre compagnie, vous ne laissiez pas de m'abandonner, un peu trop souvent, pour ces diantre de lettres, que je ne puis comparer qu'aux déchirantes lamentations amoureuses de cette religieuse portugaise abandonnée par M. de Chamilly. Parfois, je me penchais par-dessus votre épaule afin de déchiffrer votre radotage sentimental, et vous vous empressiez de jeter votre mouchoir sur la feuille de papier, en me grondant de mon indiscrétion. Enfin, maman mignonne, pensiez-vous vraiment me dissimuler ce que je ne pouvais ignorer ? Ce n'est pas à moi que vous écrivîtes jamais :

"Il y a bien des années qu'il vint au monde une créature destinée à vous aimer préférablement à toutes choses", "je vivrai pour vous aimer, j'abandonne ma vie à cette occupation", "en un mot, je ne vis que pour vous", "étant privée de vous, je meurs de tristesse", ou encore ce sublime blasphème : "Dieu me fasse la grâce de L'aimer un jour comme je vous aime."

Ma sœur était, et demeurera, le désordre de votre esprit, et le tourment de votre cœur, et la gloire de votre amour-propre. Faute de comprendre le mystère de cette dilection hors du commun, et l'énigme de votre désinvolte attachement pour ma personne, il ne me reste qu'à vous assurer, maman, de ma pleine, entière et indéfectible ferveur filiale, comme de la tendresse fraternelle que je ne cesserai de nourrir pour Mme de Grignan.

Par la fenêtre de ma chambre je regarde ce jardin que vous aimiez et que je me suis plu à embellir en souvenir des heures que nous y passâmes ensemble. Je le contemple comme je le ferai d'un enfant qui a grandi, à notre insu, et il faut désormais nous accoutumer à ce que, devenu grand, il nous quitte. La solitude qui est ici notre compagne ne laisse pas d'être trop plaisante et Mme de Sévigné et moi aspirons, dans une parfaite union de nos cœurs, à une retraite plus sévère, où nous serons enfin tout à Dieu.

Comme disait M. de Saint-Évremond, "jusqu'ici je me suis contenté grossièrement d'être homme de bien, il faut faire quelque chose de plus, et devenir dévot". Aussi avons-nous résolu, quand j'aurai résigné ma charge de lieutenant du roi à Nantes, de nous établir au Faubourg Saint-Jacques, non loin du séminaire de Saint-Magloire. Non pas que je veuille devenir à mon tour – comme mon oncle Renaud de Sévigné, qui, il y a près de quarante ans, à la mort de sa femme, s'était retiré du côté de Dieu – l'un des solitaires de Port-Royal, ce Port-Royal injustement persécuté par l'arbitraire d'un roi puissant, insensible "aux larmes du Juste implorant son appui".

Rassurez-vous, je ne songe pas à abandonner celle qui, par son exemple et ses paroles, a tant fait pour me convertir. Quelque estime et dévotion que j'aie pour ces messieurs de Port-Royal, je n'entre pas dans toutes leurs querelles théologiques et ne souscris pas à toutes leurs rigueurs. Je ne saurais ainsi me plier à l'exemple de l'abbé de Pontchâteau, mon compatriote, qui finit ses jours sous l'humble habit de jardinier à Port-Royal des Champs. Peut-être reste-t-il encore en moi, malgré tous mes efforts, un reste de fierté et quelque vanité mondaine qui font obstacle à ce sublime abaissement.

Pourtant, notre oncle de Sévigné, à ce que me dit un jour M. de Saci, avait réussi à dompter son caractère emporté et têtu de Breton tout comme il était parvenu à oublier l'habitude militaire du commandement et l'orgueil de sa race. Il s'offusquait seulement de ce que, lorsqu'il se promenait, l'été, dans le jardin des Capucins, et qu'il se protégeait du soleil avec un grand parasol, des garnements l'accompagnent avec force risées et quolibets, ce dont il se fâchait à la longue. Si bien qu'il conçut l'idée de se faire escorter d'un domestique qui leur distribuerait, selon les cas, de légers coups de canne ou des friandises.

Mais il se fit scrupule de s'en ouvrir auprès de M. de Saci, qui sourit de ce cas de conscience inusité. Ce scrupule m'enchante, je l'avoue. Tout comme m'émeut la décision qu'il prit, à cinquante-sept ans, d'apprendre le latin afin de suivre les prières et les offices. Bien loin de me gausser de notre parent, je l'admire et je tiendrai à honneur – un honneur dont je suis infiniment indigne – d'être surnommé, comme il le fut, par les religieuses de

Port-Royal, parce qu'il avait coutume de se tenir toujours, par humilité, près de la porte de l'église, "le portier de Jésus-Christ".

Tout à l'heure, je suis descendu au jardin, car, tout comme vous, je m'impatiente à rester trop longtemps devant mon écritoire. À cause de ma vieille blessure au talon, je ne puis beaucoup marcher, et je préfère monter à cheval pour me promener, alors que vous préfériez toujours, bien que vous fussiez une amazone sans reproche, vous déplacer sur vos jambes, et vous étiez infatigable à arpenter nos bois et nos allées. Je suis allé sur la place Coulanges, je vous ai parlé, j'ai récité la prière pour les malades, et l'écho – que vous avez été la première à remarquer – m'en a renvoyé les paroles. Comme il pleuvait un peu, je suis allé m'abriter dans l'une de ces cellules que vous vous plaisiez à édifier lors de vos séjours, et j'ai déchiffré les inscriptions, pâlies par l'humidité, que vous y avez fait peindre : *Piaga d'amor no si sana mai,* "Chagrin d'amour dure toute la vie".

D'avoir été, non pas le mal aimé, mais le moins aimé, m'a causé bien du chagrin, maman, bien que je me sois efforcé, avec succès, j'espère, de vous le dissimuler par ma gaieté et mon insouciance. Le moment est venu de tirer le rideau. Je ne crois pas que je vous enverrai cette trop longue et trop intime confession, où j'ai tâché de voir clair dans vos sentiments et dans ma conduite. Mais je crois à la communion des esprits et des âmes, et je suis assuré que vous savez que je vous ai pardonné.

De même que vous vous languissiez, tous les trois jours, de recevoir un courrier de votre fille, c'est désormais à mon tour d'attendre, avec angoisse, une lettre de ma sœur ou de son mari, m'annonçant ce que mon cœur se refuse à accepter, mais que ma raison m'oblige à envisager. Jamais je n'ai admis que vous puissiez vieillir, maman, même quand, lors de votre dernier séjour aux Rochers, je vous voyais user d'une canne pour vos promenades, même quand il me fallait constater que des rhumatismes vous faisaient souffrir et que vous traîniez la jambe, même quand, dans l'or de votre chevelure, je commençais de distinguer des fils blancs. Car la bonté de votre cœur et la pétulance de votre esprit étaient toujours jeunes à mes yeux. Il est des esprits qui ne devraient jamais périr, disait votre cousin Bussy, en s'adressant à vous. Avec qui aurai-je, si vous disparaissez, de ces épanouissements de rate qui nous faisaient crever de rire quand nous étions ensemble ? Avec qui m'entendrai-je à demi-mot ? À qui ferai-je la lecture, des heures d'affilée, avec qui m'entretiendrai-je de saint Augustin et de Pascal, avec qui me disputerai-je à propos de Racine et de Corneille ? Avec qui plaisanterai-je sur mes chiens de goûts en matière de maîtresses et de retraite bretonne ? De grâce, ne nous quittez pas si tôt, maman !

Et pourtant, quand je regarde en arrière, force m'est de constater combien les rangs de vos proches et de vos amis se sont éclaircis. Le surintendant ? Mort ; M. de Bussy ? Mort ; le duc du Lude ?

Mort ; M. de La Rochefoucauld ? Mort ; le cardinal de Retz ? Mort ; M. de Turenne ? Mort ; M. de La Trousse ? Mort ; l'abbé de Coulanges ? Mort ; M. d'Ormesson ? Mort ; Mlle de Scudéry ? Morte ; M. de La Fontaine ? Mort ; Mme de Châtillon ? Morte ; Mme de La Fayette ? Morte... Quelle leçon de Ténèbres ! Depuis que j'ai eu connaissance de votre maladie, chaque jour je prie Dieu qu'il nous fasse, à ma sœur et à moi, la grâce insigne de vous conserver, mais aussi, vous l'avouerai-je, je ne laisse pas de me préoccuper de votre salut. Je connais votre fermeté et votre courage dans les épreuves et les tribulations, mais je sais aussi votre faiblesse pour celle qui fut l'attachement de votre vie. Je me souviens de ce que vous me dîtes, quand nous quittâmes ensemble Paris pour les Rochers, en 1671. Vous étiez allée faire vos adieux au vieil Arnauld d'Andilly, à Pomponne, et vous n'aviez pas manqué d'évoquer votre douleur à être séparée de votre fille. À votre surprise, le vieux janséniste, à qui aucun trouble du cœur n'était inconnu, vous avait sérieusement grondée de cette idolâtrie, vous qualifiant de "jolie païenne", vous pressant de vous purger de cette passion et de vous convertir afin de ne pas compromettre votre salut. Il ne fut pas le seul, et un autre confesseur, m'avoua Mme de La Fayette, vous refusa, un certain jour de Pentecôte, l'absolution et la communion, pour le même motif. Aussi, est-ce à moi, le nouveau converti, de vous supplier de songer dorénavant au salut de votre âme, afin que nous puissions, réunis un jour, sur “les rives du Jourdain, dans les champs aimés des Cieux, dans ces fertiles vallées par cent miracles signalées”, trouver tous ensemble la paix et nous abreuver de cette eau vive qui jamais ne s’épuise.

Dans cette autre vie, à laquelle désormais j’aspire, sans la redouter, puissiez-vous, maman mignonne, faire à votre fils la grâce de l’aimer comme il vous a aimée ! »

Charles de Sévigné, après l'avoir relue, n'envoya pas cette lettre, qu'il avait écrite comme un examen de conscience. Ainsi qu'il le redoutait, Mme de Sévigné s'éteignit, peu après, à Grignan, le 17 avril de 1696. Elle ne revit point sa fille, objet d'un amour maternel tel qu'il s'en vit peu. Soit qu'elle ne voulût pas lui faire courir un risque, ou qu'elle craignît de s'attendrir à sa vue, soit qu'elle désirât finir ses jours, à la manière des jansénistes, dans la seule pensée de Dieu, détachée de tous liens et affections terrestres. Aux dires de M. de Grignan, elle témoigna face à la mort d'une fermeté et d'une soumission étonnantes. Charles de Sévigné, avec générosité, régla seul les dettes que sa mère n'avait pu rembourser. Lors de l'inventaire de la succession, il ne fut trouvé aucune des lettres de Mme de Grignan. Il est à supposer que Mme de Sévigné les avait brûlées avant son dernier voyage en Provence afin qu'elles ne tombassent point, après sa mort, entre les mains de son fils.

Le « petit frater *» au cœur de cire, qui aurait dû périr dix fois sur les champs de bataille d'Allemagne et de Hollande, survécut à sa mère, à sa sœur, et même à son neveu. Louis-Provence, marquis de Grignan, mourut en 1704, à Thionville, en revenant de la bataille de Höchstädt. Il avait trente-trois ans, et ne laissait pas d'enfants de sa femme, Anne de Saint-Amans. Il était brigadier, sur le point d'avancer et de réaliser, écrivit le duc de Saint-Simon, qui était son ami d'enfance, les espérances de sa lignée. Mme de Grignan, qui avait tout sacrifié à ce fils unique, le dernier de sa maison, rendit l'âme un an après, à l'âge de cinquante-huit ans, minée par le chagrin autant que par la maladie.*

Le comte de Grignan mourut comme il avait vécu, infatigable au service du roi et du bien public, à quatre-vingt-cinq ans, en décembre 1714, sur la route de Lambesc, quelques années après avoir repoussé une invasion austro-sarde, et avoir mérité la reconnaissance des Provençaux et la satisfaction de Louis XIV. Dans le tourbillon d'activités auxquelles il se livrait en dépit de son âge, sans doute voulait-il oublier les deuils qui l'avaient frappé et la ruine abyssale de sa maison.

En 1703, Charles de Sévigné et sa femme, ainsi qu'ils se l'étaient promis sept ans auparavant, quittèrent la Bretagne pour s'installer à Paris, au Faubourg Saint-Jacques, dans ce qui avait été le bastion parisien du jansénisme. Le « sémillant compère » converti en anachorète y vécut, aux côtés de son épouse, dans une retraite pieuse et austère, à l'exemple de son oncle Renaud de Sévigné, le « portier de Jésus-Christ ». À l'âge de soixante-cinq ans, en 1713, il prit congé de ce monde où il avait tant erré avant de trouver enfin sa voie. Sa femme s'éteignit, dans le silence et l'obscurité, de longues années plus tard, oubliée de tous, y compris d'elle-même.

La première édition des Lettres *de Mme de Sévigné parut en 1725. Le public y découvrit, avec surprise, l'idolâtrie d'une mère pour sa fille, au détriment d'un fils qui n'apparaît jamais que comme un comparse tantôt charmant, tantôt exaspérant, simple silhouette fugace qui se découpe, sur la toile de fond chamarrée du Grand Siècle et le sublime bavardage amoureux de l'épistolière. Ainsi mourut, une seconde fois, l'infortuné Charles de Sévigné, étouffé par l'ombre de sa mère et de sa sœur.*

AGRIEZ, DÉCEMBRE 2008 – PARIS, JUILLET 2009

ISBN : 978-2-7291-1835-8

Cet ouvrage a été imprimé en France par

CPI
France Quercy
à Mercuès (Lot)

N° d'impression : 91345/
Dépôt légal : août 2009

IMPRIM'VERT
Votre imprimeur agit pour l'environnement